Die Interviewerin

1. Auflage

Lektorat: Laura Simon
Korrektorat: Anna Maria Tschopp
Umschlag, Gestaltung und Satz:
Isabel Thalmann, buchundgrafik.ch
Coverfoto: © Jutta Jacobi
Druck: Stückle Druck, Ettenheim
ISBN 978-3-905795-70-7

1. Auflage 2020

Evelyn Braun

Die Interviewerin

Roman

Lange her, das Ganze. Ende der Neunzigerjahre. Letztes Jahrhundert. Gut möglich, dass ich damals noch Illusionen hatte. Mehr als heute jedenfalls.

Kapitel 1
Mathilde eröffnet

Mathilde. Mathilde Maas mein Name. An einem jener Morgen, an denen mir mein Schicksal besonders scheusslich vorkommt. An einem Morgen, grau und kalt und unentschlossen. Etwas diesig, ein bisschen Licht, einer, der aus dem anbrechenden Tag ein Geheimnis macht, der keine Rückschlüsse zulässt. Der feindlich ist, auf jeden Fall. Und ich, fröstelnd, empört, unausgeschlafen, versuche, meinen Körper in einen Zustand zu versetzen, in dem er die Aussenwelt ertragen kann. Was nicht gelingt. Natürlich nicht. Die kalte Dusche weckt nicht, sondern beleidigt, der Kaffee ist zu heiss und zu bitter und die erste Zigarette, nun … Schwindel. Einer dieser Morgen, an denen der erste Gedanke der Vorstellung gilt, sich abends wieder ins Bett legen zu dürfen. An denen ich kopflos die Weite meiner Wohnung nach den notwendigen Utensilien abklopfe und darüber bestimmt das Wichtigste vergesse. Kurzum einer, an dem ich den Rest der Menschheit um die Selbstverständlichkeit, um die süsse Öde seines geregelten Tagesablaufs beneide. Was ich sonst grundsätzlich nicht tue. Mathilde, französisch ausgesprochen, ohne h und mit einem langen i, *Matild*, den Namen verdanke ich meiner Grossmutter, und die stammt aus Savoyen. Hugenottin, aber das liegt weit zurück.

Noch sehr viel weiter.

Mathilde Maas, MM, Reporterin mit Aufträgen, um die sie nicht selten beneidet wird, bereitet sich an diesem Tag im März, zu einer Zeit, da sie normalerweise noch schlafend in ihrem Bett liegt, auf ihren Flug nach München vor, wo sie von einem der zweifellos schillerndsten Vertreter der deutschen Nachkriegsliteratur erwartet wird. Zu einem Interview, für dessen Zustandekommen sie sämtliche ihr zur Verfügung stehenden Hebel in Bewegung gesetzt hat. Für das sie alles gegeben hätte, solange es nicht eintrifft. Auf das sie sich auch fraglos gefreut hat, bis zum Vorabend des Termins, an dem es stattfinden sollte.

Am Abend war ich viel zu lange zwischen Weinflasche und Zigaretten in meiner mit Papieren übersäten Schreibecke sitzen geblieben und war die Fragen, die ich mir für den nächsten Tag notiert hatte, durchgegangen. Und je länger ich diese Fragen durchsah, desto unwahrscheinlicher war mir ein Gespräch, das daraus entstehen sollte, erschienen. Da konnte ich mir noch so lange die nicht zu unterschätzende Erfahrung, die ich im Abhalten solcher Gespräche hatte, in Erinnerung rufen, mit der und jener und diesem, und dass sie bis jetzt noch immer befriedigend ausgegangen waren: Ich war nervös, wie beim ersten Mal. Wohlwollende Sätze von Freunden wie «Der kocht auch nur mit Wasser» oder «Der ist auch nur ein Mensch» oder «Stell dir ihn einfach auf dem Klo vor!» kamen mir an diesem Vorabend nicht nur empfindungslos, sondern geradezu geschmacklos vor. Ich *konnte* mir ihn nicht auf dem Klo vorstellen, ich *verehrte* ihn. Und wenn ich es mir genau besah, so war er auch nicht einfach ein Mensch. Er war er, und dies kam mir, je länger ich darüber nachdachte, immer erschreckender vor. Dass er *er* war. Und dass ich *ihn* treffen sollte. Ihn, den ich – und weiss Gott nicht nur ich – verehrte seit ... Nun ja. Ein Mythos war dieser Mann, beinahe ein Gerücht. Immer unwirklicher wurde sie, diese Begegnung, je länger ich sass und Wein trank und rauchte, bis ich mich irgendwann, völlig erschöpft und mitten in der Nacht, ins Bett geschleppt hatte, wo ich schliesslich eingeschlafen sein musste.

Mathilde ist in jeder Beziehung im besten Alter. Nicht in dem Alter, in dem man bei Männern normalerweise von ihren besten Jahren spricht, nein, die spielen sich um einiges später ab. Sie ist noch jung und doch nicht mehr so jung, dass sie alles gleich aus der Bahn wirft. Sie hat die ersten Erfahrungen hinter sich und doch noch nicht genug, als dass sie auf die nächsten nicht gespannt sein dürfte.

Sie ist noch so jung – und welche Frau wüsste nicht um den sensiblen Indikator –, dass sie vom Metzger beim Kauf eines Koteletts angelächelt wird und der Tankwart darauf besteht, die Luft bei sämtlichen Reifen ihres wenig repräsentativen Gefährts persönlich zu kontrollieren (obwohl nichts dagegen spricht, dass sie das nicht genauso gut könnte wie er), anstatt sie achselzuckend ihrem Schicksal zu überlassen. Wenn sie auf der Strasse an einer Baustelle vorbeikommt, kann sie sicher sein, dass ihr nachgepfiffen wird. Denn Mathilde sieht gut aus. Dunkles Haar und brauner Teint, das Sprühen ihrer Augen, das ist das Erbe der hugenottischen Grossmutter, die schlanke Langbeinigkeit, die schlenkernde Leichtigkeit der Bewegung, die hat sie vom deutschstämmigen Vater, und das alles trifft sich so, dass sich Mathilde um den Eindruck ihrer Person keine Gedanken zu machen braucht. Bräuchte. Denn selbstverständlich gibt es Tage, an denen sie sich ausgesprochen hässlich findet, zu dünn, zu gross, der Busen zu flach und der Hintern zu breit, und ihr das Spiegelbild nichts weiter zurückwirft als den verzerrten Schatten einer entschieden zu weit vorspringenden Nase. Das sind Tage, an denen auch sonst nicht alles zum Besten steht.

An diesem Morgen allerdings hat sie andere Sorgen.

Selbst das Los der Serviererin im «Lachenden Hahn», der Kneipe um die Ecke, die zu dieser Stunde den ersten Stammgästen ihr Bier vorsetzt, scheint ihr heute verlockender zu sein als das ihre, obwohl die nichts zu lachen hat. Die Batterien für das Tonbandgerät! Schubladen werden aufgezogen und wieder zugeworfen, zerknüllte Notizblätter aus einem Papierkorb hervorgezerrt und geglättet, ein Flugschein verzweifelt gesucht ... Ersparen wir uns die Details dieses unglücklichen Starts in einen ungewissen Tag.

Irgendwann jedenfalls sitzt Mathilde in ihrem Wagen und fährt zum Flughafen. Und derweil die Pendler in Schritttempo und zähen Kolonnen stadteinwärts an ihr vorbeiziehen, jeder allein am Steuer seines Wagens, ein jeder für sich immer nervöser werdend, je näher die Stunde seines Arbeitsbeginns rückt, wird sie zusehends ruhiger. Mit jeder zweiten Radumdrehung, könnte man sagen, mit der sie sich dem Kontrollturm des Flughafengeländes nähert, breitet sich in ihr eine Art heitere Spannung aus, die, als sie die Sonne sich glutrot zwischen den Fabrikkaminen am Stadtrand hocharbeiten sieht, geradezu einer erregten Vorfreude zu gleichen beginnt. Schon hat sie den Zustand erreicht, da sie mit der Serviererin im «Lachenden Hahn» keinesfalls mehr hätte tauschen mögen. Die Nervosität sollte sie später nochmals anfallen. Später. Doch jetzt sieht sie das Niemandsland im französisch-schweizerischen Grenzgebiet wie eine Kulisse am Autofenster vorbeiziehen, sie drückt das Gaspedal weich durch, beschleunigt ihren Wagen auf der erhöht liegenden Schnellstrasse zum Flughafen, sieht tief unter sich die gelben Lichter der Autobahn, die die französischen Arbeitnehmer in ihre Stadt ausspuckt, den roten Feuerball, der sich dekorativ über die Skyline geschoben hat, sie atmet auf, durch, und als sie, gerade noch rechtzeitig, ihr Flugticket über den Check-in-Schalter schiebt, ist sie, was sie nach aussen ohnehin zu wirken scheint, gelassen. Sie presst ihr pinkfarbenes Aktenköfferchen, das ihr, seit es ein berühmter französischer Filmregisseur in die Hände genommen und, wie zu sich selbst, gemurmelt hat: *«Comme c'est mignon, ça!»*, noch viel teurer, ja auf ihren Reisen geradezu unentbehrlich geworden ist, eng an sich und passiert die Zollkontrolle. Und wie der Cityliner, der sie in kaum mehr als einer Stunde nach München bringen wird, vom Boden abhebt und sie feststellt, dass ein stadtbekannter Psychiatrieprofessor neben ihr am Fenster sitzt, was für alle Fälle doch so etwas wie Sicherheit verspricht, ist die braunäugige, samthäutige Mathilde geradezu heiter gestimmt. Nach einer kurzen Begrüssung, bei der sich Mathilde (da man nie weiss, wann man für solche Begegnungen noch dankbar sein wird) mit ihrem vollen Namen vorstellt, «Mathilde Maas», starrt sie zum Fenster hinaus, bereit, ihrem Schicksal gefasst ins Auge zu sehen.

Ich fliege zu ihm. Dem absoluten Shootingstar des deutschen, was sage ich, weltweiten Literaturbetriebs. Beizufügen wäre, dass ich, was ihn betrifft, etwas wiedergutzumachen habe. Nicht bei ihm, sondern bei mir. Denn es wird nicht unsere erste Begegnung sein, die da, auf mein hartnäckiges Drängen hin, im «Vierjahreszeiten» von der Pressedame seines Verlags organisiert worden ist. Die erste, die liegt ein Jahr zurück, als mich Werner, ein Zeitungskollege, mit dem mich vor Jahren eine kurze, aber heftige Affäre verbunden hat – das Ende der Geschichte hatte darin bestanden, dass Werner Forderungen an mich zu stellen begann, die zu erfüllen ich zu jenem Zeitpunkt weder gewillt noch fähig gewesen war –, an einem späten Samstagnachmittag anrief. Ein Notfall, wie er sagte, höre er doch erst jetzt, dass G. – «Du weisst doch, G.?» Selbstverständlich wusste ich –, dass also G. heute, genauer jetzt, in einer Viertelstunde, in der Galerie H. ... zum Signieren ... grosser Bahnhof ... Müssen wir dabei sein ... Du weisst schon ... Versuch, an ihn ranzukommen ... «Ich kann mich doch auf dich verlassen, ja?»

Ja.

Ich kaute damals gerade an einem Artikel über erotische Frauenliteratur, den eine Zeitschrift bei mir bestellt hatte. Und weil der Abgabetermin drängte und mich das Thema, entgegen den Anzüglichkeiten der zuständigen Redakteurin am Telefon, ziemlich kalt liess, hatte ich mich auf diese Geschichte mit G. überhaupt eingelassen. Bestimmt. Wäre ich damals nicht seit Tagen von weiblichen Fantasien rund um feuchte Schenkel und zupackende Männerhände und Verführungsszenen in überfüllten Metrozügen und Vergewaltigungen über dem Küchentisch umringt gewesen – und dabei immer nüchterner und fantasieloser geworden –, ich hätte Werner gesagt, was ich von seinem Interview mit G., exklusiv natürlich, hielt: Eine Zumutung war das. Wie sollte ich mich innert einer Viertelstunde auf G. umstellen?

Aber so war ich froh, dass mich jemand von den papierenen Bekenntnissen, ernst gemeint oder nicht – ich tippte eher auf Letzteres –, wegzwang. Und ich fragte nicht, warum Werner, der für seinen Ehrgeiz durchaus berüchtigt war, die Chance, als die er mir das Ganze darstellte, nicht selbst ergriff. Ich liess also Frauenfantasien Frauenfantasien sein und ging zu Fuss die paar Häuserblocks hinunter zu der Strasse, in der sich eine Galerie an die andere reiht. Ordnete fieberhaft in meinem Kopf, was ich überhaupt über G. wusste. Irgendwie fiel mir bloss sein berühmtestes Werk ein, jenes, das er vor über dreissig Jahren geschrieben hatte und auf das er heute einfach nicht mehr angesprochen werden konnte. Ich erinnerte mich vage an seine Fernsehauftritte, denn er war ein Mann, der sich, als literarisches Gewissen der Nation sozusagen, auch häufig und pointiert zur politischen Weltlage zu äussern pflegte, ein alter Sozi, natürlich, doch Genaues wusste ich nicht, ob nun Parteimitglied oder Sympathisant oder Wahlhelfer, keine Ahnung, und dass er in zweiter Ehe verheiratet war, Kinder irgendwo, aber wie viele und wie alt? Und vor allem, was hatte er in letzter Zeit veröffentlicht? Eines seiner berühmt gewordenen Wortduelle fiel mir ein, das er sich am Bildschirm mit dem gewichtigsten Politiker – und das ist in diesem Fall durchaus wörtlich zu nehmen – geliefert hatte, ich erinnerte mich, wie ich mit inneren Bravorufen und geradezu sadistischem Vergnügen mitverfolgt hatte, wie der «Koloss von einem Mann», als der sich der Politiker gerne selbst darstellte, unter der Flut brillanter Sätze, unter der vernichtenden Logik seines Gegners immer unscheinbarer in seinem Sessel zusammensackte, doch wovon war eigentlich genau die Rede gewesen? Mein Wissen über G. wurde immer diffuser, je näher ich der Galerie kam, und als ich in die besagte Strasse einbog, tröstete ich mich damit, dass sich eine derart undurchdringliche Menschenmenge um G. versammelt haben musste, dass ich ohnehin nicht weiter als bis auf Armeslänge würde zu ihm vordringen können. Wenn überhaupt. Immerhin würde ich dann einmal in meinem Leben G. aus der Nähe gesehen haben und mich beruhigt wieder meinen erotischen Frauengeschichten zuwenden können.

Die Strasse lag sehr ruhig da an diesem Samstagnachmittag. Die Geschäfte hatten bereits geschlossen. Jeden Moment erwartete ich die Menschentraube, die sich vor der Galerie gebildet haben musste, doch ich sah nichts. Auch nichts, als ich vor der Galerie stand und durch die grossen Fenster spähte. Ein halbes Dutzend Menschen stand herum, die Zeichnungen, in denen ich sofort G.s Handschrift erkannte, hingen an den Wänden, und ich sah die Weissweinflaschen und die Schalen mit den Salznüssen, die bestätigten, dass sich Werner nicht im Datum geirrt hatte und heute Vernissage war, nun gut, mein Zögern, jedenfalls trat ich ein.

Vermutlich war ich zu früh, und noch viel näher lag, dass G. gar nicht erscheinen würde, denn in der Tat, was sollte er hier. Ein grosser, heller Raum, Holzparkett, in der Ecke eine Bar, davor ein einziger Mann, zwei, drei Paare, die leise wispernd den Wänden mit den Zeichnungen entlangschlichen, der Galerist, der aufmunternd lächelnd in der Mitte des Raumes stand. Ich kannte ihn vom Sehen, nickte ihm zu und erstarrte, tatsächlich, und glauben Sie es mir, zu Eis! Der Mann, der, leicht vornübergebeugt, mit dem Rücken zum Ausstellungsraum, an der Bar lehnte, war G.! Vollkommen allein, keine Spur von Menschengewühl, das ihn umringte und bedrängte, es war unglaublich, aber mein Weg zu ihm war so frei, wie er freier nicht sein konnte.

Mathilde Maas, Reporterin, bekannt und geliebt für ihre respektlose Schreibe, tat entsetzt einen Schritt zurück, weil sie auf diese ihr lächelnde Gunst des Schicksals nicht vorbereitet war. Und wäre der Galerist, der Mathilde Maas, MM, nicht nur vom Sehen kannte, nicht mit ausgestreckter Hand auf sie zugegangen und hätte er ihr damit nicht den Fluchtweg nach draussen versperrt, ihr wäre manches erspart geblieben. Dann hätte sie unbemerkt hinausgehen, Luft holen, sich sammeln und gefasst wieder hereinkommen können. Irgendwas, nichts jedenfalls wäre so schrecklich gewesen wie das, was dann geschah.

Der Galerist umfasste verbindlich meine Schulter, «Frau Maas, wie schön, sicher möchten Sie, dass ich Sie meinem Gast vorstelle», und obwohl ich einen weiteren Schritt zurücktat und sich mein Hirn wie durch einen gigantischen Luftsog schlagartig leerte und ich nur noch beten konnte – Lieber Gott, mach, dass ich … Grosser Gott, was soll ich … –, führte er mich zu G. Der hatte eine Bewegung im Rücken gespürt, still genug war es ja, totenstill, und sich langsam, sehr langsam zu uns umgedreht. Sein sehr heller Blick, und damit meine ich nun gewiss nicht die Augenfarbe, traf mich quasi ungeschützt, elektrisierte mich von Kopf bis Fuss. Nie, und das schwöre ich, nie habe ich einen Menschen getroffen, der mich auf Anhieb so sehr beeindruckt hat wie G. Sein heller Blick also musterte mich, leuchtete mich aus, der dunkle Schnurrbart, das ganze Gesicht zog irgendwie mit diesem Lächeln mit, der Blick, das Lächeln …

«Ja?»

«Ich … Ja … Guten Abend, Herr G. … Mathilde, Mathilde Maas, ich … Ja, von der Zeitung, wenn Sie Zeit hätten, ich freue mich sehr … Zeit für ein Interview …»

«Wann denn, jetzt?», ich schwöre, dass sein Blick noch immer lächelte und mein Kopf hämmerte, «Jetzt geht es wohl nicht … Aber warten Sie …», er lächelte, lächelte noch immer, «… kommen Sie zu meiner Lesung? Da bliebe doch vorher etwas Zeit. Wenn Sie möchten, können wir zusammen essen gehen …»

Mathilde Maas, vor der Chance ihres Reporterlebens, schüttelte den Kopf, liess den Augenblick vorübergehen, stammelte, dass sie leider heute Abend bereits … und die Lesung ohnehin …, sah hilflos ihr Glück verstreichen, sah, wie sich das Lächeln aus G.s Augen schlich, hörte sich noch einen Vorschlag machen, «Nachher, später vielleicht, nach der Lesung?», sah, wie G. sich abzuwenden begann, das Interesse verlor, den Kopf schüttelte, kühl wurde, «Worüber wollten Sie denn mit mir sprechen?», und sich bereits abgewandt hatte, es war aus, die Chance vertan, noch stammelte sie, Mathilde, kämpfte, setzte von mehreren Möglichkeiten auf die falsche, erwähnte sein politisches Engagement, G. hatte bereits einen Schluck aus seinem Glas genommen, sein Wohlwollen hatte umgeschlagen, er hatte ihr den kleinen Finger hingehalten, spontan, jetzt nahm er die Faust zurück, seine Stimme kalt, «Ich bin Schriftsteller, nicht Politiker!», sagte er, zum Galeristen, keinen Blick mehr für sie. Sie war aus dem Gespräch entlassen.

Nichts, gar nichts hätte mich mehr in diesem Raum zurückhalten können, nicht der erstaunt nach meinem Arm fassende Galerist und schon gar nicht der mir gleichgültig zugewandte Rücken von G. Wie eine Druckwelle schob mich mein Versagen bis zur Tür, noch lächelte ich, mechanisch, ich tastete nach dem Türgriff hinter meinem Rücken und, es muss gesagt werden, in Sekundenschnelle fand ich mich auf dem Trottoir wieder.

Ich lief mit gesenktem Blick erst in die falsche Richtung, mein Herz schlug ziemlich schnell, nehme ich an, ich schämte mich, ja ich hätte in den Boden kriechen mögen. Wie blind sah ich die Häuserfassaden, die den falschen Weg wiesen, zurück ins Stadtzentrum, irgendwann jedoch begann ich, nachdem ich vermutlich die ganze Zeit den Atem angehalten hatte, wieder nach Luft zu schnappen, ich sah mich um, sah, wo ich war, die Kneipe auf der anderen Strassenseite, in der ich mich des Öfteren mit Werner getroffen hatte, weil sie zu hässlich war, als dass drinnen mit einem bekannten Gesicht zu rechnen gewesen wäre, Begegnungen, die durch ihre Heimlichkeit an Reiz gewannen … Die Kneipe! *Werner!* Selbstverständlich machte ich ihn für meine Schmach verantwortlich, denn es war nicht von der Hand zu weisen, dass ich, hätte er mich nicht angerufen, nicht in diese Situation gekommen wäre: ich, Mathilde, die ein Essen mit G. ausschlug! Jedenfalls ging ich jetzt nicht in diese Kneipe hinein, auch nicht, um mich zu betrinken, nein ich hasste diesen Ort, je inbrünstiger ich Werner zu hassen begann, der an allem schuld war, und nach Umwegen, und ich weiss nicht mehr wie, gelangte ich zu meiner Wohnung zurück, wo ich mir als Erstes – und wer hätte das an meiner Stelle nicht getan – ein grosses Glas Cognac einschenkte und es in zwei Zügen leerte. Diese Schmach! Erst dann konnte ich mich in meine Ecke setzen und vorsichtig darüber nachzudenken beginnen, was überhaupt geschehen war. Ja, was eigentlich?

Kapitel 2

Psychiatrieprofessor L. wird unruhig

Der Psychiatrieprofessor im Cityliner, der Mathilde Maas nach München bringen soll, tut, als hätte er die samthäutige, braunäugige Mathilde, die mit ziemlich nach innen gekehrtem Blick neben ihm sitzt, noch nie oder höchstens einmal zufällig gesehen. Dabei kennt er sie gut, sehr gut, eigentlich viel zu gut, besser jedenfalls, als es einen völlig fremden Menschen zu kennen erlaubt sein sollte. Seit bald sieben Jahren wird sie ihm in allen Facetten, mit all ihren Fehlern und Widersprüchlichkeiten und Vorzügen bis hin zu den intimsten Details von einem seiner Patienten geschildert, Johnny Lachmann, einem hochintelligenten, aber schwer gefährdeten Mann, Kunsthistoriker, der kürzlich die Vierzig überschritten hat, ohne die Schwelle des Mannseins zu überschreiten, und der, entgegen dem Wohlklang seines Namens, schier an der Last des Lebens zerbricht. Ja, der Name, Johnny Lachmann, passt derart schlecht zu diesem schwermütigen, schwerblütigen, das Leben mit geradezu verzweifeltem Ernst anpackenden Menschen, dass sich Professor L. schon die Frage gestellt hat, ob er nicht – neben allem anderen – mit ein frühkindlicher Grund für Johnnys spätere Schwierigkeiten sein könnte.

Der eigentliche Grund jedoch, warum ihn Johnny vor bald sieben Jahren aufgesucht hat, war die fürchterliche Krise gewesen, in die es ihn gestürzt hatte, dass er die Frau seiner Träume getroffen hatte. Mathilde. Und auf dieses Glück – denn es gibt Leute, die ihren Traumfrauen ein ganzes Leben lang nie begegnen – war Johnny nun mit aller Kraft nicht vorbereitet gewesen. Obwohl er, was ihm Professor L. schon des Öfteren auf den Kopf zu gesagt hat, ein Wesen besitzt, das ihn zum Glück mit und bei den Frauen durchaus befähigt. Aber Johnnys Unglück ist es, das Glück mit aller Anstrengung von sich zu weisen, sollte es sich zu erkennen geben, und daran hat auch er – Professor L. ist mit den Jahren so weit, sich sein Versagen einzugestehen – nicht viel ändern können. Auch daran nicht, dass sich die Johnny-Mathilde-Beziehung auf einer Ebene eingependelt hat, die ihm, Professor L., überhaupt nicht gefällt: Johnny betrachtet Mathilde als die Liebe seines Lebens und Mathilde schätzt Johnny als den besten Freund, den sie je hatte, als einen, der sie in all ihren Problemen und in ihren schwersten Stunden versteht, den sie mitten in der Nacht anrufen und dem sie ihr Herz ausschütten kann, vor dem sie auch splitternackt auf und ab gehen kann, ohne dass sich die geringste Peinlichkeit zwischen ihnen einschleicht. Ein wahrer Freund, und zwar einer von der Sorte, wie man sie äusserst selten in seinem Leben trifft.

Das Schlimmste für Professor L. jedoch, etwas, das geradezu seine Berufsehre aufs Spiel setzt, ist die Erkenntnis gewesen, dass er diese Mathilde mit den Jahren von ganzem Herzen zu hassen begonnen hat. Die innere und professionell gewiss angezeigte Teilnahmslosigkeit war längst durchbrochen, als er eines unsäglichen Morgens hatte feststellen müssen, wie er, wiewohl rein äusserlich betrachtet durchaus ausdruckslos, den Schilderungen seines Patienten lauschte und in seinem Innern Worte wie «Luder!» formte. Mit anderen Worten: Er kauft dieser Mathilde ihre Unbefangenheit einfach nicht ab. Er hat sogar gebebt vor Empörung – Gott sei Dank hat ihn Johnny von seiner Position aus, rücklings ausgestreckt auf der Couch, den Blick geradeaus auf die leere Wand geheftet, nicht sehen können –, als ihm die Szene geschildert wurde, wie Johnny machtlos auf seinem Fauteuil gesessen hatte, während Mathilde nackt, da soeben der Badewanne entstiegen, vor ihm auf dem Fussboden kauernd die Fussnägel lackiert und von ihrem Desaster mit einem Frank (so hiess er doch?) berichtet hatte. Denn Johnny hat sich nicht nur in die Rolle des Seelentrösters, des Ratgebers in beruflichen und intellektuellen Fragen manövrieren lassen – ein anderes Wort fällt Professor L. dafür nicht ein –, er hat es sogar so weit gebracht, dass ihm Mathilde ihre diversen Männergeschichten, ihre leidenschaftlichen Szenen und nicht minder leidenschaftlichen Versöhnungsorgien, die sie sich mit ihnen liefert, aufs Gründlichste schildert. Dieser Frank zum Beispiel, ein Mensch, zu dem Mathilde wenig Vertrauen hat, ist – immer laut Schilderung seines Patienten – seit geraumer Zeit das, was Johnny, der Vertraute, nicht ist, nie werden wird: ihr Liebhaber und, wie sie Johnny schluchzend erzählt haben soll, eine reine Bettbeziehung.

Psychiatrieprofessor L., dessen zahlreiche Publikationen auf dem Gebiet der Schlaf- und Traumforschung ihn vor ein paar Jahren in den höchsten akademischen Stand erhoben haben, eine Würde, die zu erreichen er kaum zu träumen gewagt, ja die zu erreichen geradezu jenseits aller Träumerei gestanden hatte, wenn er bedenkt, wie er als kleiner Junge ziemlich verwahrlost im Scherbenviertel der Stadt aufgewachsen ist, wird es neben der durch und durch gekannten Mathilde immer ungemütlicher. Nicht nur weil er – einen vorsichtigen Seitenblick hat er bei Reisebeginn immerhin riskiert, nun, da dieses Geschöpf mit dem glänzenden dunklen Haar, das ihr sanftes Madonnengesicht wie ein funkensprühender Helm umschliesst, neben ihm sitzt – die Verehrung seines Patienten Lachmann vage zu verstehen beginnt. Nein, was wirklich dazu führt, dass er das vor ihn hingestellte Frühstückstablett angewidert von sich schieben muss, ist, dass er sich jäh und existenziell der ganzen Gespaltenheit seiner Person bewusst wird. Und diese Bewusstwerdung überfällt ihn derart plötzlich, mit einem schreckhaften Zusammenzucken seines ganzen Körpers, dass er, infolge der Knappheit des ihm zur Verfügung stehenden Raumes, mit den Knien heftig gegen das vor ihm niedergeklappte Brett mit dem Frühstückstablett stösst und ihm der Kaffee, das einzige, was er eigentlich hat zu sich nehmen wollen, siedend heiss über einen Schenkel stürzt. Was ihm, neben dem geradezu betäubenden Schmerz, einen erst erschrockenen, dann mitfühlenden Blick Mathildes einbringt und ein Lächeln von, auch das muss er, trotz seiner Verwirrung, zugeben, wirklich appetitlichen Lippen. Immerhin bleibt ihm erspart – sie hat ihre Serviette bereits gezückt –, dass sie seinen glühenden Schenkel zu trocknen beginnt (man stelle sich Professor L. vor, eingeklemmt zwischen Fenster, Frühstückstablett, Armlehnen und Sitzpolster), denn die Stewardess eilt gerade noch rechtzeitig herbei, um ihr diese Aufgabe abzunehmen.

Er ist sich bewusst geworden, *wie viele* Persönlichkeiten er in seinem Kopf versammelt hat. Nicht nur Lachmann und seine Mathilde und deren Frank, auch deren Eltern und Geschwister und Lehrer, und wenn er an die stattliche Anzahl seiner übrigen Patientinnen und Patienten denkt, an die Geliebten und Ehefrauen und Töchter, an die Väter, die Lehrerinnen, die Chefs … Wenn er also einen einzigen Patienten nimmt und ihn mit all seinen Bezugspersonen, seinen Freunden und Feinden, multipliziert, so kommt er auf eine derart unermessliche Zahl von Menschen, alle abrufbar und aufs Genaueste analysiert und gespeichert in seinem einzigen, armen Psychiaterkopf …, die, sofern ihn seine professionelle Gelassenheit verlassen sollte, sich in seinem Kopf zu Wesen aus Fleisch und Blut auswachsen und ihn bedrängen können, weil aus theoretischen Schemen Menschen geworden sind … Nun, es ist kein Wunder, dass Professor L. bei diesem geradezu metaphysischen Schreckensgedanken auf- beziehungsweise gegen das Frühstückstablett geschnellt ist. Gewiss ist es im Übrigen und gerade in der Situation für Professor L., der an sich stolz und, warum sollte man es verschweigen, auch nicht uneitel ist, beschämend, zusammen mit der Wundsalbe, die ihm die Stewardess in die Hand gedrückt hat, zur Bordtoilette eilen und damit leicht gebückt – im Cityliner sind die Toiletten platzsparend in den Raum eingepasst, sodass ein ausgewachsener Mann unmöglich aufrecht darin stehen kann – die schmerzende Stelle zu kühlen versuchen zu müssen. Ganz zu schweigen von seinen Bemühungen, auf einem – dem gesunden – Bein stehend das andere in Pohöhe unter den Wasserhahn zu stemmen und es unter dem nur durch wiederholtes Drücken eines Knopfes hervorzurufenden Wasserstrahl zu säubern. Die Möglichkeit, ganz aus der Hose zu steigen und sie mit beiden Händen unter den jetzt in Intervallen hervorschiessenden Wasserstrahl zu halten (was zweifellos praktischer gewesen wäre), erwägt Professor L., dem inzwischen der Schweiss auf der Stirn steht, nicht. Viel zu gefangen ist er von der Idee, in wenigen Stunden am Münchner Welt-Ärztekongress, Spezialist für Traumfragen, der er ist, mit kaffeeversauter Hose vor sein nicht unbedeutendes Publikum treten zu müssen.

Kapitel 3
Mathildes zweiter Versuch

Irgendwann an jenem späten Samstagnachmittag, den Cognac hatte ich gerade noch rechtzeitig beiseitegestellt, war ich dann doch noch dazu übergegangen, mir selbst zu verzeihen. Denn war G. nicht bereit gewesen, mir seine Zeit zu schenken? Mit mir, Mathilde, essen zu gehen, obwohl er, wie jedermann weiss, Journalisten meidet, wo es nur irgendwie geht? Nun gut, ich hatte falsch reagiert, hatte nicht richtig reagieren können, aber nach einigen Tassen meiner Trostmischung, Tee mit viel Zucker, etwas Nelke und Zitrone, war ich entschlossen, die Sache so anzugehen, wie es den Beifall meiner Grossmutter gefunden hätte, Auguste Mathilde de Zut, die ich der Einfachheit halber AuMa nenne, was ich als «Oma» ausspreche, aber selbstverständlich so nie schreiben würde.

Meine AuMa, eine äusserst unkonventionelle und lebenstüchtige Person, deren Haar im Alter immer röter, deren Sportwagen immer schnittiger und Liebhaber immer jünger wurden, meine innigst geliebte AuMa, die von ihren Mitmenschen aus purem Unverstand als verrückt bezeichnet wurde, hatte mich von Kindsbeinen an mit den notwendigen Methoden zur Lebensbewältigung eingedeckt. Zum Beispiel der Erkenntnis, dass Misserfolge dazu da waren, in Erfolge umgewandelt zu werden, und von wegen knietief in der Scheisse stecken: Wer den Fuss entschlossen genug hochhebt, watet auch unbeschadet daraus hinaus. Ganz abgesehen davon, dass sie mich, wie ich als Baby auf dem Töpfchen sass, gelehrt hatte, Scheisse als wertvollen Bestandteil meiner Selbst anzusehen, und zu Scheisse niemals «Scheisse» gesagt hätte, denn sie war, zumindest was ihre Umgangsformen betraf, eine de Zut. Sie war es, nebenbei bemerkt, auch gewesen, die mich mit dem nötigen Wissen, was Männer betrifft, ausgestattet und, als sie den Zeitpunkt dazu für gekommen erachtet hatte, mir den ersten Liebhaber zugeführt hatte. Darauf bestehend, dass es ein Mann mittleren Alters zu sein hatte, mit Eleganz und Charme, auf dass mir nicht durch einen pickligen, unerfahrenen Jungen der Spass für immer geraubt würde. Dass sie recht behalten hat und mir meine Entjungferung insgesamt zu einer recht erfreulichen und problemlosen Angelegenheit geriet, hat mich stets mit Dankbarkeit gegenüber meiner AuMa erfüllt. Übrigens wird meine AuMa, wiewohl seit anderthalb Jahren tot – sie hat sich an ihrem 75. Geburtstag im Dachstock ihres Hauses erhängt, nachdem sie sich von ihrer Familie mit dem rätselhaften Satz «Ein wohlerzogener Gast weiss, wann er die Tafel der Lebenden zu verlassen hat» verabschiedet hatte –, in sämtlichen heiklen Lebenslagen von mir angerufen. Ungeachtet dessen, dass sie damals wie ein Engel, schön frisiert und in ihrem besten Seidenkleid, was ihr für diesen ihren letzten Auftritt eine Selbstverständlichkeit gewesen sein muss, einen Zoll breit über dem mit einem türkischen Kelim bedeckten Boden geschwebt ist, steht sie mir mit ihrem Rat äusserst lebendig und resolut zur Seite. Immer meine AuMa im Kopf, machte ich mich also aufs Sorgfältigste zurecht.

Mathilde Maas, in einem Kostüm von Jean Paul Gaultier, das ihre schlanke Gestalt nicht nur aufs Vorteilhafteste unterstrich, sondern geradezu betonte, dass unter dem exquisiten strengen Stoff ein überaus weiblicher Körper steckt, erkannte mit einem Blick, dass die Schlange, die sich vor der Abendkasse gebildet hatte, viel zu lang war, als dass sie noch mit einem Sitzplatz in G.s Nähe hätte rechnen können. Sie holte ihren Presseausweis hervor und hielt ihn dem jungen Mann, der am Eingang die Tickets kontrollierte, mit einem derart entschlossenen «Ich bin mit G. verabredet» unter die Nase, dass er sie widerspruchslos passieren liess – übrigens eine ihrer ersten Erfahrungen als Reporterin, dass sie mit Höflichkeit oder Ehrlichkeit nichts, aber auch gar nichts erreichte, ihr hingegen sämtliche Türen, je unverschämter und arroganter sie sich gab, geradezu aufgerissen wurden. So schob sie sich mit einem bestimmten «Pardon ... Sie gestatten ...» quer durch die sich unsicher nach einem Sitzplatz umsehende Menschenmenge, schlängelte sich entschlossen bis ganz nach vorn und nahm auf einem Stuhl gegenüber dem Lesepult, das auf G.s Erscheinen wartete, Platz. Auch das war eine ihrer Erfahrungen, dass die vordersten, die exponiertesten Plätze im Allgemeinen gemieden wurden. Sie schlug die Beine übereinander und erst dann sah sie sich im Saal um. Das Theaterfoyer, in dem die grossen Lesungen abgehalten werden, war bis in die hintersten Ränge gefüllt, selbst auf den Stufen der Mitteltreppe und auf den Balustraden hockten sie, die wie sie G. bewunderten und ihn für einmal, einmal nur, aus der Nähe erleben wollten. Meist junge Leute in Jeans und Turnschuhen, die leise und erwartungsvoll raunend die Köpfe zusammensteckten und wie auf einen Gongschlag hin verstummten, als G. mit finsterem Gesicht die Bühne betrat. G., ihr G., in einem khakibraunen Cordanzug, wurde vom Kegel des Scheinwerferlichts eingefangen, er trat hinter das Lesepult, wartete schweigend die begeisterte Begrüssung des Präsidenten des hiesigen Literaturclubs ab, legte dann sein Buch auf die Tischplatte, setzte seine Lesebrille auf, eine dieser schmalen Halbbrillen, die Mathilde schon immer irgendwie sexy gefunden hatte, warf einen Blick über seine Brille hinweg ins Publikum, umfasste mit diesem einen Blick die vielen hundert Gesichter, die sich ihm erwartungsvoll zuwandten, lächelte kurz in diese Gesichter hinein und begann zu lesen.

Ich hatte seinen Sätzen an diesem Abend kaum zuhören können, liess seine Stimme vielmehr wie eine sonore, einlullende Geräuschkulisse sich um meine Gedanken legen, sie umhüllen, und schreckte höchstens dann und wann von einem Satz, einem Wort auf, das sich bis in mein Hirn hinein verirrt hatte. Worte wie «Dann bläht die Macht ihre Backen» oder «Ach Mädchen, bald blühen die Wicken ...» drangen seltsamerweise in mich ein, während ganze Textpassagen an mir abprallten, als seien sie, nicht nur akustisch, nicht vorhanden. Ich sah, wie G. seine Füsse kreuzte, während er las, wie sich seine Stirn runzelte und wieder glättete, ich sah seine feingliedrigen, bräunlichen Hände so nah, als lägen sie auf meinem Schoss, wie sie die Seiten abzuwägen schienen, bevor sie zugriffen und umblätterten, ich sah seine gesenkten Lider über den Buchseiten und wie er den Blick zuweilen über den Goldrand seiner Brille anhob, um ihn über das aufmerksam lauschende Publikum gleiten zu lassen, ganz so, als müsste er seine Hörer in seine Stimme einzwingen, doch mir kam dieses Ausschwenken vielmehr so vor, als müsste sich G. gewaltsam erinnern, dass er nicht für sich selbst, sondern für andere, für Fremde las. Ein Räuspern, dann und wann ein abgewürgter Hustenreiz, sonst war das Publikum konzentriert und ruhig, irgendwo knarrte ein Stuhl und jemand kramte verstohlen nach einem Pfefferminzbonbon.

Ich sah immer wieder auf die Uhr, schlug einmal das linke Bein über rechts, entlastete dann wieder einen schmerzenden Muskel rechts über links, ich hasse Lesungen, und zwar umso mehr, je lieber ich den Autor lese, was bei G. zweifellos der Fall ist.

Jedenfalls hatte G. jetzt über eine Stunde lang gelesen, bis er endlich den Blick anhob, das Buch zuklappte und kurz in den zögernd einsetzenden, dann tosenden Applaus lächelte. Ich hatte meine Tasche mit dem Tonband bereits auf den Knien, bereit, nach vorn, zu ihm auf die Bühne zu eilen, als sich der Präsident des Literaturclubs mit einem glücklichen Lachen auf den Lippen auf die Bühne hievte, dem Beifall mit ausgebreiteten Armen lächelnd Einhalt gebot und den gefürchteten Satz aussprach: «Herr G. ist nach dieser wunderbaren Kostprobe gerne bereit, ... wie er mir vorhin ..., Fragen aus dem Publikum ...», und G. starrte finster, und im Zuschauerraum machte sich verlegene

Stille breit, und der Präsident lächelte aufmunternd, und irgendwo scharrten Füsse, und ich, ich lehnte mich gottergeben in meinen Stuhl zurück. Ich schöpfte bereits Hoffnung, als sich nach langem peinlichem Schweigen noch immer niemand zu Wort gemeldet hatte und G. zum Präsidenten sah, von seinem Lesepult wegtreten wollte, doch der Präsident missverstand diesen Blick, deutete ihn als Aufforderung, das Eis zu brechen – und sprach G. auf sein politisches Engagement an. Erleichtert griff ich wieder nach meiner Tasche, wie G. auf diese Frage reagierte, wusste ich, und so wie ich sass, konnte ich als Erste bei ihm auf der Bühne sein, ich würde lächelnd auf unser kurzes Intermezzo am Nachmittag zurückkommen und dann vielleicht noch ein Glas Wein in einer Bar …

Doch G. sprach. Unendlich lange und wie im Monolog. Willybrandt und Wahlhilfe und SPD kleineres Übel und Ausbeutung Dritte Welt, Finanzplatz Schweiz und Armut in Indien und soziale Not und Mobutu, und ein junger Zuhörer griff den Faden auf, Pakistan, und eine Leserin wollte wissen, wie sich – man habe gelesen, dass G. kürzlich wieder geheiratet habe –, wie sich das Private auf das Schreiben auswirke, und von hinten, von irgendwoher, wie G. als Maler, und von rechts aussen nochmals Willybrandt, und aus dem Mittelfeld das Assoziative der frühen Gedichte, und der Präsident lächelte und stach wie ein Dirigent mit dem Taktstock mit seinem Finger in das Publikum, der Herr auf der Balustrade dort und die junge Dame hier vorn und … und Mathilde sah verzweifelt, wie ihre Chance zerrann, erneut, die Chance ihres Reporterlebens, ihre Finger trommelten empört auf das Leder ihrer Reportertasche, in der, ungenutzt, das Tonband liegen bleiben würde, ihre Füsse wippten, wie eine persönliche Beleidigung traf sie jede neue Stimme, die sich aus der Tiefe des Saals nach vorne schwang, entsetzt sah sie zu, wie G. müde zu werden begann, wie er den Präsidenten mit einem ungeduldigen Blick aus seinem Lächeln zwang, die letzte Frage ..., «Wir danken Herrn G. für diesen eindrücklichen Abend!», und sein Hinweis auf den Büchertisch, und dass Herr G. allenfalls bereit wäre, das eine oder andere Exemplar ..., und wie Stühle geschoben wurden und Füsse scharrten, und wie sich die Erste mit gezücktem Buch der Bühne näherte, und wie sich Hände mit Büchern nach G. ausstreckten, und wie G. seinen Kugelschreiber aus der Innentasche seines Vestons holte, und die Bühne schwarz von Menschen, und die Lichter im Saal, und wie G. nur noch einen Gedanken haben konnte: zurück ins Hotel, allein, Ruhe.

Und Mathilde Maas zwängte sich durch den Saal, zum Ausgang, sah weder nach links noch nach rechts, nur ein kurzer Blick zurück: da vorn, irgendwo, inmitten auf- und nachrückender Menschenschlange, ein winziges Stückchen khakibraunen Cords.

Kapitel 4
Psychiatrieprofessor L. hat Angst

Psychiatrieprofessor L., dem es nicht gelungen ist, den männerkopfgrossen Kaffeefleck aus seiner pastellweissen Hose, von der ihm seine Frau am frühen Morgen noch abgeraten hatte, «zu heikel», hatte sie gesagt, zu entfernen, bahnt sich mit ausdruckslosem Gesicht seinen Rückweg durch die ihm und seinem Missgeschick entgegengereckten Köpfe im Passagierraum. Neugierige Anteilnahme und eine fast schon aufsässig zu nennende Hilfsbereitschaft der erneut herbeieilenden Stewardess bringt er mit einer wegwerfenden Handbewegung zum Verstummen, während er versucht, über die anmutig hochgestellten Knie der in Gedanken versunkenen Mathilde überzusetzen, um an seinen Fensterplatz zu gelangen. So unauffällig versucht, sich an ihr vorbeizuzwängen, dass Mathilde erschrocken hochfährt. Ihrem möglicherweise hinreissenden Lächeln weiss er mit einem knappen Kopfnicken zu begegnen und entkommt, indem er sich entschlossen abwendet und durch ein beschlagenes Fensteroval in das graue Nichts der Wolken starrt.

Während seine Nase sich weigert, diesen süssen Duft, der ihm aus dem Nachbarsitz entgegenschlägt, wahrzunehmen, ein Duft, der nach Zimt riecht … und irgendwie zitronig, Orangenblüte …, versucht er, dem Aufruhr in seinem Innern Herr zu werden. Psychiatrieprofessor L. ficht sozusagen einen Kampf auf mehreren Ebenen aus. Nicht genug damit, dass er vorhin, während seines schweisstreibenden Debakels vor der Waschschüssel, etwas an sich bemerkt hat, was ihm, seit er sich als junger Arzt dreimal die Woche auf die Couch seines Analytikers gelegt hat, nicht mehr untergekommen ist: dass er sich fürchtet vor seinem Auftritt, in einer Stunde, vor versammelten und eigens angereisten Koryphäen aus halb Europa und Übersee. Er, der bis anhin diese Exponierungsängste, wie er sie ohne Weiteres als normales, wenn auch quälendes, so doch häufig auftauchendes Phänomen seinen Studenten umreissen kann, nie gekannt hat, eher eine – auch nicht ganz lupenrein, aber das behält er für sich – schon fast ins Sexuelle gehende Stimulation, die sich steigert, je bedeutender die Begegnung ist und je gewichtiger er in deren Zentrum steht, er, Professor L., verspürt Versagensängste, Lampenfieber, Platzangst ... Angst! Und dann, und weiss Gott schwerwiegender, hat ihm diese Mathilde quasi in personam vorgeführt, was er schon längst ahnt: dass er bei seinem Patienten Lachmann schlicht versagt hat. Nicht weil er ihn in diesen sieben Jahren von seinen Zwängen nicht hat befreien können, Wunder kann auch Professor L. keine vollbringen, sondern weil er – wie ein Messer in der Wunde bohrt sich die Einsicht ihren Weg – im Laufe dieser Jahre seine therapeutische Distanz und Unabhängigkeit, was Patient Lachmann betrifft, gründlich verloren hat. Er hat – Professor L. starrt starr vor Schreck zum Fenster hinaus – *Anteil* am Leben seines Patienten genommen, Anteil vor allem – Professor L. ist versucht, seine heisse Stirn am Fenster des Cityliners zu kühlen, aber ein Sinn für Würde hält ihn auf halbem Weg zurück – am irritierenden Verhalten der von Patient Lachmann so heftig umworbenen Frau. Dieser Mathilde. Die, Professor L. wagt kaum zu atmen, durch die Stimme, die Tränen, die Begeisterung seines auf der Couch liegenden Patienten in seinem Innern Leben gewonnen hat. Die er, an seines Patienten statt, begehrt, gehasst, verstossen hat, analysiert, mystifiziert, entmystifiziert … Es geht nicht an, und da ist Professor L. wieder ganz Psychiater und gegen jede Form von Selbstbetrug, diese Anteilnahme als Ersatz für die verlorengegangene Leidenschaft für seine Frau Marianne oder die nicht gelebte Leidenschaft für die brasilianische Anästhesieschwester Masha-Belle zu erklären. Er hat versagt, hätte schon längst Patient Lachmann an einen Kollegen verweisen müssen und … Er schrickt unter der federleichten Berührung an seinem linken Unterarm zusammen:

«Möchten Sie noch etwas Kaffee?»

Kaffee?

Psychiatrieprofessor L. starrt die braunäugige, samthäutige Mathilde an, als sei sie ein Geist, doch nichts als Liebenswürdigkeit spricht aus ihrem Blick, und Sachlichkeit, während sie ihn auf die Stewardess aufmerksam macht, die ihm auf einem Unterteller eine frische Tasse hinhält. Er dankt und streckt den Arm aus.

«Milch?»

Er nickt. Vergisst, dass er seinen Kaffee, allein das Wort verursacht Unbehagen, nur schwarz trinken kann.

Er stellt den Milchkaffee auf sein heruntergeklapptes Tablett, rührt mit seinem Löffel und vermeidet weiteren Sicht- oder gar Hautkontakt mit der neben ihm sitzenden Person. Bis ihn ein Gedanke immer stärker zu quälen beginnt: Hat er das Manuskript seines Referats ...? Aber sicher hat er! Er erinnert sich genau, wie er das Manuskript genommen und in seinen Aktenkoffer gelegt ... Aber ist er dann nicht nochmals mit seinem Manuskript in der Hand zurück ins Wohnzimmer, wohin ihn Marianne gerufen ... wegen der Hose, und ob er nicht doch ein zweites Paar ...? Aber dann ist er doch gleich zurückgekehrt, mit dem Manuskript, nachdem ihn ein Trotz – warum eigentlich? – auf der viel zu hellen Hose hatte beharren lassen ... zurück zum Aktenkoffer, ins Schlafzimmer ...?

Der Aktenkoffer befindet sich im Gepäckfach.

Über Mathildes Kopf.

Vor sich der Milchkaffee, das Tablett sozusagen auf den Knien. Neben sich Mathilde. Professor L. sieht auf die Uhr. In fünfundzwanzig Minuten werden sie in München ...

Er entknotet seine Beine, bittet Mathilde ... Sie nimmt ihm die Tasse ab, während er sich über die Sitzlehne zwängt, bleibt neben ihm im Gang stehen, während er im Gepäckfach kramt, sucht, den Aktenkoffer schliesslich unter Mathildes Mantel findet, ein Zitronenduft entströmt ihrem Haar, das seinem Gesicht sehr nahe ist, während er fieberhaft in seinem Aktenkoffer wühlt und sich gleichzeitig für die Störung entschuldigt, schräg nach unten, in dieses Haar hinein. Bis seine Finger das Manuskript ertastet haben und er den Aktenkoffer zuschnappen lassen kann, ebenso das Gepäckfach. Er vermeidet den Blick auf Mathildes Beine, die umhüllt sind von diesem irisierenden, stark glänzenden Material, von dem seine Tochter kürzlich erklärt hat, es sei in Sachen Strumpfmode der letzte

Schrei, vermeidet es, wie gesagt, hinzusehen, während er sich zusammenkrümmt und an seinen Fensterplatz zurückfindet.

Kapitel 5

Mathilde denkt eigentlich an Johnny

Als würde ihr sein Bild von dritter Seite untergeschoben, denkt Mathilde, die im Kopf die Fragen durchgeht, die sie G. als erste stellen will, plötzlich an Johnny. Während sie in ihr drittes Brötchen beisst – eigenartigerweise überfällt sie im Flugzeug immer eine Art Heisshunger –, denkt sie daran, wie ihr Johnny letzten Donnerstag Sushi serviert hat. Diese Donnerstagabende, die, weil sie nicht kochen kann, bei Johnny stattfinden, sind zu einem so festen Bestandteil ihres Lebens geworden, dass sie auf Anhieb nicht mehr hätte sagen können, seit wie vielen Jahren sie diesen Jour fixe durchführen. Einfach immer schon. Johnny besitzt, was diese Essen betrifft, einen unerschöpflichen Ideenreichtum, sodass sie sich schon oft gefragt hat, wo er sich damit eindecken kann, er, der kaum ausgeht und, so viel sie weiss, keinen einzigen Freund besitzt. Sushi aus Japan oder provenzalische Krabben an Absinthsauce, griechische Souflaki oder russische Blini, Johnny kocht sich durch die halbe Weltkarte, obwohl er selbst nichts so inbrünstig hasst, wie auch nur in die nächste Stadt reisen zu müssen, geschweige denn ins Ausland. Johnny Lachmann setzt keinen Fuss in ein Flugzeug, besitzt keinen Führerschein und in der Strassenbahn bekommt er Platzangst. Er ist ungefähr das Immobilste, das man sich im mobilen Zeitalter vorstellen kann, und überhaupt kann es keine unterschiedlicheren Charaktere geben, als sie und Johnny es sind. Ihm widerstrebt so ziemlich alles, was sie leidenschaftlich gerne tut, und ihr sträuben sich allein beim Gedanken, sie müsste eine Woche lang so leben, wie es für Johnny selbstverständlich ist, zurückgezogen, kommunikationslos, sämtliche Nackenhaare. Aber weiss der Teufel, genau das mochte das Geheimnis ihrer Freundschaft sein, auf die sie beide, wie sie sich zuweilen versichern, allergrösste Stücke legen. Ihre Freunde haben es längst aufgegeben, ihren seltsamen Heiligen zu verspotten, denn darin versteht Mathilde keinen Spass. Genauso wenig, wie wenn ein Nichtkatholik glaubt, Papst- und Priesterwitze zum Besten geben zu müssen, da kann sie ganz schön sauer werden, obwohl sie längst aus der Kirche ausgetreten ist. Irgendwie ist es dasselbe, Johnny mag auf seine Art verrückt sein, aber ihr allein steht es zu, das festzustellen. Was sie im Übrigen gar nicht tut. Denn Johnnys Eigenheiten stören sie nicht, im Gegenteil, sie heben sich für sie wohltuend von der Plattheit und Spiessigkeit des Durchschnittsbürgers ab. Ein Gedanke, für den Johnny sie nun gründlich tadeln müsste, denn für ihn existieren so undifferenzierte Begriffe wie «Durchschnittsbürger» nicht. Die Eigenheit, beispielsweise, dass Johnny sie in all den Jahren nie als Frau zur Kenntnis genommen hat. «Ich könnte mich nackt auf den Kopf stellen», hatte sie ihrer AuMa erklärt, «Johnny würde mich höchstens fragen, ob diese Stellung für mich bequem sei.» Ihre AuMa hatte sie zwar zweifelnd angesehen, aber nur, weil sie sich ein Verhältnis ohne Sex zwischen Männern und Frauen jedweden Alters einfach nicht vorstellen mochte.

Mathilde denkt daran, wie eigentümlich ihre erste Begegnung gewesen war beziehungsweise die Umstände, damit es überhaupt zu dieser Begegnung hatte kommen können. Absurd ... Doch in diesem Moment schnellt dieser Psychiater neben ihr, dessen Bild sie schon des Öfteren in der Zeitung gesehen hat, mit einem unterdrückten Aufschrei in die Höhe. Erschrocken fährt sie herum, versucht noch, reflexartig, seine Kaffeetasse mit einer Hand zu fassen zu bekommen, doch schon klatscht das ganze Tablett auf seine Knie. Hilflos starren sie beide für den Bruchteil einer Sekunde lang auf seine helle Hose, die nun dampft von der siedend heissen Flüssigkeit, dann springt sie in die Höhe, er auch, sie greift nach der Serviette auf ihrem Schoss, reicht sie dem Ärmsten hin, das muss mörderisch wehgetan haben, «Hier», sie lächelt ihn mitleidig an, will ihm noch mit einer Hand aus dem Sessel ... Doch die Stewardess hat sich seiner bereits angenommen, führt ihn hinaus, um ihn zu verarzten.

Mathilde nimmt wieder Platz, Gott sei Dank hat sie nichts abbekommen, ihr neues Kleid von Sonia Rykiel hat sie ein Vermögen gekostet, nicht dass es ihr erster Gedanke ist, aber trotzdem. Sie sieht nach hinten, der Psychiater ist in der Bordtoilette verschwunden, sie weiss, wie schmerzhaft solche Verbrennungen sind, ihr selbst hat einmal der Reisebegleiter eines türkischen Linienbusses in seinem Übereifer heissen Tee über die Hand gegossen, es war grauenhaft gewesen.

Die Stewardess kehrt zu ihr zurück, unterhält sich mit ihr über Verbrennungen ersten und zweiten Grades, dann nimmt sie ihrer beiden Tabletts in die Hand und kehrt kopfschüttelnd an ihre Arbeit zurück.

Das mit Johnny ist so gewesen. Ich erinnere mich so genau, als ob das alles gestern passiert wäre. Ich wollte an einem frühen Abend meine Freundin Cornelia anrufen. Wir standen damals kurz vor dem Examen, dem ersten und einzigen übrigens, das ich an der Uni abgelegt habe, weil ich dann das Studium zwei Semester später abbrach. Ich wollte also Cornelia anrufen, wir trafen uns jeden zweiten Abend, um uns den Stoff gemeinsam einzuhämmern, wählte ihre Nummer, wartete ziemlich lange, bei Cornelia dauerte es immer ewig, bis sie an den Apparat kam, ich wollte schon auflegen, als sich eine Männerstimme meldete: «Ja?», machte sie, ein ungehaltenes, knappes «Ja?!».

Ich fragte nach Cornelia. Der Mann schwieg.

«Cornelia?», fragte er dann, «Was für eine Cornelia? ... Hier gibt es keine Cornelia.»

Das wäre nun sicher soweit nichts Aussergewöhnliches gewesen, wenn die Stimme des Mannes nicht zu lächeln begonnen hätte, wohlgemerkt die *Stimme*, nicht der Mann. Der Mann blieb ungehalten, aber seine Stimme ... irgendwie Plüsch, dunkler, weinroter, samtiger Plüsch. *Voix de velours*, würde meine AuMa sagen, die in ihrer Jugend für Tino Rossi geschwärmt hatte, *Voix de velours*, eine Stimme wie Samt, tief, aber kein bisschen kehlig oder rau. Ich jedenfalls tat, was man in solchen Situationen immer tut, «Entschuldigen Sie bitte, falsch verbunden ...», und legte auf.

Was soll ich sagen? Diese Stimme ging mir nicht mehr aus dem Kopf. Ich konnte in die Küche gehen und mir einen Tee kochen, Kleider in den Schrank einräumen oder mich wieder hinter meine Bücher klemmen, diese Stimme hatte sich in mir festgehakt, irgendwo sang diese Stimme in mir, und, um es kurz zu machen, nach rund einer Stunde kehrte ich zum Apparat zurück, nahm den Hörer wieder in die Hand und drückte, ohne zu zögern, auf die R-Taste, die automatisch die zuletzt gewählte Nummer im Speicher wieder anwählt.

«Ja ...?»

«Ich bin's nochmal ... die vorhin wegen Cornelia angerufen hat ...»

«Sie ist noch immer nicht da.» Konnte sein, dass jetzt nicht nur die Stimme, sondern der ganze Mann lächelte.

«Nein», sagte ich.

«Nein», er.

Ich zögerte, die Stimme kitzelte, ich überlegte fieberhaft, stürzte kopfüber: «Kennen Sie Tino Rossi?»

«Nein», meinte er, nicht etwa erstaunt, nur feststellend.

«Ein Sänger ... Meine AuMa hat in ihrer Jugend für ihn geschwärmt, alle haben damals für ihn geschwärmt.»

«Franzose?»

«Korse.»

«Ach ja. Schlager?»

«... und Volkslieder, eigentlich mehr Volkslieder, aber Schlager auch, ziemlich kitschig ...»

«Mmhh ...»

Ich rechnete es ihm hoch an, dass er nun nicht einfach «Ja dann ...» oder so was sagte, sondern hinzufügte: «Ich bin mehr fürs Klassische.»

«In der Musik?»

«In der Musik, aber auch sonst, in der Literatur ... Wobei ich jetzt differenzieren müsste, literarisch setze ich ungefähr bei der Romantik ein, und diese Strömung steht nun wirklich im entschiedensten Gegensatz zur Klassik ...»

Von Hölderlin bis Debussy und Rachmaninow über Kubismus und Rodins *Bürger von Calais*, ich kauerte auf dem Boden, den Hörer ans Ohr gepresst, lauschte dieser Stimme, kratzte mein ganzes Schulwissen zusammen, um mit dieser Stimme mitzuhalten, wuchs diesbezüglich über mich hinaus, meine ganze Person war wie ein Klangkörper, in dem sich diese Stimme entfalten und anschwellen konnte, wie eine nachgiebige Membran, in der nichts aneckte, nur weiche Schwingung war. Irgendwann, atemlos, war ich es, die «Ja dann ...» sagte und «Gute Nacht» und den Hörer einhängte.

Ich blieb zuerst wie erschlagen am Boden sitzen, sprang dann, als müsste ich den Zauber abschütteln, auf die Füsse, machte ein paar Schritte durch meine Wohnung, kehrte zum Apparat zurück und rief meine Freundin Cornelia an.

«Wo bleibst du denn, ich dachte, wir hätten abgemacht heute Abend ...»

«Stell dir vor, was mir passiert ist ...», ich wollte soeben zu einer haarkleinen Schilderung des Erlebten ansetzen, als ich entsetzt innehielt: Indem ich Cornelias Nummer gewählt hatte, hatte ich die andere, die gespeicherte, gelöscht. Nun würde Cornelias Nummer angewählt, wenn ich auf die R-Taste drückte. Und ich wusste nicht, wie die Stimme, wie der Mann hiess, wo er wohnte ...

«Aber vielleicht ruft er dich an», meinte Cornelia, die ihren Unmut auf der Stelle vergass, erregt, in diese spannende Geschichte mit hineingezogen zu werden, «sicher ruft er dich an, wenn ihr so lange zusammen gesprochen habt ...»

Ich war verzweifelt. Ich hatte ihm auch meinen Namen nicht angegeben. Nichts, nicht mal den Vornamen. Oder die Strasse.

Mit Abfragen war wohl heute nichts mehr, Cornelia zeigte Verständnis, ich legte tonlos wieder auf, ich Huhn, ich elendes, ich hätte mir vor Ärger in die eigene Wade beissen können. Stattdessen kaute ich auf meinen Fingernägeln herum, eine Gewohnheit, die ich Gott sei Dank wieder losgeworden bin, schob mir abwechslungsweise die Finger oder eine Zigarette in den Mund. Wie musste dieser Mann bloss aussehen, mit einer solchen Stimme, und so sanft wirkte er, so gelassen, so jemanden würde man nie auf der Strasse antreffen, oder in einer Kneipe, und in der Uni schon gar nicht. So verführerisch und so greifbar nah, ich starrte das Telefon an, in dem noch immer diese Nummer schwebte, irgendwo, zuoberst auf dem Stapel, direkt unter der von Cornelia.

Doch lassen wir das. Dass ich mich hätte ohrfeigen können, und wie, wer würde daran zweifeln. Ich setzte mich hin und überlegte. Stand wieder auf. Bis ich plötzlich die Lösung hatte: Wenn ich ihn erwischt hatte, weil ich Cornelia anrufen wollte, musste seine Nummer ganz ähnlich sein wie die Cornelias … 325 53 12 … Ich hatte also nur eine Zahl zu verändern, vermutlich, und würde wieder auf ihn stossen. Ich setzte mich also wieder hin, zog den Apparat auf meine Knie und begann. 235 53 12 … Besetzt. Vielleicht versuchte er, mich …? Aber nein. Das heisst, ich konnte später darauf zurückkommen. 352 53 12 … Frauenstimme, alt. 253 53 12… Frauenstimme, jung. Nochmals 235 53 12 … Immer noch besetzt, Herrgott nochmal. 325 53 21 … Männerstimme, verschlafen, dann wütend ... 532 53 12 ... 325 12 53 ... 325 53 12 ...

«Simmen?»

Verblüfft zog ich den Atem ein, hatte ich nun tatsächlich Cornelias ...? In meiner Verwirrung? Die Zahlen schwirrten in meinem Kopf, drei, fünf, zwei, eins ... Ich hätte die jeweiligen Kombinationen aufschreiben müssen, die Zahlen wirbelten, ich hatte einen Zustand erreicht, in dem ich nicht mehr zwei und drei hätte zusammenzählen können, ich entschuldigte mich bei Cornelia, immerhin war es schon nach elf, versprach, morgen früh wieder anzurufen ... und stellte den plötzlich verhassten und feindseligen Apparat in seine Ecke. Ich dachte an Lehrer Steiner und die Wahrscheinlichkeitsrechnung und daran, wie viele Möglichkeiten sich aus sieben Zahlen zusammenstellen liessen. Ich würde die halbe Stadt verrückt machen, und mich, und war es das alles wert? Ich merkte erst jetzt, wie mir heiss war und dass ich schwitzte und Hunger hatte, und plötzlich schien mir diese Stimme auch nicht mehr ganz so attraktiv zu sein wie vorhin. Die Zahlen und die fremden Stimmen, sie hatten die Stimme kaputtgemacht.

Mathilde Maas, MM, die ziemlich geistesabwesend den Psychiatrieprofessor an seinen Fensterplatz zurück gelassen hat – nur den Bruchteil eines Gedankens verschwendet sie daran, wie abweisend dieser Mensch sein kann, denn sie hat sich nach seinem misshandelten Bein erkundigen wollen, es aber angesichts seiner steinernen Miene und seines schroffen Sich-Abwendens bleiben lassen –, prüft mit einem Blick auf ihre Uhr, wie viel Zeit ihr noch bleibt, bis sie mit G. zusammentrifft. Um elf ist sie mit einer Margarethe Pichelsteiner, der Verlagsdame, verabredet. Sie wird mit dem Taxi direkt vom Flughafen aus zum «Vierjahreszeiten» fahren, weit ist es nicht. Gespannte Neugier, wenn sie an G. denkt, und eine Leere im Kopf.

Der Mann neben Mathilde starrt zum Fenster hinaus, als ob er in den Wolken tanzende Engel entdeckt hätte. Schläft er? Oder träumt er? Vorsichtig tippt sie mit dem Zeigefinger an seinen Arm, die Stewardess serviert die letzten Getränke, bevor sie zum Anflug auf München ansetzen. München! Allmählich beginnt Mathilde Maas dieses Kribbeln im Bauch zu spüren, das sich erst wieder beruhigen wird, wenn sie G. gegenübersitzt. Sie kennt sie bereits, diese Anspannung, in der sich ihr ganzer Körper wie vor dem Angriff zu ducken scheint, um dann leicht und locker aufzuschnellen, wenn sich die ganze Anspannung entlädt, im ersten Händedruck, im Augenkontakt, in den ersten Sätzen, und sie, Mathilde, sich unversehens in einem Gespräch wiederfindet. Noch nie hat sich eingestellt, womit sie *jedes* Mal rechnet, und zwar jedes Mal, dass ihr kein Wort einfallen will, kein einziger Satz, dass sie schweigt und ihr Gesprächspartner auch.

Am Anfang war das anders gewesen, natürlich, in traumatischer Erinnerung an eines der ersten Interviews, das sie für den Lokalteil der Zeitung, bei der sie als Journalistin begonnen hat, geführt hat. Mit einer alten amerikanischen Tänzerin, einer wahren Kultfigur des Tanzes, hiess es, von der sie, Mathilde, allerdings noch nie gehört hatte. In einer dunklen, kalten Gymnastikhalle im Zentrum der Stadt war es gewesen, sie hatte gegenüber der alten Dame Platz genommen und schon nach dem ersten Satz festgestellt, dass sie deren verwaschenen amerikanischen Slang kaum verstand, geschweige denn fähig war, daraus ein Stichwort aufzunehmen und einigermassen passend auf das Gesagte einzugehen. Wahre Hitze- und Kältewellen waren ihr durch den ganzen Körper geschossen, während sie diesem Redeschwall lauschte, der sich anhörte, als würde die alte Dame unaufhörlich eine heisse Kartoffel durch ihre Mundhöhle rollen. Das Blut hatte gerauscht in ihren Ohren, als sie die Redepausen aufs Geratewohl mit ihren Fragen, die sie sich zuvor auf einem Stück Papier notiert hatte, auffüllte oder ein *«Oh, really…»* oder *«Very interesting»* zwischen die Kartoffelsätze schob. Die ganze halbe Stunde lang, in deren Verlauf die würdige alte Dame sie immer erstaunter zu mustern und nervös mit dem sehnigen Fuss auf den Turnhallenboden klopfend ihre Worte zu unterstreichen begonnen hatte, rettete sie sich mit dem Gedanken an ihr Tonbandgerät, das sie sich anschliessend in aller Ruhe, das Wörterbuch zur Hand, so lange anhören konnte, bis sie etwas verstanden hatte. Und dass irgendwann auch diese halbe Stunde um sein würde. Sie hatte sich dann tatsächlich erleichtert von der grossen alten Dame des Tanzes verabschiedet, ihr umso überschwänglicher für dieses Gespräch gedankt und war eiligst zu ihrem Auto zurückgekehrt, wo sie, rein sicherheitshalber, auf das Tonbandgerät drückte, um zu prüfen, ob der Ton in Ordnung war. Es war schon ziemlich scheusslich gewesen für die junge, unerfahrene Mathilde, zu hören, wie es pfiff und knackte auf dem Band, wie sich die Hintergrundgeräusche vor die Stimme der Tänzerin schoben und sie bis zur Unkenntlichkeit überlagerten und verzerrten, während ihre eigenen *oh, reallys* und *how interestings* klar und vernehmbar obenaus schwangen. Und noch viel scheusslicher war es gewesen, einsam und verzweifelt, bis in die tiefe Nacht hinein, an einem Interview basteln zu müssen, das Frage um Antwort schlicht erfunden war. Satz für Satz, jedes Wort reine Fantasie, und als sie anderntags sogar noch gelobt worden war für dieses lebendige Gespräch, war ihr einziger Trost gewesen, dass die Tänzerin, die ihrerseits kein Wort Deutsch sprach, den Artikel nicht hatte lesen können.

Der Professor neben ihr seufzt, windet sich unruhig auf seinem Platz, eilig nimmt sie den Ellbogen, den sie gedankenverloren auf seine Armlehne gestützt hat, zurück und starrt, seiner Wange entlang, zum Fenster hinaus, wo strahlender Sonnenschein die Wolken verdrängt hat. Das Wetter würde schön sein in München, hatte Johnny gesagt, nachdem er eigens wegen ihr die Wetterprognosen am Fernseher verfolgt hatte, er, dem es ziemlich egal ist, ob es draussen schneit oder Katzen hagelt, wenn er nur nicht raus muss. Denn nicht nur sträubt sich Johnny, den Fuss in irgendein Fortbewegungsmittel zu setzen, Auto, Bahn, Flugzeug, er hasst jedes Zurücklegen von Distanz. Auch zu Fuss. Ganz besonders zu Fuss. Das einzige, worauf er sich im Lauf der Jahre hat einigen können, etwas musste er ja tun, ist schliesslich das Rad gewesen. Und darin, im Beherrschen seines Zehngängers, hat er es mittlerweile zu einer solch mühelosen, spielerischen Eleganz gebracht, dass seine sonstigen Aversionen, jede Form der Bewegung betreffend, vorerst überhaupt nicht auffallen.

Das Rad, hatte er ihr sehr viel später erklärt, erlaube die Überwindung der eigenen Schwerkraft. Etwas wie Freiheit erlebe er, wenn Strassen, Gesichter, Bäume an ihm vorbeisausten, der Blick schweifen könne, unbehindert von beengenden Fensterscheiben oder Blechwänden, keine fremden Blicke, die auf ihm ruhen können, nichts, was auf ihm verharren könnte, nichts hält ihn auf, keiner stellt sich ihm in den Weg, unbeachtet zieht er seine Bahn, die eigene Schwerfälligkeit durch einen einzigen Kick seines Fusses zehnfach überholt, die Last des Körpers dank des Spiels der eigenen Muskeln überwunden, reine Bewegung, von nichts als dem Surren der Speichen begleitet. Diese Entdeckung, der Notwendigkeit der Fortbewegung im Sattel zumindest Genüge leisten zu können, soll er schon früh gemacht haben, und bereits als Junge soll er Besitzer eines mit gebogenen Lenkstangen geradezu verwegen aussehenden Rennrads gewesen sein, lange bevor die Sache zum Volkssport verkommen war. Übrigens eines der wenigen Bilder aus seiner Vergangenheit, das er ihr gewährt hat, wie er, den Schulranzen auf dem Rücken, den Kopf tief über die Lenkstange gesenkt, das Haar vom Fahrtwind flach nach hinten gepresst, die Anhöhe vom elterlichen Haus in hoher Geschwindigkeit hinuntersaust, ein Rausch, den nicht die Abenteuerlust, sondern das schiere Grauen vor der Welt, die panische Flucht diktiert hat.

Radfahren. Auch hierin wenig Gemeinsamkeit. Denn es gibt wenige Dinge im Leben, die Mathilde von ganzem Herzen fürchtet und hasst, aber das, mit dem Fahrrad auf einer Kreuzung zu stehen, dort die Abgase und das Röhren von Motoren um Nase und Ohren geknallt zu bekommen und dabei um ein Haar von den vorbeijagenden Rädern eines Lastwagens erfasst zu werden, gehört sicherlich dazu. Umso erstaunlicher also, dass ihr erster Kontakt von der Entdeckung gemeinsamer Vorlieben und Abneigungen geprägt gewesen war, von einem tiefen gegenseitigen Verständnis, das sie sich im Übrigen bis auf den heutigen Tag bewahrt haben.

Nachdem ich die Nacht tief und traumlos durchgeschlafen hatte, war mir mein Abenteuer mit der Stimme vom Vorabend ziemlich unwirklich vorgekommen. Vermutlich hatte ich es auch bereits vergessen. Jedenfalls, ich rief, nachdem ich einigermassen auf den Beinen war, als Erstes wie versprochen Cornelia an. Noch ziemlich verschlafen, mit einer Hand in meinem Kaffee rührend, wartete ich die Klingelzeichen ab, wollte schon auflegen, offensichtlich war Cornelia bereits aus dem Haus, als ich vor Überraschung beinahe den Hörer aus der Hand fallen liess:

«Ja!?»

Ich schwieg, ein mulmiges Gefühl schoss mir in die Knie, ich tastete mit einer Hand nach dem Stuhl, liess mich fallen.

«Entschuldigen Sie, ich habe mich verwählt...»

Die Stimme schwieg, stiess einen kleinen erstaunten Gluckser aus, begann zu lächeln, atmete wieder aus und machte, und Samt war überhaupt kein Ausdruck:

«Hey... Guten Morgen. Schön geschlafen...?»

«Ja. Und Sie?»

Mein Herz schlug wie verrückt. Verrückt! Denn ich schwöre auf alles, was mir heilig ist, auf das Haupt meiner geliebten AuMa, dass mir an diesem Morgen nichts ferner gelegen hatte, als mich nochmals mit der Stimme anzulegen. Ich hatte an die Stimme nicht einmal gedacht, oder wenn, dann sehr verschwommen, und an den Mann, der dahintersteckte ... Ich tat vor Aufregung das, was vermutlich das einzig Mögliche war, ich lachte los. Und die Stimme, nun, sie lachte mit. So ein tiefes, fremdes, gurrendes, seidiges Lachen, dass ich vor Aufregung selbst nicht mehr aufhören konnte, ich keckerte und prustete, ich heulte geradezu vor Lachen, es begann schon richtig peinlich zu werden, umso mehr, als es am anderen Ende schon längere Zeit schwieg, und immer noch entrangen sich mir verzweifelte Schluchzer, bis ich ihn, und das erlöste mich, sagen hörte:

«So, und jetzt geben Sie mir Ihre Telefonnummer, bevor Sie wieder auflegen ...»

Seine unterschied sich tatsächlich nur durch eine einzige Ziffer von der Cornelias, ich hätte Cornelia und ihre Nummer küssen mögen, und wieder kauerte ich hingerissen auf dem Boden, presste mit schweissfeuchter Hand den Hörer ans Ohr, wie am Abend zuvor, nur dass wir an jenem Morgen mehr ins Detail gingen. Johnny – sein Name gefiel mir ausserordentlich und steigerte meine Neugierde, wie er wohl aussehen mochte, ins Unerträgliche – erklärte mir den Sprachduktus bei Musil, sprang über zu Heinrich Mann (Thomas mochte er nicht), zog Verbindungen zu Romain Rolland, tippte Malraux und Konsorten an. Ich erfuhr, dass er Strawinski liebte, hingegen Richard Strauss als Nazisympathisanten unerträglich fand, und pflichtete ihm entzückt bei. Wir entdeckten unsere gemeinsame Liebe zu Patricia Highsmith (das Einzige, was er in puncto leichterer Muse durchgehen lässt, von seinen zahlreichen übrigen Abneigungen sprach Johnny zu diesem Zeitpunkt noch nicht), wir stellten fest, dass ein Mensch, der sich auch als solcher fühlen wollte, ausschliesslich reinwollene Pullover auf der Haut tragen konnte («Kaschmir, Sie auch?»), allenfalls Baumwolle, und dass Kunststoffsohlen ausser an Gummistiefeln absolut indiskutabel waren, wir liebten französische Desserts und italienischen Caffè Latte (im Glas), und während Johnny durchaus sachlich blieb, muss ich gestehen, flirtete ich hemmungslos drauflos. Ich beschrieb meine Körpergrösse, mein Gewicht, Haarfarbe, Augen, beschönigte nichts, doch allein durch die Tatsache, dass ich mich einem Fremden beschrieb, bekam jede Aussage etwas obszön Enthüllendes. Jedenfalls, und ich glaubte, nie im Leben etwas Erregenderes erlebt zu haben, verabredete ich mich mit der Stimme, die von sich behauptete, in einer Hülle zu stecken, die irgendwie gross, dunkelhaarig und mit Brille versehen war, in der «Rio Bar», um acht.

Und Mathilde, die sich eigentlich fragen müsste, warum sie, seit sie in diesem Flugzeug Platz genommen hat, nichts als Johnny im Kopf hat, Johnny, der doch eigentlich in ihrem Leben keine fundamentale Rolle spielt, vielmehr, und sie würde sich des frivolen Gedankens vielleicht sogar schämen, im Lauf der Jahre so etwas wie schmückendes Beiwerk geworden ist, nimmt Professor L., der um Durchlass gebeten hat, selbstverständlich und ohne darum gebeten worden zu sein, diese unglückliche Kaffeetasse aus der Hand, damit er ungestört an sein Gepäck kann. Sie bleibt stehen und so, wartend, schiesst ihr der Gedanke durch den Kopf, wie seltsam es für Personen, die im Licht der Öffentlichkeit stehen, sein muss, sozusagen keinen Schritt unbeobachtet tun zu können. Zum Beispiel dieser Professor. Aus hundert Metern Distanz hätte sie ihn heute Morgen erkannt. Sei es, dass er anlässlich einer Vernissage – er gilt als grosser Kunstförderer – für die Klatschspalte ihrer Zeitung abgelichtet worden war, sei es, dass er in einem Interview als Auskunftsperson herhalten musste, wenn es um Psychiatriereform und Ähnliches ging, um Gerichtsgutachten, Podiumsgespräche, alles Mögliche, man *kennt* ihn ganz einfach, während er sie, Mathilde, weder je gesehen noch vermutlich je von ihr gehört hat.

Sie mustert ihn, sein schmales, ernstes Gesicht, die Goldbrille, wäre nicht die scheussliche helle Hose, er könnte durchaus als eindrucksvolle und elegante Erscheinung gelten. In dem Zusammenhang erinnert sie sich, wie sie einmal auf der Strasse einer Frau begegnet ist, die ihr so vertrackt bekannt vorgekommen war. Sie hatte gewusst, dass sie sie kannte, von irgendwoher, aber woher?, sie hatte für alle Fälle gegrüsst, doch die Frau hatte unbeeindruckt an ihr vorbeigesehen, bis ihr dann, im Weitergehen, in den Sinn gekommen war: Die Frau war Sprecherin, am Fernsehen.

Wenn das Phänomen der einseitigen Beziehung für den Professor sicherlich nur im kleineren Rahmen spielt, wie viel bedrängender muss es dann für G. sein, den Weltberühmten, wenn er beispielsweise in eine Apotheke geht, um Aspirin zu kaufen, und die Verkäuferin ihn anstarrt und womöglich fragt: «Um Gottes willen, Herr G., geht es Ihnen nicht gut? Kann ich Ihnen helfen?» Oder wenn er Abführmittel oder Kondome ... Mathilde Maas lacht Professor L. bei dem Gedanken belustigt ins Gesicht, doch der, verschlossen wie eine Auster, schiebt sich mit abweisender Miene und ohne ein Lächeln wieder an ihr vorbei, zurück an seinen Fensterplatz.

Ich hatte mich an diesem Abend, nachdem ich mich ausführlich mit meiner AuMa beraten hatte, dafür entschieden, nicht allzu früh in der «Rio Bar» zu erscheinen. Johnny sollte auf jeden Fall vor mir dort sein, und ich war sicher, dass ich ihn von Weitem erkennen würde. So wie der redete, Sprachduktus bei Musil und so, musste er in dieser Bar ziemlich auffallen. Sie war damals Treffpunkt der Stadtschickeria, und es hatte mich bereits am Telefon ziemlich erstaunt, dass sich Johnny diesen Ort ausgesucht hatte. Aber immerhin, er lag zentral und somit auf der Hand. Ich erschien also eine gute Viertelstunde zu spät. Die Bar war krachend voll, unsicher sah ich mich um, grüsste da und dort ein bekanntes Gesicht, aber irgendwie war da niemand, der nach Johnny aussah. Ich holte mir einen trockenen Martini an der Bar – Martinis galten damals als ausgesprochen schick –, blieb dann etwas unsicher an der Theke stehen, kein einziger freier Tisch, nicht mal ein Stuhl, und sah mich um. Wir hatten es nach unseren Gesprächen am Telefon gar nicht für nötig befunden, ein besonderes Erkennungszeichen auszumachen, es wäre mir auch stupide vorgekommen, Rose im Knopfloch und Zeitung unter dem Arm, das sah nach Kontaktanzeige aus, ich nippte also am Martini und wartete. Ich muss zugeben, nach einer weiteren Viertelstunde des Wartens kam ich mir idiotisch vor. Die Stimme hatte mich versetzt, mich zum Narren gehalten, ich schwankte, ob ich mir einen weiteren Drink besorgen oder gleich nach Hause gehen sollte, als mich ein warmer Atem im Nacken traf. Ich fuhr herum und starrte in das Gesicht des Mannes, der sich hinter mir aufgestellt hatte.

Ich gestehe: So hatte ich mir die Stimme nicht vorgestellt, wirklich nicht, so gewöhnlich, und eine Brille trug er auch nicht. Es war die Art Gesicht, die man hundert Mal sehen und sofort wieder vergessen kann. Ich lächelte gezwungen, als er fragte: «Mathilde Maas?», und nickte.

«Herr Lachmann hat mich gebeten, Ihnen auszurichten, dass er nicht kommen konnte …»

Ich starrte ihn an, nickte immer noch, klar, ich wusste es, die Stimme hatte mich verkauft, wie konnte ich nur so dumm sein, zu glauben, dass …

«Er bittet Sie, wenn es Ihnen nicht zu ungewöhnlich erscheint, sich in ein Taxi zu setzen und zu ihm zu fahren, auf seine Kosten natürlich …»

Um es kurz zu machen: Meine Neugierde siegte. Normalerweise hätte ich mich beim Überbringer dieser Botschaft bedankt und wäre ohne ein weiteres Wort nach Hause gefahren. Diesmal aber ging ich zu meinem Wagen zurück, zögerte nur kurz und fuhr an die Adresse, die mir der Mann angegeben hatte. Nur mal sehen, wo dieser Johnny wohnte, umkehren konnte ich noch lange. Es war ganz in der Nähe meiner Freundin Cornelia, natürlich, sie hatten ja auch fast dieselbe Telefonnummer, und irgendwie wirkte diese Tatsache vertrauensfördernd. Ich fuhr also langsam an Johnnys Haus vorbei, ein schönes Jugendstilhaus mit hohen Fenstern und dekorativen Erkern, kehrte um und parkte.

Obwohl mich meine AuMa ausgescholten hatte, nachher, Angst hatte ich keine, als ich auf die Klingel drückte, neben der sein Name stand. Etwas bange wurde mir eigentlich erst, als ich, nachdem die Tür aufsprang, kaum hatte ich geklingelt, in die wahrlich imposante Diele trat. Es war eines dieser Häuser der Jahrhundertwende, in denen die Fenster des Treppenhauses farbig verspiegelt sind und der Lift in einem schmiedeeisernen Käfig steckt. Ich hörte eilige Schritte die Treppe herunterkommen und dann stand Johnny vor mir. Was sage ich: *Gregory Peck* stand vor mir. Nicht Gregory Peck in irgendeinem seiner Filme, sondern in einem ganz bestimmten, in dem er einen Anwalt spielt, der in den Südstaaten der Vierzigerjahre einen der Vergewaltigung angeklagten (aber selbstverständlich unschuldigen) Schwarzen verteidigt. *To Kill a Mockingbird* hiess der Film und Johnny lächelte. Hielt mir die Hand hin und liess, um mir zu versichern, dass ich nicht vor Gregory Peck stand, seine Stimme ertönen. Selbstverständlich war es so, dass ich mich, im bunt verglasten Entree eines Zuckerbäckerhauses der Jahrhundertwende, vor der sich öffnenden Gittertür eines Personenlifts, augenblicklich und, wie ich damals meinte, unsterblich in Johnny verliebte.

Kapitel 6

Es kann losgehen!

Plötzlich muss man sich anschnallen, ein paar Hüpfer und der Cityliner, der Mathilde Maas auf direktestem Weg zu G. und Psychiatrieprofessor L. zu seinem Kongress führt, landet in München. Mathilde in ihrem zeitlos-klassischen und gerade deshalb topmodischen Kleid, das pinkfarbene Aktenköfferchen fest in der Hand, verabschiedet sich von ihrem Sitznachbarn, überlässt ihn sozusagen seinem Schicksal, strebt dem Ausgang beziehungsweise der Passkontrolle zu und besteigt ein Taxi. Endlich am Ziel. Oder beinahe. Sie lässt sich in das Polster des Wagenfonds fallen und staunt, während sie zum Fenster hinausspäht, über die beinahe heimatlich anmutenden Gefühle, die sie beim Wiedererkennen einer Stadt, die sie doch nur von den vereinzelten Interviewterminen her kennt – sie hat in München bereits zwei Kabarettisten, einen Kinderbuchautor, eine Schriftstellerin und eine Modedesignerin getroffen –, überfallen: Isar-Brücke, die lächerlichen paar hundert Meter Franz-Josef-Strauss-Ring (er ist, so viel sie weiss, aus Geldmangel nie verlängert worden), Marstallplatz, Kammerspiele ... Jedenfalls stösst sie mit der Sicherheit der Routine die ehrwürdige Schwingtür des «Vierjahreszeiten» auf und steuert die Rezeption an, wo sie das pinkfarbene Aktenköfferchen neben ihre Füsse stellt und nach Margarethe Pichelsteiner, der Verlagsdame, fragt.

Der Portier bittet sie, in der Hotelhalle Platz zu nehmen, es ist kurz vor halb elf, sie setzt sich in einen der wirklich bequemen Fauteuils und sieht sich in der Halle um. Ein paar Geschäftsleute blättern in der *FAZ* oder im *Spiegel*, zwei, drei ältere Damen sind beim Tee, Mathilde Maas zieht ihren Notizblock aus dem Aktenköfferchen und überfliegt die Fragen, die sie G. zu stellen gedenkt. Legt sie wieder beiseite, holt sie wieder hervor, sie ist nun, da nichts anderes mehr als G. auf sie wartet, ziemlich nervös.

Der ganze Film, wie sie G. begrüssen, sich mit ihm in eine Ecke setzen wird, läuft vor ihren Augen ab, als eine etwas schüchtern lächelnde Dame mittleren Alters auf sie zukommt.

«Frau Maas ...?»

Erleichtert springt Mathilde auf die Füsse, hält Margarethe Pichelsteiner die Hand hin: Es kann losgehen!

«Hatten Sie eine gute Reise?», fragt die Dame, «Haben Sie das Hotel leicht gefunden?», und sie lässt sich, während sie Mathilde bedeutet, doch bitte wieder Platz zu nehmen, über den Verkehr in München, die Grosswetterlage im Allgemeinen und den Föhn im Besonderen aus. Die Dame, Mitte Vierzig, Strickkleid-Perlenkette, strahlt diese gepflegte und zurückhaltende Kultiviertheit aus, die Pressedamen von grossen deutschen Verlagen immer ausstrahlen. Diese heitere und gerade deswegen etwas verhärmt wirkende Dienstbarkeit für die Sache (das Buch, den Autor, die Autorin) und die Bereitschaft, vollen Einsatz zu leisten im Dienste dieser Sache, die so viel mehr persönliche Befriedigung verspricht als etwa die bedingungslose Hingabe an ein Import-Export-Handelsunternehmen. Diese

Freude-am-Beruf-Aura, die nun allerdings im Falle von Margarethe Pichelsteiner, trotz des munteren Austauschs von Artigkeiten, etwas getrübt scheint. Dass diese Damen übrigens immer Siebenschön Michaela oder Kammertörns Gunhild, Affenschmäh Heike oder Buhne-Hockenjos Mechthild heissen, hat Mathilde stets verwundert, und ebenso, dass sie das als so völlig selbstverständlich hinzunehmen scheinen.

Jedenfalls gerät dieses Steht-die-alte-Schweiz-noch-Gespräch ins Stocken und Margarethe Pichelsteiner sagt, so ganz nebenbei und als sei ihr der eigentliche Grund ihres Beisammensitzens soeben wieder eingefallen, nachträglich muss Mathilde sie dafür ehrlich bewundern, aber erst nachher, viel später: «Wir hatten elf ausgemacht für das Gespräch, das Sie mit Herrn G. führen möchten, nicht wahr?»

Mathilde nickt, stumm.

«Herr G. ist gestern stark beansprucht worden und fühlt sich heute Morgen etwas matt. Er lässt Sie bitten, den Termin auf vierzehn Uhr zu verschieben. Wäre Ihnen das möglich?»

Was bleibt Mathilde Maas anderes übrig, als zuzustimmen und die Adressen, wo sie um diese Zeit ein durchaus anständiges Mahl bekommen könne, entgegenzunehmen.

Psychiatrieprofessor L. unterdessen absolviert einen Wettlauf mit der Zeit. Um halb elf ist sein Referat angesetzt, und bis dahin will er in einem Kleidergeschäft eine anständige Hose gekauft, im Hotel eine Dusche genommen, sich umgezogen haben und mit dem Taxi zum Kongresszentrum gefahren sein. Den Begrüssungskaffee wird er auslassen müssen, ebenso die Willkommensworte des bayerischen Gesundheitsministers. Was der vor versammelter Ärzteschaft zu sagen hat, ist ohnehin so was von egal. Ohne einen weiteren Gedanken an irgendetwas auf dieser Welt zu verschwenden, hetzt er mit gezücktem Pass durch die Zollsperre und folgt wie blind den grünen Schildern, die ihm quer durch das Flughafengelände den Weg zum Taxistand weisen. Angesichts der Warteschlange tut Professor L. etwas, das er noch nie, oder höchstens einmal in seinem Leben, getan hat: Er geht, ohne einen Blick nach rechts oder links zu werfen, an den Wartenden vorbei, bis ganz nach vorn, und schnappt einer älteren Frau, die gerade umständlich ihre Koffer zusammenrafft, den zum Einsteigen bereitstehenden Wagen weg.

«Hotel Vierjahreszeiten», keucht er, «Maximilianstrasse ...», wobei Letzteres am bereits abgewendeten Gesicht des Fahrers, der den Motor ohne eine Bewegung Richtung Fahrgast bereits durchgestartet hat, ins Leere prallt. Ach Gott, ja, selbstverständlich weiss ein Münchner Taxifahrer, wo sich das «Vierjahreszeiten» befindet, irritiert auflachend lässt sich Professor L. ins Polster zurückfallen, sieht sich, obwohl er das eigentlich nicht hatte tun wollen, durchs Rückfenster nach der alten Frau um, der er so rücksichtslos den Wagen weggeschnappt hat, nimmt jedoch angesichts der Menge, die ihm, rund um die verdutzte Alte versammelt, wütend nachfaustet, ruckartig den Blick zurück.

Er schaut nun geradeaus, am dunkel gelockten Kopf des Fahrers vorbei, und trommelt mit fünf Fingern nervös auf seinen Sitz. Zehn vor zehn, in höchstens fünfzehn Minuten sollten sie im Hotel sein, das hat man ihm bei der Buchung bestätigt, und auch das Kongresszentrum ist zu Fuss nur ein paar Schritte.

Der Fahrer nimmt die Autobahn, zügiges Tempo, die Dusche wird er wohl vergessen müssen, wenn er nur eine andere Hose … Die Strasse ist frei, die Leute sitzen bereits in ihren Büros. Langsam scheint die Gegend wohnlicher zu werden, sie nähern sich der City, die Sonne schimmert auf den Dächern, schöne Stadt, weiss Professor L., hoffentlich wird ihm in den beiden Tagen etwas Zeit für einen Rundgang bleiben. Ziemlich viele Rotlichter, aber das bedeutet, dass sie bereits in der Nähe des Hotels sind, es soll ja sehr zentral gelegen sein. Der Fahrer fährt unbeirrt, ohne ein Wort, geschweige denn einen Blick für seinen Fahrgast, auch gut, denkt Professor L., so kann er sich wenigstens auf den Verkehr konzentrieren, der nun, so mitten in der Innenstadt, doch beträchtlich zugenommen hat. Und die Rotlichter. Verdammt viele Rotlichter. Vor Anspannung hat Professor L. aufgehört zu trommeln, rechts, links, zumindest legt der Fahrer sich ins Zeug, zehn Uhr vorbei, weit kann es nun wirklich nicht mehr sein. Und plötzlich stoppt das Taxi abrupt, in einer ziemlich engen Gasse. Der Fahrer wendet sich lächelnd nach seinem Gast um:

«Wo Adresse?»

Professor L. starrt ihn entsetzt an.

«‹Vierjahreszeiten› …!»

«Viele … Zeit …?» Der Fahrer guckt ratlos.

Professor L. atmet durch.

«Hotel … verstehen Sie …»

Herrgott, der Mann ist Türke oder Grieche, und ausgerechnet ihm muss das passieren, und das jetzt, und er wiederholt, so ruhig und deutlich er kann:

«Hotel! ... Vier! ... Jahres! ... Zeiten!»

Jetzt strahlt der Mann.

«Oh ja, Hotel Vierjahreszeiten ... aber sicher, Maximilianstrasse, natürlich ...» Pause, dann: «Aber jetzt Innenstadt gesperrt», der Türke, Grieche oder was auch immer sieht sich nach ihm um, «Verstehen? ... City ... Fussgängerzone ... Müssen über Ludwigsbrücke, dann Steinsdorfstrasse, zu Denkmal ...»

Professor L. versucht, ganz ruhig zu bleiben, nicht aufregen, sagt er sich, ganz ruhig! Immerhin fährt der Taxichauffeur jetzt wie der Teufel, erst im Rückwärtsgang aus der Gasse raus, dann links, scharf rechts, nochmals rechts, über eine Brücke in eine breite Chaussee hinein, die Chaussee hoch, und hält dann, tatsächlich, in der Hoteleinfahrt, wo ihm ein livrierter Portier den Wagenschlag aufreisst. Erleichtert steigt er aus.

«Macht 48 Mark 80», der Iraker strahlt ihn an, und Professor L. wirft ihm, und er kommt sich dabei so was von geneppt vor, einen Fünfzigmarkschein in die Hand, ohne das Wechselgeld abzuwarten.

An der Rezeption indessen wird Psychiatrieprofessor L. zuvorkommend behandelt. Sämtliche Formalitäten werden ihm, kaum hat er sich mit fliegender Hand eingeschrieben, abgenommen, man bietet ihm an, vom hoteleigenen Chauffeur zum Kongresszentrum gefahren zu werden, empfiehlt ihm das Herrenoberbekleidungsgeschäft quer über die Strasse, und nachdem ihn ein gütiges Schicksal sich so an die Rezeption hat stellen lassen, dass ihm von seinem Standort aus der Blick auf die in der Hotelhalle sitzende Mathilde verwehrt ist, gewinnt Professor L. wieder einigermassen Boden unter den Füssen. Im Laufschritt überquert er die Maximilianstrasse in der angegebenen Richtung, lässt sich von der Verkäuferin mehrere Hosen zeigen, wählt die dunkelste, Material, Schnitt, Preis egal, nur dunkel soll sie sein, von hellen Farben hat er im Moment die Nase gestrichen voll, ein immer noch gütiges Schicksal will auch, dass ihm die Hose passt, denn Professor L. ist von schlanker und, wie ihm der allmorgendliche Blick in den Schlafzimmerspiegel bestätigt, ausgewogen proportionierter Statur. Die Beine nicht zu lang und vor allem nicht zu kurz und – *touch wood* – um die Taille nicht die Spur jener Wampe, mit der sich seine Altersgenossen herumzuquälen beginnen. Er behält die Hose gleich an, lässt sich das kaffeeversaute Stück Ärgernis einpacken, eilt, nachdem ihm die Verkäuferin noch unter der Tür das Preisschild am Hosenbund abgeknipst hat, wieder zur Hoteleinfahrt zurück, wird daselbst vom Chauffeur in Empfang genommen und einige Minuten später vor den Toren des Kongresszentrums abgeliefert.

So kommt es, dass Psychiatrieprofessor L., etwas ausser Atem, aber in würdiger Kleidung, der Garderobenfrau just in dem Moment seinen Trenchcoat in die Arme werfen kann, als im Saal der Applaus einsetzt, der die Rede des bayerischen Gesundheitsministers abschliesst. Pünktlich um halb elf schreitet Professor L., der mit seinen Erkenntnissen auf dem Gebiet der Schlaf- und Traumforschung einen wesentlichen und weit über die Grenzen seines Landes anerkannten Beitrag zum Verständnis von Depressionen im Allgemeinen und Altersdepressionen im Besonderen geleistet hat und weiterhin zu leisten bereit ist, den schmalen Gang zwischen den mit Kolleginnen und Kollegen dicht besetzten Stuhlreihen ab, grüsst in beide Seiten seines Gesichtsfelds, erklimmt mit einem sportlichen Satz das Podium, dankt in den warm einsetzenden Applaus und hebt, freihändig und ohne einen weiteren Blick auf sein schriftlich vor ihm liegendes Referat werfen zu müssen, zu reden an.

Kapitel 7
AuMa greift vor

Mathilde Maas, anstatt ihr Interview mit G. bereits hinter sich zu haben, sitzt im ersten Stock des Hofbräuhauses hinter einem Bier und muss wohl oder übel die Zeit bis vierzehn Uhr totschlagen. Sie sitzt im Hofbräuhaus, weil es nur ein paar Schritte vom Hotel entfernt ist, weil sie den Weg von ihren früheren Münchner Visiten her kennt und weil sie weiss, dass der erste Stock dieses Touristentempels, entgegen den Vorstellungen, die sich zwangsläufig damit verbinden, eine wahre Oase der Ruhe ist. Butzenscheiben in den Fenstern, blank gesessene Holzbänke und blank polierte Holztische, stämmige Kellnerinnen, die sich zwischen diesen Tischen durchstemmen ... Sie leckt sich den Bierschaum von den Lippen, studiert die Speisekarte, Hunger hat sie keinen, aber Lust, auf Würstchen mit Meerrettichschaum – sie winkt nach der Kellnerin – und Salzbrezeln.

Das Hofbräuhaus! Zwischen ihr und ihrer AuMa ein eigentliches Codewort, «Hofbräuhaus», das bedeutete, dass man am Abend zuvor schwer einen sitzen gehabt hatte. Unvergessen die Schilderung ihrer AuMa, wie sie an einem Faschingsabend, ganz allein, unter dem Beifall des gesamten Lokals, auf dem Tisch einen Stepptanz, *des claquettes*, hingelegt hatte, nachdem ihr das Bier und die pure Lebenslust – sie hatte den Abend mit einer toll gewordenen Bande Münchner Buam verbracht – zu Kopf gestiegen waren. Faschingshütchen schräg auf dem Kopf und Stepptanz, dass die Fetzen flogen, oans, zwoa, gsuffa! Ihre AuMa hatte geschworen, dass es einer der lustigsten Abende ihres Lebens gewesen war, aus dem sie sich im Übrigen wie immer rechtzeitig und unversehrt davongemacht hatte. Bei ihrem ersten München-Besuch hatte Mathilde deshalb dieses Hofbräuhaus sehen wollen und die «Schwemme», wie der Saal im Erdgeschoss heisst, entsetzt in ihrer ganzen schaurigen Länge durchmessen. Hier, an diesen riesenlangen Tischen, an denen Männer mit riesigen Schultern vor riesigen Bierhumpen hocken, soll ihre zierliche, todschicke AuMa auf die Tischplatte geklettert sein? Bis das Entsetzen, nicht untypisch, dem üblichen Respekt gewichen war: Hut ab, AuMa, hier, vor diesen Leuten, hast du deine Show abgezogen!

Ohnehin wird es langsam Zeit, dass ich ausführlich auf meine AuMa zu sprechen komme. Denn wer jetzt glaubt, meine AuMa, die offenbar schon vor meiner Geburt so grosse Wichtigkeit für mich hatte, dass sich meine Eltern spontan entschlossen, mir ihren Namen zu geben, sei irgendwie nicht ganz richtig im Kopf gewesen, der irrt. Meine AuMa war eine überaus kluge und ernsthafte Person, die eine wahrhaft einschneidende Erfahrung dazu geführt hatte, dass sie mit dem Leben und den Menschen nur noch auf ihre ureigene Weise umgehen konnte. Spielerisch. Um zu überleben. Dass sie dann an diesem Überleben auch noch ihren Spass fand, und zwar fast auf den Tag genau fünfunddreissig Jahre lang, das wiederum hatte sie ihrer Klugheit und, so schätze ich, nicht zuletzt ihrer Ernsthaftigkeit zu verdanken. Sie hätte sich nämlich auch für den Rest ihrer Tage in Bitterkeit zurückziehen können, wie es nicht wenige an ihrer Stelle getan hätten, oder sich gleich eine Kugel durch den Kopf jagen können. Dass sie das allerdings nicht getan hat, dafür bin ich ihr auf den Knien dankbar.

Auguste Mathilde de Zut, als noch keine Enkelin da war, sie in kindlicher Kombinationsgabe AuMa zu nennen, wuchs als behütete Tochter eines hochbegabten und von seiner Begabung ständig auf Reisen geschickten Architekten und einer ziemlich fantasielosen, den bürgerlichen Grundwerten zutiefst verbundenen Mutter auf. Nicht in Genf (woher die Familie väterlicher- und mütterlicherseits stammte), nicht in Zürich, Bern, Paris oder Mailand, sondern hintereinander in all diesen Städten, denen ihr ruheloser Vater mitsamt der Familie – da waren noch ein Bruder und eine jüngere Schwester – nachreiste. Frühe Konfliktherde wie Unvereinbarkeit des väterlichen und des mütterlichen Charakters sowie fehlende Sesshaftigkeit in den entscheidenden Jahren – bis Auguste Mathilde de Zut mit Zwanzig ihr Abitur ablegen konnte, musste sie sechs Mal die Schule und damit praktisch jedes Mal den Sprachraum wechseln, was ihr später immerhin den Vorteil einbrachte, genauso viele Sprachen fliessend zu beherrschen – sind somit genügend aufgezeigt, ohne dass näher darauf eingegangen werden müsste. Denn wirklich spannend wird ihr Leben eigentlich erst von dem Zeitpunkt an, da sie sich entschlossen hat, sich diesem verwirrenden, einerseits fiebrig-überspannten (Vater), andererseits humorlos-wackeren (Mutter) Einfluss zu entziehen. Trotz augenfälliger Begabung in der Malerei, was von der Mutter freudlos als «diese Seite in ihr, die dem Vater nachschlägt» bezeichnet wurde, trotz grosser Affinität zur Musik – sie soll das absolute Gehör besessen haben, wobei ich mir da nie ganz sicher gewesen bin, ob mir meine AuMa nicht vielleicht doch etwas vorgeschwindelt hat, weil ich das, völlig unmusikalisch wie ich bin, auch nie hätte überprüfen können – beschloss sie, Jura zu studieren. Nicht etwa Hinwendung zu den schönen Künsten, zu Literatur oder Musik, was auf der Hand gelegen hätte und, musste es denn schon eine akademische Ausbildung sein, für eine höhere Tochter gerade noch angängig gewesen wäre, nein, Jura! Bilden konnte sie sich, hatte Auguste Mathilde de Zut schon früh befunden, auch so, nebenbei. Was sie wollte, war wirtschaftliche Selbständigkeit, war ein Beruf, und zwar ein richtiger. Juristin wollte sie werden, Rechtsanwältin.

So fuhr sie, knapp das Abitur in der Tasche, mutterseelenallein in ihrem neuen Aston Martin Le Mans, den sie sich, und zwar den und keinen anderen, zu ihrem zwanzigsten Geburtstag von ihrem Vater erbettelt hatte – er, der damals mitten in seinem ehrgeizigsten Projekt steckte, einer Kirche für Saragossa, dem Unternehmen, an dem er zehn Jahre später endgültig fallit gehen sollte, hatte seiner schönen Tochter ohnehin nie etwas abschlagen können –, von eben diesem Saragossa aus quer durch die von den ersten Wirren vor dem Ausbruch des Bürgerkriegs gezeichneten Landschaften Spaniens. Über die Pyrenäen – allein die Schilderung dieser Fahrt meiner AuMa in ihrem offenen Le Mans hätte ausgereicht, ihr meine rückhaltlose Bewunderung bis an mein Lebensende zu sichern – nach Frankreich, hinunter bis an den Genfersee, zurück an die Wiege des Zut'schen Familienclans sozusagen, wo sie kurzerhand die eidgenössische Maturitätsprüfung nachholte und sich ein Jahr später an der Universität einschrieb. Wie sie es im Übrigen geschafft hatte, trotz des nach und nach versickernden Geldflusses aus Spanien, sich und ihren zitronengelben Aston Martin am Leben zu erhalten, würde für immer ihr Geheimnis bleiben. Fest steht, dass sie es geschafft hat. Genau wie ihr Studium, das sie innert kürzester Zeit mit einer Doktorarbeit über den *Gleichheitsartikel der Bundesverfassung* («Alle Schweizer sind vor dem Gesetze gleich ...» undsoweiter, Art. 4 BV) *und seine Auswirkungen in staats- und privatrechtlicher Hinsicht* abschloss. Da Auguste Mathilde de Zut in jenen Jahren von einem wahren Feuerwerk an sozialistischen und kommunistischen Lehren und Idealen besetzt war – immerhin wusste sie ihre ganze Familie im vom Bürgerkrieg zerfetzten Spanien und hätte am liebsten, wäre sie doch nur ein Mann gewesen, die Waffe in der Hand gegen die Faschisten gekämpft, wie es damals jeder einigermassen ehrbare Intellektuelle Europas tat –, wollte sie das Thema, die Gleichbehandlung aller Schweizerinnen und Schweizer, vorwiegend in seinem eigentlichen und in ihren Augen nichts als logischen, im klassenkämpferischen Sinne behandelt wissen. Obwohl sie sich später nicht entschlossen genug von sämtlichen Kommunisten dieser Welt distanzieren konnte und ihr im Übrigen diese Arbeit die Augen für ihr späteres, ihr eigentliches Lebenswerk geöffnet haben wird, setzte sie sich damals derart vehement und enthusiastisch für die Besserstellung der Arbeiterschaft, und, in Zeiten drohender Kriege und Flüchtlingsströme, die problemlose Einbürgerung aller Heimatlosen und Vertriebenen ein, dass eine erschrockene Professorenschaft die Dissertation zuerst rundweg ablehnen wollte – hätte sie nicht im jüngsten Rechtslehrer der Fakultät einen ebenso flammenden wie entschlossenen Fürbitter gefunden. Dieser junge Mensch, der aufgrund seines sonst so sanften und besonnenen Wesens, vor allem aber seiner Herkunft – er entstammte einer der ältesten Familien Berns – glücklicherweise den vorbehaltlosen Respekt der Kollegen genoss, bewirkte, dass die Dissertation schliesslich doch, wenn auch mit dem schlechtesten aller möglichen Prädikate, dem schmachvollen und äusserst selten vergebenen «genügend», von der Fakultät durchgelassen wurde.

Meine AuMa also, die bis an ihr Lebensende nichts so sehr auf die Palme bringen konnte, wie wenn ihr nachgesagt wurde, dass sie nur aufgrund männlicher Schützenhilfe zur Doktorin beider Rechte geworden ist – immerhin hielt sie die Liebe für das heiligste aller Gefühle und ein die Mittel heiligendes dazu –, sah sich, im Alter von 26 Jahren und ausgestattet mit aufsehenerregendem körperlichen Liebreiz, vorerst am Ziel ihrer Träume. Nicht nur war sie promovierte Juristin und angehende Rechtsanwältin, hatte sich ihren wunderschönen Aston Martin erhalten können – lieber wäre sie gestorben, als ihren Le Mans irgendeiner Not der Stunde gehorchend aufzugeben, das einzige Auto, das in ihren Augen je Gnade gefunden hat –, nein sie hatte auch in dem jungen Rechtsprofessor unverhofft den Mann gefunden, der ihren ästhetischen und intellektuellen Ansprüchen vollkommen genügen konnte. Denn meine AuMa war, bei aller Fähigkeit zur Selbstkritik und ohne deswegen überheblich zu sein, ein Mensch, der in jeder Hinsicht nach nichts Geringerem als der höchsten Vollendung strebte. Auguste Mathilde de Zut deswegen nun einfach des vulgären Snobismus zu bezichtigen, hiesse, von ihr nichts, aber auch gar nichts begriffen zu haben. Denn was konnte sie dafür, dass sie ausgestattet war mit der Gabe, auf den ersten Blick das Schöne vom Mediokren, das Gute vom Mittelmässigen, Güte von Heuchelei, das Echte von Fälschung, gesunden Ehrgeiz von Hochstapelei und, vor allem, Intelligenz von geschmeidig verpackter Dummheit zu unterscheiden? Dass sie sich deshalb, um nur die alltäglichen Auswirkungen dieser Fähigkeit aufzuzeichnen, in aller Unschuld etwa in einer Boutique blindlings und mit sicherem Griff das teuerste, weil schönste Kleid herauspflücken musste, dass sie auf Pralinen lieber ganz verzichtete, als sich, wenn sie sich den Luxus schon nicht leisten konnte, die weniger feinen aus dem Warenhaus zu kaufen, dass sie, wenn sie nach Blumen begehrte, in die nächste Stadt fuhr statt ins Geschäft nebenan, nur weil es dort die schöneren Bouquets gab, das waren alles Dinge, die dem Unverständigen seltsam vorkommen mochten. Nicht so dem jungen Rechtsprofessor Ulrich von Gurten, der quasi auf den ersten Blick, den er auf die bemerkenswerte Auguste Mathilde geworfen hatte, in heilloser Leidenschaft entbrannte. Diese Begegnung im Korridor des Universitätsgebäudes, wo sich die beiden erstmals begegnet waren, muss übrigens für beide gleichermassen erschütternd gewesen sein. Er, feinsinnig, feingliedrig, leicht versponnen, und sie, die Exotische, von weither Angereiste, unverblümt Argumentierende, vor Lebenslust schier Zerspringende: Es muss sie bereits von den ersten Stunden an, die sie, unverzüglich alle weiteren Termine vergessend, auf der harten Bank eines zugigen Korridors verbrachten, diese seltsame Feuer-und-Wasser-Harmonie, die für ihre spätere Verbindung so kennzeichnend war, geradezu unschicklich berührt haben. Jedenfalls, meine AuMa wäre nun weiss Gott nicht meine AuMa gewesen, wenn diese vorerst auf seelischer und geistiger Ebene stattfindende Übereinstimmung nicht ein paar Nächte später hätte auf ihre körperliche Tauglichkeit überprüft werden müssen. Und nicht etwa, weil sie es gewohnt gewesen wäre, mit ihrer Gunst leichtfertig umzugehen – das Gegenteil war der Fall, der Paradiesvogel de Zut galt unter Kommilitonen als uneinnehmbar –, sondern weil es in ihrer Natur lag, einer Sache auf den Grund zu gehen. Ihre fast als stur zu bezeichnende Ehrlichkeit, ihre ans Fanatische grenzende Sucht nach Wahrheit – beides hatte ihr mütterlicherseits den meist unausgesprochenen und deshalb umso schwerer zu ertragenden Vorwurf eingebracht, ein «schwieriges Kind» zu sein – trieb sie geradewegs in die Arme des jungen Rechtsgelehrten Ulrich von Gurten. Wo sie auch für die kommenden Jahrzehnte bestens aufgehoben verblieb.

Ich habe es immer bedauert, dass ich meinen Grossvater nicht besser kennengelernt habe, denn er starb, als ich vierzehn Jahre alt war. In Erinnerung geblieben ist mir das Bild eines grossen, hageren Mannes mit schulterlangem grauem Haar, mit einer sanften, etwas schleppenden Stimme und müden Bewegungen, aber damals, wie gesagt, ich war dreizehn oder vierzehn, war er bereits von der Krankheit gezeichnet. In den frühen Vierzigerjahren jedoch, als meine AuMa auf ihre grosse und letztlich einzige Liebe stiess – die Verbindung war umgehend und innert kürzest möglicher Frist standesamtlich legalisiert worden –, soll er ein ungewöhnlich attraktiver und beeindruckender Mann gewesen sein, dessen inneres Feuer erst in seinen leidenschaftlichen Plädoyers gegen sämtliche Ungerechtigkeit dieser Welt, gehalten am Kaffeehaustisch genauso wie im Gerichtssaal oder später im Parlament, zum Vorschein kam. Schwarz-Weiss, Nord-Süd, obenunten, Frau-Mann: ein wahrlich freier, vom Zeitdiktat ungebeugter liberaler Geist, der, sehr zum Kummer seiner distinguierten Familie, mit seiner freizügigen Meinung je älter er wurde immer weniger hinter dem Berg hielt. Wie gesagt, schade, dass ich ihn nicht besser gekannt habe. Was seine Familie betrifft, so muss der erste Auftritt meiner AuMa übrigens ein ziemlicher Skandal gewesen sein.

Nicht dass es ihr an gutem Willen, sich der Familie ihres jungen, leidenschaftlichen Gatten einzufügen, gefehlt hätte. Auch nicht, dass sie nicht instinktiv gespürt hätte, wie es sich in Gesellschaft zu benehmen gilt. Denn trotz gewisser Turbulenzen im Hause de Zut hatte man dort durchaus den Sinn für Etikette und Umgangsformen gepflegt beziehungsweise steckte er den de Zuts einfach im Blut. Aber dieser Empfang durch die versammelte von-Gurten-Sippe im Palais Solitude bei Bern, wo von Grosskind bis Urgrossmutter alles zusammengekommen war, um ein Auge auf den angeheirateten neuen Familienzuwachs zu werfen, musste für die radikal und aufgeschlossen denkende Auguste Mathilde eine ziemliche Zumutung gewesen sein. Nicht nur dass sie sich, im dezenten Halbdunkel des Salons, auf hartem, aber stilvollem Stuhl sitzend, angesichts dieser unzähligen, jedes Detail ihrer Person in sich aufsaugenden Augenpaare vorkam wie ein zum Verkauf angebotenes Stück Vieh. Das Unglück wollte auch, dass sie just so zu sitzen kam, dass ihr Blick frontal auf die Gespenstischste aller fallen musste, auf die uralte und vogelähnliche, von allen *Reine* genannte Mérette von Gurten, die sie kopfwackelnd und ohne jede Gesichtsveränderung während des ganzen Verhörs hemmungslos durch ihr Lorgnon hindurch musterte. Was Auguste Mathildes Widerspruchsgeist sicherlich zusätzlich geschürt haben muss. Genau wie die Tatsache, dass sie die immer unverhohleneren Fragen nach ihrer Herkunft höflich und fügsam beantworten musste, wo sie doch dieser Meute am liebsten ein «Ich bin Hugenottin, das reicht!» ins Gesicht geschleudert hätte, Wortklang, der ihr schon als kleines Mädchen, jenseits aller Bedeutung, die war ihr egal, sehr gefallen hatte. Hugenottin. Oder dass sie, wollte sie den Anstand wahren, zu schweigen hatte, während sich die männlichen Familienmitglieder über die schamlosen Forderungen der Gewerkschafter ausliessen, derweil Dienstboten die Anwesenden mit Sherry und Gebäck versorgten. Sie hätte ihnen liebend gern die Thesen ihrer Doktorarbeit Punkt für Punkt auseinandergesetzt. Als sie dann allerdings vom weiblichen Familienteil in die Pflicht genommen und nach ihrer Meinung zu der letzten Predigt des jungen Pfarrers der Nydeggkirche befragt wurde, ihr gleichzeitig der jüngste Spross der Sippe –

absichtlich, wie sie hätte schwören können – sein Glas Sirup über die Knie schüttete und Grossonkel Albert sein sabberndes Wohlgefallen kundtat, indem er eingehend ihren nackten Oberarm zu betatschen begann, muss meine AuMa die Nerven verloren haben: Mit einer ebenso unerwarteten wie blitzschnellen Bewegung fasste sie ihre über dem Knie gefalteten cremefarbenen Glacéhandschuhe und hieb sie quasi mit einem einzigen Rundumschlag erst diesem ekelhaften dicklichen Kind um die Ohren, dann dem alten Tattergreis über die gichtgekrümmten Finger. In dem allgemeinen Aufruhr, der daraufhin entstand, da Reine Mérette ihren Lorgnon verlor, das Dienstmädchen die Sherryflasche zu Boden fallen liess, Ulrichs Mutter mit ausgestrecktem Zeigefinger die Tür wies und Grossonkel Albert «Was ist passiert?» rief, fasste mein Grossvater seine junge Frau bei der Schulter, flüsterte ihr «Ich bin stolz auf dich» ins Ohr und führte sie fürs Erste aus diesem Haus. Das Klima soll sich später, nach rund einem Jahr, wieder beruhigt und dauerhaft auf ein frostiges, aber immerhin höfliches Niveau eingependelt haben.

Solche Szenen – ähnliche, wenn auch unter anderen Umständen, muss es dutzendfach gegeben haben – zeigen auf, wie meine AuMa immer schon stets und wieder und in aller Unschuld angeeckt ist mit Dingen oder Äusserungen, die für sie so selbstverständlich waren. Ja geradezu logisch und unvermeidlich schien ihr, was von anderen als äusserst ungehörig, wenn nicht impertinent empfunden wurde. Von den anderen. Nicht jedoch von meinem Grossvater Ulrich von Gurten. Denn entgegen den düsteren Prognosen, die, höflich oder nicht, gerade von seiner Sippe ausgestellt worden waren – es sollen diesbezüglich an gemütlichen Winterabenden im Familienrund Wetten abgeschlossen worden sein –, gedieh die junge Ehe prächtig. Ausser der Tatsache, dass die beiden offenbar verteufelt viel Spass aneinander gehabt haben, entwickelten sie eine intellektuelle Atmosphäre, ein geistiges Klima, in dem sich jeder ungehemmt beziehungsweise angefeuert vom anderen frei entwickeln konnte. Während mein Grossvater sich vor allem politisch zu betätigen begann und seine Lehrtätigkeit an der Universität mehr und mehr zugunsten des Ausbaus der gemeinsamen Anwaltskanzlei einschränkte – er pflegte beispielsweise, was damals kaum einer tat, mittellose Ausländer zu verteidigen, weil er sich das als von Gurten, der er war, finanziell auch leisten konnte –, begann meine AuMa, neben ihrer Arbeit als Rechtsanwältin, sich mit ihrem eigentlichen Hauptthema zu beschäftigen, der Stellung der Frau in der modernen Gesellschaft. Sie begann alles zu lesen, was ihr zu diesem Thema zwischen die Finger kam, alles, was auch nur im Entferntesten damit zu tun zu haben schien, sie las Schriftstellerinnen wie George Sand, Sozialistinnen wie Clara Zetkin, sie las Philosophen, Soziologen, Psychologen, sie las, was ihr an politischen Reden vor die hungrigen Augen kam, sie wälzte medizinische Lexika, selbst durch Marx' Manifest quälte sie sich durch, bis sie eines Nachts, fiebrig, übermüdet, überdreht, den schlafenden Gatten sanft an den Schultern rüttelte und ihm erklärte: «Das alles ist es nicht!»

Dass etwas Eigenes geschaffen, erdacht, geschrieben werden müsse, wenn ihr so hartnäckig das zu lesen, was sie eigentlich lesen wolle, verweigert werde, erläuterte sie, kerzengerade vor ihrem schlaftrunkenen Gefährten sitzend, dass endlich untersucht, analysiert, darüber reflektiert werden müsse, weshalb die Frau über Jahrhunderte hinweg im Trippelschritt dem mächtig ausschreitenden Mann hinterherhinke oder vorausspringe, ihm den Weg ebne, auf dass er zu grossen Taten fähig sei, sich ihm unterwerfe, ihm liebedienere, sich in dieser Rolle gar gefalle, sie annehme, sich den Kopf vollstopfe mit Strickanleitungen und Kochrezepten, auf dass der Mann gut genährt und gekleidet das Hirn frei habe für Grosses, dem Arzt als Krankenschwester die Spritze trage, dem Direktor als Tippmamsell (nomen est omen) die Akten ordne, sich im Bett appetitlich herrichte, auf dass dem Gatten der Gang zur Hure abgenommen würde, und nicht mal das, ihm diesen Gang gar verzeihe, wenn er ihn dennoch unternehme, damit sie an seiner Seite liegen bleiben dürfe …

Dies alles und noch viel mehr erklärte meine AuMa ihrem zwar etwas erschrockenen, aber durchaus zustimmenden Ehemann, bevor sie endlich, nach den vielen ruhelosen Nächten, zum ersten Mal wieder tief und selig schlafen konnte, an die warme Schulter des mittlerweile vollständig Wachen geschmiegt, nachdem sie noch «Adams Rippe …» geflüstert hatte.

Das war im Winter 1951 gewesen. Sieben Jahre später, ziemlich genau, denn es war Herbst, erschien *Adams Rippe – Die wahre Stellung der Frau* von Auguste Mathilde von Gurten-de Zut. Sieben Jahre lang hatte meine AuMa recherchiert, sämtliche Fakten zu diesem Thema zusammengetragen, die sie finden konnte. Sie war nach England gereist, nach Amerika, hatte diskutiert, polemisiert oder einfach zugehört, hatte Geschichtsforschung betrieben, Strassenumfragen abgehalten, sie hatte Ehefrauen interviewt, berufstätige Frauen, alleinstehende, Hausfrauen, sie war in Kaufhäuser gegangen und in die obersten Industrieetagen, sie hatte nachgedacht, intrapoliert, extrapoliert, sie hatte ihre Schlüsse gezogen und zu schreiben begonnen. Und keine Sekunde lang hatte meine AuMa daran gezweifelt, dass ihr Werk dankbar aufgenommen werden würde. Dass sie einen – wenn bis anhin auch beispiellosen – Beitrag zur kurz darauf einsetzenden Diskussion leisten würde. Angespornt war sie von der tiefen und lauteren Überzeugung, dass ihre Arbeit, wenn auch in erster Linie den Frauen, so doch auch nicht zuletzt den Männern zugutekommen würde, indem sie die Beziehung unter den Geschlechtern verbessern half, wenn sie sie beide von ihren Rollenzwängen befreite. Sie war so fraglos davon überzeugt, dass sie, indem sie die gesellschaftliche Machtstellung des Mannes, die Untertanenhaltung der Frau in der Familie, im Beruf, im Liebesleben herausschälte, einfach die Wahrheit sprach und deshalb nur auf offene Ohren stossen konnte. Indem sie Gebärzwang, Stillzwang, Haushaltsfron, das ganze Selbsttäuschungs- beziehungsweise Unterwerfungsinstrumentarium als solches deklarierte, indem sie das schöne Heim und den gepflegten Garten als Zeitverschwendung abtat, indem sie für die erotische Selbstbestimmung der Frau plädierte, sie aufforderte, den Männern nicht nur Weibchen, sondern auch Mensch zu sein, glaubte sie, einfach auszusprechen, was viele vor ihr bereits gedacht hatten und worauf viele nun warteten, dass es von jemandem zusammengefasst wurde. Jedenfalls, als sie den letzten Punkt unter das mehrere hundert Seiten starke Werk setzte, es damit sozusagen der interessierten Öffentlichkeit übergab, tat sie das überaus selbstbewusst und stolz, im Wissen, gute und notwendige Arbeit geleistet zu haben.

Arme AuMa. Ihre Zuversicht muss rückblickend fast als Naivität gewertet werden. Das Buch schlug bereits Funken, bevor es überhaupt gedruckt war: Entsetzte Setzer des Verlags, der das Buch herausbringen wollte, wurden bei der Direktion vorstellig, um gegen den Inhalt, der ihnen während ihrer Arbeit Buchstabe für Buchstabe so sauer aufgestossen war, zu protestieren.

So war das. Fünfzigerjahre. Mief und Wirtschaftswachstum, Kalter Krieg und Prüderie, Petticoats und Elvis-Tolle und Petting auf dem Rücksitz. Wirtschaftswunderkinderzeit. Die Schweizer Frauen vom Stimm- und Wahlrecht noch so weit entfernt wie die Wissenschaftler von der ersten Mondlandung. Ein Chef ist ein Chef, ein Bundesrat ein Bundesrat. Ein Mann, ein Wort. Eine Frau bleibt eine Frau, Fräuleinwunder, Busenwunder. Militärischer Frauenhilfsdienst, in den Illustrierten lächelten Frauen in Schwesterntracht, Gutes tun, liebe deinen Nächsten. Eisschrank und Mixer und Babydoll – in diese Stimmung hinein platzte meiner AuMas selbstbewusstes, selbstverständliches Buch wie eine Bombe. *Adams Rippe – Die wahre Stellung der Frau.* Ein Artilleriefeuer auf das so wunderbar funktionierende Geschlechtergefüge. Ein Tiefflieger. Ein Bumerang. Um es kurz zu machen: Auguste Mathilde von Gurten-de Zut wurde über Nacht zur bestbekannten und meistgehassten Frau des Landes. Kesseltreiben gegen die Ruchlose, die offenbar eine gemeingefährliche Anleitung zum Männergenozid geliefert hatte. Aus allen Ecken, quer durch den Blätterwald, hagelte es Buchbesprechungen wie Geschosse. Attribute wie «zuchtlos», «gefährlich», «übergrell» waren dabei noch das Mindeste. Eine «Schändung der Weiblichkeit», schrieb etwa die Chefredakteurin einer Frauenzeitschrift. Das Buch müsse «wie ein geladenes Schiessgewehr» behandelt werden, «das nicht in die Hände Unberufener gelangen» dürfe, warnte eine andere. Ein renommierter Literaturkritiker jener Zeit kam gar zum Schluss, die Autorin habe «schlicht nicht kapiert, was ‹weiblich›» sei ... und so weiter und so fort, und meine AuMa sass da und staunte. Duckte sich unter der Woge des Hasses. Heulte und weinte und schrie und wartete, dass sich irgendjemand ernsthaft mit ihren Thesen auseinandersetzen wollte, die sie in siebenjähriger Kleinarbeit entwickelt hatte. Vernahm, wie sich die paar wackeren Frauenrechtlerinnen ihrer Zeit aus Angst, es sich mit den Männern endgültig zu verderben, vom Machwerk und von der Autorin distanzierten, wie sie ihr in den Rücken fielen. Wie Balsam auf ihre wunde Seele die wenigen Aufrechten, die ihr verstohlen die Hand drückten. «Dégoutant», hörte sie, «unappetitlich», «pervers», verspottet wurde sie, verhöhnt, bis aufs Hemd ausgezogen, sie, die elegante, mondäne von Gurten-de Zut, im Nu war die gesamte Auflage des Buchs vergriffen, man riss sich die Schweinerei aus den Händen, kaufte sich *Adams Rippe* im Verborgenen, wie ein Pornoheft wechselte es seine Besitzer unter dem Ladentisch, einen ganzen Herbst und Winter lang, dann zog der Fasching übers Land. Im hintersten Krachen hatte man sein Fasnachtssujet gefunden, Adams Rippe, aus der die hexenhafte, teuflische von Gurten-de Zut entsprungen war. Wie Pilze aus dem Boden schossen die sogenannten Adamsbälle, zu denen die Damen in Strapsen und Korsett erschienen, die Lederpeitsche in der Hand, und an Halsbändern und Hundeleinen führten sie ihre Männer mit. An den Festen soll es ungemein ausschweifend zugegangen sein, wofür selbstverständlich meine AuMa und deren moralzersetzende Wirkung, ja ihre geradezu öffentliche Aufforderung zu orgiastischem Treiben verantwortlich gemacht wurde, sodass sich einige katholische Frauenkreise bereits mit der Idee einer gemeinsamen gerichtlichen Klage wegen Aufruf zu öffentlicher Unzucht trugen. Was dann daran scheiterte, dass eine der Frauen das Buch auch wirklich las – die anderen schworen, dass sie den Inhalt kannten, ohne solchen Schmutz anrühren zu müssen, überhaupt stellte sich heraus, gerade an den Adamsbällen, dass die wenigsten das Buch je aus der Nähe gesehen hatten – und die fragliche Stelle nicht dingfest machen konnte. Jedenfalls, das Kesseltreiben um Auguste Mathilde von Gurten-de Zut fand seinen Höhepunkt im Aufstellen einer zwei Meter hohen Puppe aus Pappmaché mit riesigen Brüsten und winzigem Kopf, der die Züge meiner AuMa trug, auf dem Berner Bundesplatz, vor der sich die Leute halb totlachten und die, zum Ende der Fasnacht, in einem grellen, lodernden Feuer verbrannt wurde. Und dann, irgendwie, war die Sache erledigt. Verpufft. Wohl fragte sich noch der eine oder andere Zeitungskommentator, ob man die *Wyybsverbrennete*, ähnlich der Verbrennung des Zürcher *Bööggs*, als alljährlichen Brauch einführen sollte, aber irgendwie erlahmte des Volkes Interesse. Man hatte seinen Spass gehabt und kehrte zur Tagesordnung zurück. Die Frauen vertauschten ihre Lederkostüme und Strapse wieder gegen die frisch gebügelte Schürze, die Männer zogen das Hundehalsband ab und gingen wie früher ins Büro. Der Verlag entschloss sich, obwohl man an *Adams Rippe* nicht schlecht verdient hatte, auf eine zweite Auflage zu verzichten, und bald war die ganze Angelegenheit vergessen. Ein paar Wochen, und kein Mensch sprach mehr von dem Buch, geschweige denn seiner Autorin.

Wer nicht zur Tagesordnung überging, war meine AuMa. Das heisst, sie wäre nicht meine AuMa gewesen, wenn sie die Verletzung, den Zorn, die Enttäuschung nicht überlebt hätte. Aber an dem Tag, als auf dem Berner Bundesplatz die Puppe aufgerichtet wurde, knallte meine AuMa den Deckel ihrer Schreibmaschine zu, warf ihre sämtlichen Bücher, Manuskripte und Notizen in Kartonkisten, übergab sie der städtischen Müllabfuhr und schwor sich, für diese Idioten und Ignoranten keinen Finger mehr zu rühren. Sollten die Frauen doch weiterhin hinter dem Putzkessel in ihren Wohnungen herumkriechen, sich von ihren Chefs den Po tätscheln lassen und ihren Männern die Doktorarbeit tippen, sollten sie ihren Gatten und Vätern und Söhnen doch weiterhin zur Verwerfung des Frauenstimmrechts an der Urne raten – was sie auch erfolgreich taten, erst 1971, nach drei Volksabstimmungen, wurde es im Gebiete der Eidgenossenschaft endlich angenommen –, sie würde ihre Perlen nie wieder vor die Säue werfen! Was sie auch nicht wieder tat. Kein öffentlicher Auftritt, keine einzige Zeile mehr zu dem Thema, zu dem sie mit Sicherheit noch einiges zu sagen gehabt hätte. Sie begann zu malen, widmete sich ihrer Tochter – meiner

Mutter –, reiste mit ihrem Alfa Romeo Giulietta, gegen den sie ihren hoffnungslos aus der Mode gekommenen Aston Martin hatte eintauschen müssen, rund um den Erdball – und wurde zu meiner unvergleichlichen, unwiderstehlichen, klugen, lebenstüchtigen und frivolen AuMa, die mir bis auf den heutigen Tag Wegweiser und Vorbild geblieben ist.

Kapitel 8
«Sie wissen ja, wie Künstler sind»

Mathilde Maas, im ersten Stock des Hofbräuhauses, räumt ihre Sachen zusammen, wischt die sie plötzlich wieder anfallende Nervosität beiseite, zahlt Würstchen und Bier und geht zurück ins Hotel, zu Margarethe Pichelsteiner, zu G. Fast gewaltsam muss sie sich auf den eigentlichen Grund ihrer Anwesenheit in dieser Stadt besinnen, sie hat sich vom dumpfen Gemurmel der Stimmen im Restaurant wegtragen lassen, wo Sonnenstrahlen sich in den honigfarbenen Butzenscheiben brechen, die den Blick nach draussen wie durch ein Bernsteinschild verwehren und den Gästen an ihren Tischen den Sinn für Tages- und Nachtzeiten nehmen. Ein Lokal, in dem es sich bei Sonne und Regen trinken lässt. Draussen kneift sie, geblendet vom Licht, die Augen zusammen. Sie packt den Griff ihres Aktenköfferchens, das eine Art Brücke zu ihrer Arbeit und G. schlägt, fest in die Hand, lässt den Marienplatz zu ihrer Linken zurück, wo sie unter einer unsinnig flatternden Bayernfahne mit dem Münchner Kabarettisten, den sie damals in seiner ganzen Vierschrötigkeit echt ins Herz geschlossen hatte, für den Fotografen posiert hatte. Sie erinnert sich, wie peinlich ihr dieses Flaggenflatterbild gewesen ist, die Klischeehaftigkeit, aber der Fotograf hatte sich nicht von seiner Idee abbringen lassen, und wie gutmütig der Kabarettist, der selbstverständlich unter seiner Schale einen geschmeidigen Geist verbirgt, bei diesem Abklatsch mitgemacht hatte. Sie überquert die Maximilianstrasse, die Hoteleinfahrt, geht grüssend am grüssenden Portier in seiner leicht karnevalesken Uniform vorbei, lässt sich durch die Drehtür mitten in die Hotelhalle hineinschwingen, wo sie auf den ersten Blick sieht, dass unter den wenigen Gästen kein G. sitzt. Vielleicht ist er noch am Mittagstisch, wieder geht sie zur Rezeption und fragt nach Margarethe Pichelsteiner. Wieder wird sie zu einem der sehr bequemen Fauteuils verwiesen, doch diesmal bleibt sie stehen, geht unter der imposanten Glaskuppel, die sich über die Hotelhalle spannt, auf und ab. Um siebzehn Uhr wäre ihr Flug, das bedeutet, dass sie in zwei Stunden ein Taxi zum Flughafen besteigen müsste.

«Sie ahnen nicht, wie leid mir das alles tut...» Margarethe Pichelsteiner ringt die Hände in einer Weise, die an der Glaubwürdigkeit dieses Satzes zweifeln lässt, da ist in erster Linie Abschirmung, Schutz für ihren Schützling, ein Sie-wissen-ja-wie-Künstler-sind, das jeden Protest Mathildes als pure Unsensibilität die Künstlerseele betreffend entlarvt hätte, im Gegenteil, sie muss, mit Margarethe Pichelsteiner, ihr ganzes Mitgefühl für diesen bedauernswerten G. in ihre Worte legen, wo doch der Ärmste mit Kopfschmerzen und einem Anflug von Erkältung zu Bette liegt.

«Ja, und jetzt?»

Frau Pichelsteiner will diesen Entscheid ganz und gar ihr überlassen, «Das muss ich jetzt Ihnen überlassen...», möglicherweise ergebe sich noch eine Möglichkeit gegen Abend, «Es ist durchaus möglich, dass es ihm gegen Abend besser geht…», und Mathilde in ihrem jetzt wieder restlos und nur auf G. eingespurten Reporterinnenhirn, auf G., dem sie, wie ihr plötzlich scheint, ein Leben lang hinterherhecheln wird, auf den sie Hand legen kann, nur damit er ihr wieder zwischen den Fingern entkommt, auf G., der schon wieder und wann eigentlich nicht in Reichweite ist und unerreichbar fern, zwischen seinen Laken, irgendwo über ihr, durch ein oder zwei Stockwerke von ihr getrennt, hat den um siebzehn Uhr startenden Flieger bereits ohne sie vom Boden abheben lassen. Ihre AuMa braucht ihr gar kein «Bleib am Ball, Kind» mehr zuzuflüstern, Mathilde ist ohnehin entschlossen, keinen verdammten Fuss aus diesem München zu tun, ohne mit G. gesprochen zu haben, und wenn sie das Tonband auf seinem Kopfkissen würde installieren müssen. Lächelnd fragt sie Margarethe Pichelsteiner, die, wie Mathilde zusammenhanglos feststellt, diese blasse Nase mit den leicht geröteten Nasenflügeln besitzt, diesen empfindlichen, für Kälte und Aufregungen anfälligen Teint der Blonden, und bei ihrer Frage, um wie viel Uhr sie denn wiederkommen solle, etwas Gehetztes ins nicht unattraktive Gesicht bekommt. In zwei, drei Stunden? Vor, oder nach dem Abendessen?

Man einigt sich auf «so um sechs rum, in der Hotelbar» und trennt sich, nicht ohne sich gegenseitig der Teilnahme zu versichern, die man für G. empfindet, auf den in den letzten Tagen doch einiges zugekommen ist, Lesungen fast jeden Abend, an immer neuen Orten und vor immer neuem Publikum, und dann diese Interviews, und Mathilde Maas, die an sich für G.s Sensibilität volles Verständnis hat, nur nicht immer auf ihre, Mathildes Kosten, kehrt an die Rezeption zurück, um sich nach einem Zimmer für diese Nacht zu erkundigen.

Kapitel 9

Psychiatrieprofessor L. fängt sich

Nicht dass sich Psychiatrieprofessor L. nicht wieder ganz gefangen hätte. Auch nicht, dass er das Gefühl hätte haben müssen, seine Worte seien ins Leere gefallen. Im Gegenteil. Er darf sich des Interesses und der Aufmerksamkeit seines Publikums sicher sein, auch die im Anschluss an sein Referat hitzig geführte Diskussion, in der sich über seine Theorie bezüglich der pränatalen Entstehung ödipal-narzisstischer Neurosen der Block feministischer Psychoanalytikerinnen mit ein paar älteren Freudianern in die Haare geriet, lief eigentlich ganz zu seiner Zufriedenheit ab. Es ist mehr die Sinnfrage, die Professor L. zusetzt, dieses Was-mache-ich-eigentlich-hier, während er sich, das Weinglas in der Hand, den verschiedenen Kreisen, die sich zum Apéro vor dem Mittagessen zusammengeschlossen haben, einzugliedern versucht. Immer sein Weinglas jonglierend, gesellt er sich erst zu dem einen, dann dem nächsten Grüppchen, lauscht hier, nickt da, und, um es deutlich zu sagen, was beispielsweise dieser verkalkte Professor aus Yale zu sagen hat, das alles interessiert ihn einen Scheiss. Wiewohl er mit aller Kraft diese Regung zu unterdrücken versucht, sich auch treu und redlich bemüht, in die lauter werdende Debatte, die am Eingang zwischen Befürwortern und Gegnern von Methadonprogrammen geführt wird, einzusteigen

– er, Professor L., hat sich, obschon es sich nicht um sein Fachgebiet handelt, bereits vor Jahren dafür verwendet, dass solche versuchsweise auch in seiner Klinik eingeführt werden –, er kann sich auf nichts anderes konzentrieren als auf die langen, gelblichen Zähne der erbittertsten Befürworterin, einer Berliner Ärztin, die bei jeder Lippenbewegung ihres Monologs sichtbar werden. Oder darauf, dass ihrem Nachbarn dunkle Härchen aus den Nasenlöchern wachsen. Verzweifelt leert er sein Glas, räuspert sich, und als sich aller Augenpaare auf ihn richten, in der Erwartung, nun seine, Professor L.s Meinung zum Thema zu hören, entschuldigt er sich mit dem Hinweis auf sein leeres Glas. Er bricht aus dem Kreis aus, stellt fest, dass sich die Lücke hinter ihm sogleich wieder schliesst, und geht zum Buffet, wo ihm wortlos nachgeschenkt wird. Er bleibt, am Glas nippend, eine Weile dort stehen und sieht, wie Bewegung in die Versammlung kommt, die Grüppchen lösen sich auf, formieren sich wieder neu: Man schreitet zum Mittagessen. Schon erwägt Professor L. den abenteuerlichen Gedanken, sich einfach davonzustehlen, was natürlich ganz unmöglich ist, aber warum sollte er nicht einmal, einmal nur ..., als Dr. Ernst Peter, ein schrecklicher Langweiler, wie er von einem Kongress letztes Jahr in Interlaken weiss, sich zu ihm gesellt, froh, ein bekanntes Gesicht erspäht zu haben, ihn zu seinem Referat beglückwünscht und nicht mehr von seiner Seite weicht, auch dann nicht, als Professor L. Richtung Toilette eilt, um sich, wie er sagt, die Hände zu waschen, sondern vor der Toilettentür seine Rückkehr abwartet und so, plaudernd, mit ihm den festlich gedeckten Saal des Kongresszentrums betritt.

So findet sich Professor L. an einem der runden Tische wieder, eingekeilt zwischen Dr. Ernst Peter und einem Ärztebesucher aus Mannheim, Medikamentenvertreter eines Pharmakonzerns, ihm gegenüber diese Berlinerin mit den scheusslichen Zähnen, die sich bereits im Platznehmen über irgendetwas echauffiert, nicht mehr Methadon, so viel er mitbekommt, neben ihr Dr. Alois Firnhuber von der Redaktion *Wir Ärzte*, zu dessen Rechten ein an sich nicht uninteressant wirkendes, weisshaariges Männchen, dessen gemauschelten Namen er nicht verstehen kann, zur Linken der Langzahnigen eine junge Blondine, die lächelt und «Ach ja» macht, wenn sie angesprochen wird. Und Professor L., der sich weit fortwünscht und stattdessen die vor ihm liegende Lachspastete in Angriff nehmen muss. «Guten Appetit» und «Sehr zum Wohl», man hält lächelnd sein Weinglas in die Höhe und nickt sich zu, Professor L. hat den Namen des Männchens noch immer nicht verstanden und versucht, dem Augenkontakt mit der Berlinerin und damit ihrem Überfall zu entgehen. Konzentriert wendet er sich seiner Lachspastete zu und fühlt sich, seit er am Morgen dieses Flugzeug betreten hat und neben diese Mathilde zu sitzen gekommen ist, vom Unglück verfolgt. Wobei ... Diese Mathilde als Unglück zu bezeichnen ...? Das trifft es nicht, eigentlich ... Vielmehr ... Ob sie sich noch immer – Professor L. nimmt einen tiefen Schluck aus seinem Glas – noch immer von diesem Franz, oder wie er heisst, bumsen lässt? Oder Frank? Fotoreporter, so viel er sich erinnern kann ... Völlig einseitige Beziehung, wie ihm Lachmann erklärt hat ... Herrgott, dass diese Weiber doch immer auf die widerlichsten Typen hereinfallen müssen ... Ziemlich jung jedenfalls, nach Lachmanns Worten, gut im Saft … Aus Versehen lässt Professor L. seinen Blick zu lange auf der Berlinerin ruhen, die ihn augenblicklich in ihr Gespräch mit diesem *Wir Ärzte*-Redakteur einbezieht, ein Gespräch über Zwangsmedikation bei manisch Depressiven, ein Thema, zu dem Professor L. weiss Gott einiges zu sagen hätte, aber nicht heute, und nicht jetzt, und nicht gegenüber dieser hageren, aufgeregten Berlinerin, die ihn geradezu zwanghaft an Mathilde denken lässt, nicht weil sie ihr gleicht, bewahre, sondern weil sie ihr genaues Gegenteil ist und ihm, je länger er an die braunäugige, samthäutige Mathilde denken muss, immer grotesker erscheint, und Mathilde, die, soweit er sich erinnert, kleine, perlige, weisse Zähne hat, mit, ihm schaudert, einer entzückenden kleinen Lücke zwischen den Schneidezähnen, so Knabberzähnchen, um Gotteswillen, er spürt, wie es ihn erregt, an Mathildes Mund zu denken, und ob sie wohl diesen Frank mit dem Mund …?

Genug jetzt! Entschlossen wendet er sich von Mathilde ab, der Berlinerin zu, den manisch Depressiven, eines seiner Lieblingsthemen, sieht, wie die Berlinerin entzückt lauschend diesen grässlichen Mund aufreisst, stürzt Hals über Kopf in die Zwangsmedikation, schlägt einen Bogen über Psychiatriereform, ambulante Behandlung, Klinikpersonal, dessen Überforderung, tippt Altersneurosen, Parkinson'sche, Arteriosklerose an, kehrt zurück über Angstpsychosen und Phobien, bis er wieder bei den manisch Depressiven angelangt ist und die Berlinerin in die Hände klatscht. Der ganze Tisch schliesst sich ihrer Begeisterung an, von hinten werden die Teller ausgewechselt, der Rotwein ist an der Reihe, und die nächsten neunzig Minuten lang, bei Leberknödel mit Kraut, Zitronensorbet Colonel, Kaffee und Likör, ist Psychiatrieprofessor L. ganz der Alte: kompetent, brillant, geistreich, kurz: eine bemerkenswerte Persönlichkeit.

Kapitel 10
Mathilde ist einsam, G. auch

Mathilde Maas zieht die Tür hinter dem goldgrün livrierten Rücken des Hotelportiers zu, der, wie sämtliche Portiers dieser Welt, darauf bestanden hat, ihr das pinkfarbene Aktenköfferchen, wenn sie denn schon kein anderes Gepäck mit sich führt, nicht nur abzunehmen, sondern bis in ihr Zimmer zu tragen, was sie zu dieser Trinkgeldlegerei in die diskret abgewandte Hand verpflichtet, Geste, die sie hasst, und seufzt auf. Hier steht sie nun. Das Zimmer, gottlob kein Einzelbett, insgesamt jedoch alles kleiner und bescheidener, als die stattliche Hotelhalle hätte erwarten lassen, auch das Mobiliar wie immer eine Spur nichtssagender und steriler, als man es sich vorgestellt hat, dafür mit Minibar und Fernseher ausgestattet, etwas mutlos lässt sie sich auf der Bettkante nieder. Dann zieht sie die dunkelgrüne Plüschdecke vom Bett, nichts, wovor sie sich mehr ekelt als Decken und Teppiche in Hotels, die Vorstellung, wer sich darauf bewegt haben mag, nackt, mit nackten Füssen, sie streift ihre Schuhe ab und streckt sich, die Hände im Nacken verschränkt, der Länge nach auf dem weiss-klammen Bettzeug aus. Sie starrt den kleinen Lüster an der Decke an, dessen tropfenförmigen Kristallzapfen bei jedem Lufthauch leise schaukeln und klirren, und fühlt sich müde, allein. Die Trostlosigkeit eines einsamen Hotelzimmers, und draussen vibriert die Stadt. Sie denkt, wie sie jetzt, in diesem Augenblick, von ihren Freunden, die wie jeden anderen Tag auch in ihren Büros sitzen, beneidet wird. «Hast du's gut, kannst dir einfach zwei Tage München um die Ohren hauen, während wir ...» Sie haben sich vor Jahren für die Sicherheit des Seins entschieden, für feste Arbeitszeiten und vor allem festen Monatslohn, und lassen vielsagend die Augäpfel rollen, wenn Mathilde von ihrer vermeintlichen Freiheit erzählt, dass sie am nächsten Tag nach Paris fliegen wird oder Düsseldorf oder London, als ob sie das pure Vergnügen dorthin ziehen würde, Schlendern und Shopping und ein Glas Champagner in der neuesten In-Bar, und wenn sie ihnen zu erklären versucht, wie sich solche Besuche tatsächlich abspielen, wie sie in aller Regel vom Flughafen direkt in ein Hotel oder an eine Wohnadresse wetzt, dort, von wegen Schlendern oder Shopping, sich, den Block auf den Knien, in ihr Gegenüber einzufühlen versucht, was mitunter Schwerstarbeit bedeutet, und anschliessend das Totschlagen von Wartezeiten in einer Bahnhofshalle oder im Flughafenrestaurant, dann machen sie «Ach so» und schweigen oder wechseln das Thema, weil sie sich das alles gar nicht vorstellen können. Oder wollen. Oder wenn sie erwähnt, mit wem sie verabredet ist, mit diesem Regisseur, von dem sie schon gehört haben, oder mit der Schauspielerin, die sie aus einer Fernsehserie kennen, dieser leicht verkniffene Zug, der sich beispielsweise in die Mundwinkel ihrer Freundin Cathy schleicht, «Welch interessanten Beruf du doch hast», worin sie, wenn sie an Cathys Bürotage in der städtischen Administration denkt, an denen das Abenteuerlichste die Affäre mit dem verheirateten Chef ist, ihr letztlich nur beipflichten kann. Denn *selbstverständlich* ist das interessant, und *selbstverständlich* unterhält sie sich lieber mit diesem Regisseur und jener Schauspielerin als mit besagtem Chef, der nach vollzogenem Beischlaf – jeweils dienstags nach halb sechs, da ist die Ehefrau beim Yoga – leicht angetrunken nach Hause eilt, zurück ins Eigenheim am Rande der Stadt. Wie sie Cathys Schilderung entnommen hat, gehört offenbar, genauso festgelegt wie das Beischlafritual, das gemeinsame Picheln einer Weissweinflasche dazu, die eine Hälfte vor, die andere hinterher. Was Cathy an diesem Menschen, der nichts auf seine Ehefrau kommen lässt, mit der er sich, wie ihr Cathy erzählt hat, in den ganzen fünfzehn Jahren ihrer Ehe nicht ein einziges Mal gestritten habe (man stelle sich das vor), die er nun mit schlechtem Gewissen mit Cathy, die er zu lieben behauptet, betrügt, was sie an diesem Mann finden kann, dessen Bild Mathilde, als es ihr gezeigt wurde, erschüttert von der Banalität, nur kurz und wortlos hat anstarren können, es ist ihr ein Rätsel. Die ständige Furcht vor Entdeckung muss letztlich den Reiz ausmachen, denn Cathys Mann, ein hart arbeitender Treuhänder, kommt zwar nie vor zehn Uhr nachts nach Hause, aber sicher ist man da nie. Es ist schon vorgekommen, dass Cathy, kaum hat sie die Tür hinter ihrem Liebhaber geschlossen und die zerwühlten Laken notdürftig geglättet, sich mit ihrem Mann, der früher als gewöhnlich zurückgekommen ist und ausserfahrplanmässige Lust auf seine Frau verspürt hat, in das vom Duft ihres Chefs durchtränkte Bett hat legen müssen. Was sie an dieser Geschichte, die ihr Cathy anderntags erniedrigt und schluchzend erzählt hat, so masslos geärgert hat, ist nicht die Frage gewesen, wer da wen betrügt, die ganze Moralität und so weiter, da ist sie ganz Johnnys Ansicht, der bei jeder passenden Gelegenheit sein «Lass deine Nachbarn lieben, wie sie wollen» vorbringt, sondern dass Cathy, die ihr Studium einst mit Bestnoten abgeschlossen hat, ihr Talent an einen Alltag verschwendet, dessen Öde durch den Seitensprung mit einem mittelmässigen Chef gelockert werden muss.

Mathilde seufzt tief auf, natürlich geht sie das alles nichts an, da verteilt sie Verdikte nach links und rechts, und wer, handkehrum, macht sich diese Gedanken über sie, Mathilde? Allenfalls darüber, wie gut sie es hat ... Sie seufzt nochmals, voller Mitleid mit sich selbst, und wühlt ihre Füsse unter die weiche Bettdecke, kalt ist es in diesem Zimmer, was tut sie denn eigentlich? Unentwegt, denkt sie, greift sie nach den Sternen, von denen sie sich keinen einzigen herunterholt, seit sie sich dem Journalismus zugewandt hat, der ersten und einzigen Beschäftigung immerhin, der sie über längere Zeit Faszination und Reiz hat abgewinnen können. Dieses Ringen um den besten Satz, die beste Darstellung eines Sachverhalts, die lockerste, flockigste, das beste Interview, das intimste Porträt ... Als ob bei den Sternen etwas zu holen wäre.

Ich bin eigentlich ziemlich zufällig darauf gestossen, dass ich Journalistin werden könnte – eine Idee, die mir vorher wirklich nie gekommen ist –, weil ich einen Bekannten zu einer Vernissage begleitet habe, über die er einen Bericht für die Lokalredaktion einer Zeitung schreiben musste. Ich war auf der Stelle fasziniert gewesen von der Möglichkeit, dass man etwas quasi zu seinem eigenen Vergnügen tun kann und erst noch dafür bezahlt wird. So erfreuliche Dinge wie an einer Vernissage herumstehen, sich ein wenig mit der Künstlerin unterhalten, am Weisswein nippen und dabei die Gäste auseinandernehmen. Die Vorstellung war mir damals neu, denn damals verband ich jede Form des Broterwerbs mit unendlicher Mühsal. Der Bekannte war wie ich mitten im Studium, doch während ihn das als Vision seiner näheren Zukunft offenbar befriedigte, war ich meins – Jura, ich weiss, ich weiss! Man frage mich jetzt bitte nicht, warum ich das gewählt habe – gründlich leid. Auch die Jobs, mit denen ich meine Selbständigkeit finanzierte, Kellnerin in einer Studentenkneipe oder Begleiterin von Stadtrundfahrten im Touristenbus ... Jedenfalls, ich meldete mich, vom Beispiel meines Bekannten entflammt, am nächsten Tag bei derselben Lokalredaktion, wo ich von einem freundlichen Herrn empfangen wurde, der mir zu meiner Verblüffung interessiert zuhörte, mir die Redaktionsräume zeigte, ich erinnere mich an die Begeisterung, Ehrfurcht geradezu, mit der ich diese Räume betreten habe, den Telex-Raum, in dem, auf endlosen Papierschlangen ausgespuckt, sozusagen die Welt zusammenkam, Agenturmeldungen aus Moskau oder Phnom Penh, die Hektik der Redakteure in ihren Grossraumbüros, das Klicken der Tasten, die ständigen Telefonanrufe, das ganze Hin und Her, das alles kam mir so wichtig und bedeutsam vor, das schien mir der Nabel der Welt zu sein, ich war wie erschlagen und wurde von dem freundlichen Herrn wieder verabschiedet. Dann hörte ich erst mal eine Weile lang nichts mehr. Doch eines

Tages rief mich seine Sekretärin tatsächlich an und erteilte mir meinen ersten Auftrag. Diese Seligkeit, die mir allein dieses Wort bereitet hatte, «Auftrag», es handelte sich, das weiss ich noch genau, um die Eröffnung einer Modeboutique, und mit welchem Ernst ich mich dahinterklemmte. Ich beschloss auf der Stelle, mein Studium aufzugeben und mich fortan meinen Aufträgen zu widmen. Bald darauf war ich voll beschäftigt mit dem Besuch von Kleintheatern, von Parteiversammlungen jeder politischen Couleur, ich beschrieb «einen Tag im Leben der Chemiearbeiterin Greta M.», ich besuchte Gerichtsverhandlungen, war dabei, wenn ein Hotel eröffnet oder ein Theaterdirektor abgewählt wurde, verfolgte Demos gegen ein geplantes Autobahnteilstück, unterhielt mich mit Greenpeace-Aktivisten, die sich an zu fällende Bäume gekettet hatten – das Gespräch mit dem aus Protest auf einem schwankenden Fabrikkamin biwakierenden Umweltschützer überliess ich einem schwindelfreien Kollegen –, bei Geburtsvorbereitungsabenden sass ich zwischen glücklichen jungen Elternpaaren (was mir, zurückgekehrt in meine menschenleere Wohnung, einen ziemlich schlimmen Anfall von heulendem Elend bescherte), ich war bei Verkehrsunfällen, bei Grossbränden dabei, verfasste Reportagen über Neue Armut oder den chronischen Mangel an Künstlerateliers ... Kurz, mit viel Elan tat ich, was Lokalreporter so tun. Und jeden Tag hatte ich dieses erregende Gefühl, mich an etwas Neuem messen zu können, einmal dies und einmal das, und das Gefühl, am Drücker zu sitzen: Das Studium war, sehr zum Kummer meiner Familie, ausser meiner AuMa, die mich zu meinem neuen Leben beglückwünscht hatte, längst an den Nagel gehängt und gründlichst verschmerzt, und ich sass in denselben Redaktionsräumen, die mich bei meinem ersten Besuch so sehr beeindruckt hatten. Ich beantwortete dieselben Telefonanrufe, ich nahm an Redaktionssitzungen teil, besprach die Themen des Tages, verliebte mich vorübergehend in einen Kollegen, Werner, stritt mich mit anderen, die ganze Hektik, Überdrehtheit, das ganze Hin und Her, ich war Teil dieses Nabels der Welt, litt über den leeren Seiten, kaute am berühmten ersten Satz, feilte meine Texte, las mit Stolz meinen Namen in der Zeitung, bis ich, und zwar ziemlich plötzlich, von einem Tag auf den anderen, diesen ganzen Redaktionsalltag als Leerlauf zu empfinden begann. Für Verkehrsunfälle war ich längst nicht mehr zu haben, ich wollte mehr, wollte Neues, Anderes, wollte Herausforderung, Prestige, ich sah, wie die Kollegen auf ihren Stühlen klebten, seit Jahren schon, wie sie älter wurden, blasser, unscheinbarer. Ganz abgesehen davon, dass ich, neben zwei verheirateten Kolleginnen, das einzige weibliche Wesen in einem sechzigköpfigen Redaktionskollektiv darstellte und sich – und ohne dass ich mir etwas darauf einbildete, im Gegenteil, stinksauer hatte mich das mit der Zeit gemacht – nicht wenig Frustrationen und Sehnsüchte in meiner einzigen Person zusammenballten und vor allem wieder entluden, da Abweisungen in diesem Fall wirklich nicht zu umgehen waren. Es gab nicht wenige, die mich spontan hassten und jeden einzelnen meiner Schritte ausspähten und verfolgten, ich fand es unmöglich, einzig aufgrund der Tatsache, dass ich eine Frau war unter lauter Männern, ein exotisches Wesen zu sein. Obwohl ich gegen diesen Missstand ankämpfte und mir im Prinzip jedermann zustimmte, änderte sich daran nichts, das heisst, doch, soviel ich weiss, ist meine Stelle später wieder durch einen Mann besetzt worden. Nach einer Unterhaltung mit dem immer noch freundlichen Herrn wurde mir schliesslich gestattet, meinen Arbeitsplatz nach Hause zu verlegen, meine Themen selbst zu wählen, von nun an für verschiedene Zeitungsredaktionen zu arbeiten und zu dem zu werden, was ich nach ein paar Anlaufschwierigkeiten schliesslich auch geworden bin: Mathilde Maas, MM, freie Reporterin aus ziemlich freien Stücken, bekannt für ihre respektlose Schreibe und ihre Fähigkeit, am Ball zu bleiben (wenn es sich lohnt), nicht schlecht verdienend (solange ihr Stern anhält) und zur Zeit versessen darauf, den Schriftsteller G. zu interviewen, der sich aus ihr unbekannten Gründen zu entziehen sucht und den sie verfolgen wird, bis er sich ihr, Gründe hin oder her, ausgeliefert hat.

Und während Mathilde, ausgestreckt auf dem ihr unbekannten Bett eines in die Jahre gekommenen Luxushotels, die Stadt München zu ihren Füssen, darüber nachsinnt, warum sie dies alles eigentlich tut und wie haarscharf auf der Grenze zur Widerwärtigkeit doch alles ist und wie ungerecht, dass ihr bestimmte Personen apodiktisch zusprechen, ein Glückskind zu sein, ist sie an einem Punkt angelangt, von dem es zur Verzweiflung nicht mehr weit ist. Ihre AuMa ist tot, weit und breit kein ernstzunehmender Liebhaber in Sicht (jedenfalls nicht der Eine, der Wahre und Richtige), und sie, sie jagt dämlichen Prominenten hinterher, wie Cathy damals, bevor sie ihr den Hörer aufgeknallt hatte, gebrüllt hatte: «Was tust du denn mit deinem Leben? Jagst deinen dämlichen Prominenten hinterher und sonst, he?» Sie war verdattert neben dem Telefon sitzen geblieben, erster Gedanke, dass sie sich nie wieder in die Privatangelegenheiten anderer Leute mischen würde, und dann, dämliche Prominente? Wer bekannt ist und wer nicht, das interessiert sie nicht, Prominente an sich sind ihr vollkommen egal, genügend von ihnen hat sie gesehen, Fernsehstars oder Fussballstars, die zu Idolen gemacht werden, nein, was sie interessiert, sind die Ungewöhnlichen, die Unverwechselbaren, die Besessenen, Künstler, die ihre ganze Existenz in eine einzige Richtung lenken, um etwas Eigenes zu schaffen, alles riskieren (und nicht selten geht der Erfolg mit diesem Einsatz einher), die Suchenden faszinieren sie, stellvertretend für ihre eigene Suche, der alte Schauspieler, der nach fünfzig Bühnenjahren noch immer mit dem «weissglühenden Kern der Dichtung» ringt, der Maler, der in die Südsee reist, um «das Blau» zu finden, der Regisseur, der einen Film über das Wasser dreht, nur Wasser, *Le Grand Bleu*, das interessiert sie, erregt sie, hemmungslos und ohne Scheu tritt sie ihnen gegenüber, im Gegenteil, viel befangener wäre sie, müsste sie sich mit dem Chefbuchhalter einer Versicherungsgesellschaft unterhalten, der nach Feierabend mit seinen Schuhen auch sein Hirn abstreift, sich vor den Fernseher knallt und – und das ist sein gutes Recht – nur noch entspannen will, ausspannen, an nichts denken müssen, an nichts, was an diesen vermaledeiten Tag erinnert.

Etwas getröstet von diesem Gedanken holt sie wieder G.s Bücher hervor, blättert, hakt sich an einem seiner letzten fest, saugt seine Sätze in sich ein, krallt sich an ihnen fest, dämliche Prominenz, denkt sie, ist mitunter kein Zufall, holt den ein, der seinen Weg am unbeirrtesten und konsequentesten geht, Talent, Begabung, ganz gefangen ist sie von diesen Sätzen, die ihr zeigen, dass es vielleicht doch nicht sinnlos ist, was sie da tut, im Zimmer des «Vierjahreszeiten» auf ihn zu warten, den Autor, auf den sie sich wieder zu freuen beginnt, als sie hört, wie im Gang draussen eine Tür aufgerissen wird und eine Stimme brüllt:

«Säue! ... Ihr gottverdammten Säue ... ihr ... gott ... verdammten ...»

Etwas poltert und klirrt, Füsse, die eiligst trippeln, und Schritte, die sich entfernen, Türen, die zugeschlagen werden, und ersticktes Fluchen, und nochmals knallt es, und dann ist Totenstille.

Mathilde sitzt wie erstarrt. Ist das nicht ... G.s Stimme gewesen, die besoffene, wutheulende, verzerrte Stimme von G.? Das ist ja, mein Gott, sie lässt das Buch, in dem sie soeben gelesen hat, auf die Bettdecke fallen, das ist ja furchtbar! Sie geht auf Zehenspitzen zur Tür, öffnet sie vorsichtig einen Spaltbreit und späht in den Gang. Nichts, alles ruhig, selbst die Topfpflanze, die in einem glänzenden Messingkübel vors Fenster gestellt worden war, scheint auszusagen, dass nichts vorgefallen ist, gar nichts, sie zieht die Tür wieder zu. Das muss nicht G.s Stimme gewesen sein, aber ihr war so, sie kennt seine Stimme, sie schlüpft in ihre Schuhe, in ihrem Zimmer hält sie es jetzt nicht mehr aus, wen er so angeschrien haben mag? Diese arme Pichelsteiner etwa? Sie hatte in der Tat etwas merkwürdig gewirkt vorhin, vielleicht erfährt sie etwas in der Bar.

Kapitel 11
Psychiatrieprofessor L. führt ein harmonisches Familienleben

Psychiatrieprofessor L., mit sich und der Welt im Einklang – die ungebrochene Bewunderung, die ihm im Kreise seiner Kollegen zuteil geworden ist, hat seine unstabile Gemütslage entschieden verbessert, und die diversen exzellenten Alkoholika haben dieser zurück- und damit irgendwie auch neu gewonnenen Stabilität einen Schuss völlig unbegründeten Glücksgefühls beigesteuert –, lässt sich also beschwingt durch die Schwingtür des Hotels in dessen Halle befördern. Er hat während seines kurzen Fussmarsches vom Kongresszentrum zum Hotel, der ihn durch Münchens sonnenbeschienene Altstadt geführt hat, gut gelaunt wie er war, beschlossen, in der kurzen Stunde, die ihm vor dem Nachmittagsprogramm bleibt, seine Ehefrau Marianne anzurufen und ihr die seltsamen Regungen, die ihn am Vormittag gequält haben, zu schildern. Denn seine Ehefrau Marianne, Psychoanalytikerin wie er, und eine erfolgreiche dazu, ist ihm nicht nur im klassischen Sinne Lebensgefährtin, sondern kühl und scharf denkende Kollegin, Beraterin und Mentorin in einer Person, die er zum Zwecke der Supervision, der sich ein jeder Psychiater zur Kontrolle seiner Arbeit unterziehen sollte, konsultiert. Seine unbestechlichste und klarsichtigste Kritikerin ist sie, was vielleicht das, sagen wir mal, Erotisch-Emotionale ihrer Beziehung mit den

Jahren etwas in den Hintergrund hat treten lassen, dafür umso stärker die intellektuelle Schaffenskraft beider gefördert hat. Was Psychiatrieprofessor L. stets als einen Glücksfall empfunden hat, diese wirkliche und inspirierende Partnerschaft, wie sie unter zwei Menschen verschiedenen Geschlechts so selten ist, er und Marianne haben sie geschafft. Auch wenn sie das viel Beziehungsarbeit gekostet hat, diese Ehrlichkeit und Offenheit, diese fortwährende und den Menschen vorantreibende Offenlegung der verborgensten und geheimsten Wünsche und Regungen, dieses Zerpflücken und In-Worte-Kleiden, das sie ihre Partnerschaft immer wieder neu hat definieren lassen. Professor L. hat sich stets zu grosser Wahrhaftigkeit seiner Partnerin gegenüber verpflichtet gefühlt und ihr beispielsweise in langen und anstrengenden Stunden die Regungen und Bewegungen, die ihn beim Anblick der überaus verführerischen Hilfskraft Masha-Belle überfallen hatten, dargelegt. Er ist dann, gemeinsam mit seiner Partnerin Marianne, zu der befreienden Erkenntnis gelangt, dass ihn beim Anblick der ziemlich üppig gebauten Brasilianerin, die im Übrigen die fragwürdige Angewohnheit hatte, ausser einem Höschen nichts als braune glatte Haut unter der blendend weissen Schwesternschürze zu tragen, rein fleischliche Anfechtungen befallen haben, die, sofern er ihnen nachlebte, nichts als einen schalen Nachgeschmack hinterlassen würden, da die Empfindung weder intellektuell noch emotional abgestützt ist. Er ist seiner Frau anschliessend, nachdem die Versuchung in befriedigendem Gespräche hatte niedergeschlagen werden können, sehr dankbar gewesen, dass er ihr nicht nachgegeben hatte. Wofür Marianne, wie sie betonte, durchaus Verständnis gezeigt hätte, und diese schöne Freiwilligkeit, dass er hätte tun können, was er hatte tun wollen, es aber nicht getan hatte, weil er es eben doch nicht wirklich hatte tun wollen, die ist es gewesen, die diese ganze Episode zu einer beglückenden Erfahrung hat werden lassen. Dass ihn dann, unbewusst, der Gedanke an Masha-Belles straffes Fleisch schöne Stunden in den Armen seiner Frau hat verleben lassen, haben beide als durchaus bereichernd empfinden können.

Professor L. lässt dieses Bewusstsein, ein harmonisches Liebes- und Familienleben zu führen, seine Arbeit jeden Tag mit Mut und Kraft in Angriff nehmen. Auch wenn ihn mitunter der Gedanke an seine Tochter Monika nachdenklich stimmt. Denn seine Tochter Monika, die vor sieben Jahren (etwas früh, sie war damals erst elf) unter ziemlich heftigen pubertären Reaktionen wie Abkapselung und Verschlossenheit zu leiden begonnen hat und sich seither einer psychologischen Behandlung unterzieht – Marianne hat dazu eine sehr begabte Kollegin empfehlen können –, zeigt noch immer starke Abwehrreaktionen gegenüber dem Elternhaus. Aber wer weiss besser als Psychiatrieprofessor L., dass gerade sensible und aufgeweckte Jugendliche negativ auf ein Elternpaar reagieren können, das aufgrund seiner Harmonie und tiefen Verbundenheit einen irgendwie geschlossenen Block darstellt, dem sich der Dritte, in dem Fall die Tochter, etwas hilflos gegenübersieht. Sicher aber ist es ein grosser Gewinn für die Heranwachsende, dass sie sich frühzeitig und unter professioneller Anleitung ihrer sich widerstreitenden Gefühle und Gedanken bewusst werden kann und nicht, wie andere, diesen schmerzhaften Prozess erst im Erwachsenenalter, da die Persönlichkeit schon viel gefestigter ist, durchmachen muss. Diese Ansicht wird im Übrigen von seiner Frau Marianne geteilt, die seit ihrer einschlägigen Doktorarbeit Jugendpsychologie zu ihrem Spezialgebiet gemacht hat.

Federnden Schrittes durchmisst Psychiatrieprofessor L. die Hotelhalle, um sich beim freundlichen Empfangschef nach der telefonischen Vorwahl in die Schweiz zu erkundigen, als er, wie vom Donner gerührt, auf dem einem Fuss, den er soeben hat vor den anderen stellen wollen, stehen bleibt. Ist das nicht Mathildes dunkler Schopf, ihr lindgrünes Kleid, was er da unter der Tür zur Bar hat aufblitzen sehen? Mathilde, *hier*, im Hotel? Eine wahre Gefühlskaskade durchläuft Professor L., während er, mechanisch, weiterhin die Rezeption ansteuert, die für ihn jäh und gründlich jegliche Attraktion verloren hat. Denn was soll er Marianne, wenn jetzt Mathilde ...? Und wie könnte er Marianne, wo es doch just Mathilde ...?

Mit schwacher Stimme bittet Professor L. den Empfangschef, der sich ihm bereits fragend zugewandt hat, bereit, ihm jeden Wunsch, sofern dies in seiner Macht liegt, zu erfüllen, um die Rufnummer in die Schweiz, hört überhaupt nicht hin, als sie ihm dienstfertig diktiert wird, späht vielmehr über die Schulter zurück, hinüber zur Bar, versucht angestrengt, durch die milchglasverspiegelte Tür, die die Bar von der Hotelhalle abtrennt, einen Eindruck von deren Innern zu erhaschen beziehungsweise die schemenhaften Gestalten drinnen zu erkennen, Mathilde ... Mein Gott! Angestrengter Blick, der vom Empfangschef durchaus richtig interpretiert wird: «Die Bar ist geöffnet, Herr Professor, wenn Sie sich erfrischen möchten …»

Der Professor nickt, zaudert noch einen kurzen, sehr kurzen Moment, die diversen bereits genossenen Alkoholika geben schliesslich den ausschlaggebenden Kick, *who the fucking hell cares*, schliesslich hat man sich im Flugzeug kennengelernt, und schliesslich wohnt man in derselben Stadt, ist doch ganz natürlich, nicht? Dass man …

Er lässt den Mann an der Rezeption, der so schnell, so schamlos schnell verstanden hat, mit der Schweizer Nummer stehen und geht, das Kinn kühn und angelegentlich emporgereckt, zur Bar hinüber, erfasst mit einem Blick, dass Mathilde an einem der kleinen Tische sitzt, während sich ein paar Geschäftsleute über den Tresen lehnen, stellt sich neben sie, Rücken zu ihr, wirft seine Aktenmappe auf den neben ihm stehenden Barhocker, bestellt sich einen Whisky (Four Roses, mit Eis), stützt sich locker mit einem Arm auf dem Tresen ab und lässt dabei seinen Blick zufällig, absichtslos, durch den dämmrigen halbrunden Raum schweifen.

Kapitel 12
«Sind Sie geschäftlich hier?»

Da sitze ich nun, Mathilde Maas, Reporterin, warte auf ein Interview mit dem grossen Meister, der, sensible Künstlerseele, da oben irgendwo betrunken zwischen Bett und Türrahmen hängt, denn ich bin, obwohl ich diese Pichelsteiner nirgends hatte finden können – der Typ an der Rezeption jedenfalls behauptete, sie sei ausgegangen, und G.s Nummer («Ich bin sicher, Sie verstehen») durfte er mir nicht geben –, mittlerweile überzeugt davon, dass diese Stimme zu G. gehört hat, wenn auch zu einem anderen G. als dem, von dem ich noch eben diese fantastischen Sätze gelesen habe. Oder auch nicht, vielleicht gehören just diese beiden G.s zusammen und machen aus ihm den einen, den wundervollen, weltberühmten, mit der Menschheit und deren Elend mitfühlenden G.

Meinen Flug habe ich bereits auf morgen Nacht verschoben, denn ich kann unmöglich in der Redaktion auftauchen, ohne G. überhaupt aus der Nähe gesehen zu haben, und auch sonst, ich bin es mir schuldig, verdammt, dieses verdammte Gespräch endlich zu führen … Ein Gespräch, das schliesslich, nach all dieser Mühsal, irgendwann eine Zeitungsseite füllen wird, die am Tag nach ihrem Erscheinen zum Altpapier gehört. Wie mir ein älterer Kollege einmal erzählt hat, der von einer Schreibblockade befallen worden war, nachdem er auf der Toilette eines ländlichen Gasthofs aus bereitliegenden Zeitungsfetzen sich mit seinem eigenen Artikel hätte den Hintern wischen sollen, ich hatte zwar gelacht, damals, aber jetzt, gerade jetzt kann ich ihn gut verstehen.

Mathilde hat bereits ihre zweite Cola bestellt, die ihr übrigens einer dieser Männer an der Bar wortreich und unbedingt hat offerieren wollen, ein besonders hässliches und schmerbäuchiges Exemplar Mann, das sich in breitestem Schwäbisch lautstark mit seinen Kollegen unterhält, die sie, kaum hatte sie den Raum betreten, alle drei angestarrt haben, als sei sie eigens zu deren Erbauung hier hereingekommen. Sie hat schliesslich die wiederholte Offerte für den Drink so entschieden und barsch ablehnen müssen, dass sich die drei wie ein Mann entrüstet von ihr abgewandt und sie keines weiteren Blickes mehr gewürdigt haben: Blöde Ziege, dann eben nicht.

Einigermassen belustigt hat Mathilde anschliessend beobachtet, wie sie sich schäkernd bei der Bardame das ramponierte Selbstwertgefühl aufzumöbeln versuchten, die schliesslich einwilligte, sich ein Wasser spendieren zu lassen – Hut ab, dass sie bei dem Angebot eines «Gläsle Schampus» eisern geblieben war –, und wie sozusagen mit jeder Runde Bier männliche Tatkraft anschwoll. Offensichtlich hat man in München geschäftlich zu tun und will, auf Spesen, so richtig einen draufmachen. Die Bardame, die sich für das Wasser revanchieren will, erzählt gerade, streng vertraulich, wer so alles an Illustrem im Hotel zu übernachten pflegt, die Tina Turner war da, und der Peter Alexander, und der Udo Jürgens letzte Woche, «und jetz hama, grad heit, den Herrn G. z'Gast...», und einer der drei sagt: «Der G.? Des isch doch dieser Schreiberling da... der des berühmte Buch gschrieba hat... Wie heisst des scho wieder... Also des wär jetz ächt ebbes für mei Frau, die schtaht auf so ebbes, also die tät jetz wie a Verrüggte...»

Der Rest des Satzes geht in einem grossen Gelächter unter, in das auch die Bardame einstimmt, und Mathilde denkt an die Frau, die auf so was steht, und an den Schmerbäuchigen, der mit Spesengeld auf den Putz hauen will, und an G., der betrunken auf seinem Bett liegt, und nochmals an die Frau, die G.s Sätze liest, seine verzweifelten, dem Leben, der Sinnfindung abgerungenen Sätze, sie will raus hier, an die frische Luft, als der Psychiater, der heute Morgen neben ihr im Flugzeug gesessen hat, zur Tür hereinkommt und geradewegs die Theke ansteuert. So erleichtert ist Mathilde, ein bekanntes und in dieser Umgebung wohltuend kultiviertes Gesicht zu sehen, dass sie ihn erfreut begrüssen will, doch er hat sie nicht gesehen und dreht ihr den Rücken zu. Sie hat vorhin schon aufstehen und zahlen wollen, doch als sie sieht, dass er sich einen Drink bestellt, bleibt sie noch einen Moment lang sitzen. Schliesslich drängt sie nichts in die Anonymität der fremden Stadt hinaus, und wie er sich umkehrt, lächelt sie ihn an. So was! Dass der im selben Hotel wohnt wie sie! Aber schliesslich ist es eines dieser ersten Häuser, und er passt durchaus hierher. Er sieht sie an, scheint sie jedoch nicht sogleich zu erkennen, schliesslich nimmt er sein Glas und kommt langsam, fragend auf sie zu: «Frau...?», macht er, der dank der minutiösen Beschreibung seines Patienten nicht nur Mathildes

Namen, sondern die Form ihrer Brüste und die Farbe ihres Schamhaars kennt, und schlägt sich, quasi sich besinnend, mit der flachen Hand an die Stirn, als sie «Maas!» sagt und lächelt.

«Aber natürlich!», sagt er, «Frau Maas! Wir sassen im selben Flugzeug nicht wahr ...»

«Ja», sagt Mathilde.

«Welch ein Zufall!», sagt er, der sich von diesem Zufall noch längst nicht erholt hat, «Wohnen Sie auch in diesem Hotel?», fragt er, was er sich unsinnigerweise erhofft, und auch wieder nicht.

«Ja», sagt Mathilde einfach und ohne sich viel dabei zu denken. «Sie auch? Welch ein Zufall!», wiederholt sie und lacht. «Aber bitte», sie nickt, als er fragend auf den freien Stuhl an ihrem Tisch tippt, «nehmen Sie doch Platz», und er setzt sich und nimmt einen langen Schluck aus seinem Glas.

«Sind Sie geschäftlich hier?», fragt er, und ganz kurz, sozusagen blitzartig, schiesst ihm der Gedanke an seinen Patienten durch den Kopf, der sich übermorgen wieder auf seine Couch legen wird, an Lachmanns Gesicht, wenn er sie beide hier sitzen sehen könnte, aber er, Professor L., hat die Sache nicht gesucht, wirklich nicht, aus den Augenwinkeln sieht er, wie sich Mathilde bequemer auf ihrem Sessel einrichtet, wie sie die Beine übereinanderschlägt und ihre Knie zum Vorschein kommen, ziemlich kurzes Röckchen, das sie da trägt, dann sieht er ihr ins Gesicht, sie nickt.

«Ja, für ein Interview, ich bin mit Herrn G. verabredet, theoretisch zumindest, eigentlich war der Termin um elf, ich weiss auch nicht, wo er steckt, jetzt wart' ich eben ...» Sie greift nach ihrem Glas, es ist leer.

«G.?», sagt Professor L., «Das ist aber interessant…», und denkt, wie lange es her ist, dass er etwas von ihm gelesen hat und dass er überhaupt viel zu selten zum Lesen kommt, und er fragt Mathilde, was sie noch trinken will: «Whisky?»

Ja, warum auch nicht, denkt sie, besser, als allein durch die Strassen zu ziehen, sie nickt, er bestellt gleich zwei, Four Roses, mit Eis, die Bardame nickt, die drei Männer an der Bar stieren kurz herüber, irgendwie versöhnt, weil nun die Abfuhr von vorhin geklärt ist: Wenn die auf ihren Macker gewartet hat… Versöhnt auch, weil dort, mitten am Nachmittag, ebenfalls zu bechern angefangen wird, fehlt nicht viel, dass sie mit ihren Biergläsern herüberprosten.

«Sie auch?», fragt Mathilde, die festgestellt hat, dass der Psychiater seine Hose inzwischen gewechselt hat, und ein innerlich aufsteigendes Gelächter, wenn sie an die Szene mit dem Frühstückstablett denkt, bekämpfen muss.

«Bitte?», fragt Professor L., der mit ihrer Frage von weither zurückgeholt werden muss.

«Sind Sie auch geschäftlich hier?», wiederholt Mathilde.

«Ach so… Ja! Ich nehme an einem Symposium teil…» Er sieht auf die Uhr: Eigentlich müsste er sich jetzt auf den Weg machen. Psychiatrieprofessor L., der in seinem Kopf ziemlich hektisch das Für und Wider eines sofortigen Aufbruchs zum Kongresszentrum abwägt, zurück zu Arbeitsatmosphäre und Normalität und Pflichtbewusstsein oder hierbleiben und…, und sich dann, und beileibe nicht etwa aufgrund der Tatsache, dass ihm Mathilde in diesem Augenblick lächelnd ihr eisklirrendes Whiskyglas entgegenstreckt und dabei eine Reihe tatsächlich perlweisser und ebenmässiger Zähne entblösst, zum Bleiben entschliesst, sondern vielmehr weil das Referat dieses Dr. Giorgio Mezzogiorno, eines Modearztes aus Turin, so was von beliebig sein würde, dass er genauso gut darauf verzichten kann.

Er beugt sich der samthäutigen, braunäugigen Mathilde entgegen, versetzt ihrem Glas mit dem seinen einen sanften, klirrenden Stoss, atmet, während er sich vorbeugt, tief und mit weit geöffneten Nüstern ihren zimtigen Orangenblütenduft ein und macht: «Cin cin!»

Kapitel 13

Cin cin!

Meinen ersten Whisky habe ich zusammen mit meiner AuMa getrunken. An meinem zwanzigsten Geburtstag, im Restaurant La Fenice in Venedig. «Damit», hatte meine AuMa gesagt, «schliesse ich deine Erziehung ab, mit deinem ersten Whisky, im schönsten Restaurant», und gelacht hatte sie, cin cin!, ihr Glas an meines, *«À tes vingt ans!* ... In der schönsten Stadt der Welt!»

Meine AuMa, die sicherlich ureigene Methoden der Erziehung besass und streng genommen die meinige überaus freiwillig und sogar zum Unmut meiner Eltern übernommen hatte – die Selbstverständlichkeit, mit der sie in mein Leben eingegriffen hatte, soll damals, als ich als Baby auf dem Töpfchen sass, ihren Lauf genommen haben, als sie vor mir auf und ab geschritten war und mir erklärt hatte: «Du und ich, wir sind aus demselben Holz geschnitzt», und ich meine Spielklötzchen genommen und vor Vergnügen gequietscht hatte und gelacht und «Olz» plärrte, «Olz ... Olz ...», und ihr ein Klötzchen an den Kopf geworfen hatte, damals, erklärte sie mir später, hatte sie nach einer kurzen Schreck- und Schmerzsekunde mein vitales kleines Wesen in ihr Herz geschlossen und es letztlich nie mehr daraus entlassen. Was, wie ich es heute sehe, nicht ausschliesslich nur ein Vergnügen, sondern auch eine Last sein konnte. Jedenfalls, meine AuMa war es, die mich an der Hand nahm und mit mir in den Zoo ging, die mich auf den Rücksitz ihres Wagens packte und mir auf verschiedenen Reisen die Welt zeigte, sie war es, die mich lehrte, diese Welt mit interessierten Augen anzusehen, und aus mir nicht ein braves kleines Mädchen, sondern einen selbstbewussten kleinen Menschen machte. Es war nicht zu meiner armen Mama, meiner etwas blassen, blutleeren Mama, zu der ich lief, wenn ich Kummer hatte, sondern zu meiner AuMa, meiner AuMa mit den schillernden Seidenröcken und dem flammend roten Haar, die es innert kürzester Zeit und nachhaltig verstand, mich zu trösten und also getröstet wieder in die Welt zu entlassen. Sie stand mir im ersten Liebeskummer bei, half mir, wenn ich in der Schule Schwierigkeiten hatte, sie lehrte mich, das Schöne der Dinge zu sehen und über die hässlichen Seiten einfach hinwegzugehen. Auf alle Fälle gab sie mir das Gefühl, etwas Besonderes zu sein, und schraubte damit meine Ansprüche an das Leben, an mich, an die anderen hoch und höher. Bis vor wenigen Jahren gab es in meinen Augen nichts und niemanden, der meiner AuMa und ihrer Sicht der Dinge auch nur entfernt das Wasser reichen konnte.

Ich habe mich schon gefragt, wie mein Leben heute wohl aussehen würde, wenn es nicht durch so ungewöhnliche und wissende Hände wie die meiner AuMa gegangen wäre. Ob ich jetzt drei kleine Kinder zu Hause hätte, die ich zwar liebte, die mir aber auch die ganze Kraft aus dem Mark sogen? Oder ob ich klaglos in einem Büro sitzen würde, von Zeit zu Zeit mit meinem Chef ins Bett ginge und überzeugt davon wäre, dass mir das Leben nichts Besseres anzubieten hatte? Ob ich mich überhaupt so gottverdammt viel fragen würde? Und würde ich, wenn ich nicht das sogenannte normale Leben fürchten und vermeiden würde, als sei es mein sicherer Tod, würde ich dann nicht einfach sehr viel glücklicher sein?

Statt, wenn wieder einmal eine meiner so verheissungsvoll begonnenen Liebesgeschichten in die Brüche gegangen war, verlassen und zerstört in meinem Bett zu liegen, einsame, kalte Nächte lang, und tröstend meinen eigenen Körper zu streicheln und mir einzureden, irgendwann komme er bestimmt, der Richtige, der einzig Richtige? Irgendwo musste er doch sein, nicht wahr?

«Bin ich denn so schrecklich, sag?», hatte ich Johnny zum Auftakt eines seiner kulinarischen Abende zugerufen, Johnny, der wie immer seelenruhig auf seinem Sofa sass und mir zusah, wie ich in seinem Zimmer auf und ab rannte, als sich dieses Dann-streichle-ich-mich-eben-selbst-Spiel länger als über ein halbes Jahr hin gezogen hatte, «Bin ich denn so hässlich, so abstossend, sag?», hatte ich mit schriller Stimme gerufen und mich schliesslich erschöpft vor ihm zu Boden geworfen und meinen Kopf auf seine Knie gelegt, bis er mir schliesslich mit zögernder Hand übers Haar fuhr, «Sag doch, sag!», und endlich, mit müder Stimme, hervorbrachte: «Nein, bist du nicht. Komm jetzt, es gibt Tapas mit Avocado-Pfeffer-Creme!»

Warum es im Übrigen nie dazu gekommen ist, wovon ich damals, als ich Johnny, umwerfendes Double von Gregory Peck, nur sehr viel intelligenter, vor vielen Jahren im Entree desselben Hauses, in dem er noch immer wohnt, felsenfest überzeugt gewesen war, dass es dazu kommen müsste, und wozu ich unter uns gesagt damals auch fast auf der Stelle bereit gewesen wäre, ich weiss es nicht. Ich weiss es wirklich nicht. Irgendwie war es nie so weit, und plötzlich war es dazu zu spät. Irgendwann hatten wir schon so oft zusammen am Tisch gesessen, gegessen, geredet, dass es einfach ausgeschlossen war, dass unsere Beziehung noch eine andere Farbe annehmen würde. Nicht dass ich, das gebe ich unumwunden zu, nicht alles versucht hätte, um Johnny aus seiner Reserve zu locken. Ich kokettierte, gab mich verführerisch, ich schmeichelte, ich griff sogar zu so antiquierten Mitteln wie dem einen geöffneten Blusenknopf zu viel oder dem wie zufällig verschobenen Rock, ich versuchte es mit Parfüm, knallroten Lippen, mit allem, was sonst – noch immer – allzu leicht verfängt: An Johnnys gleichbleibender Freundlichkeit, seiner leicht spöttischen Zuvorkommenheit und Gelassenheit prallte alles einfach ab. Wenn ich, ganz am Anfang, einer spontanen Eingebung folgend, beispielsweise meinen Stuhl zurückstiess und rund um den Tisch rannte, um Johnny auf den Hals zu küssen, tätschelte er begütigend meine Hand, und wenn ich ihm zum Abschied mit hingebungsvoll geschlossenen Augen meine Lippen hinhielt und in Erwartung des Kommenden meine Arme um seine Schultern schlang, pflückte er mir fürsorglich eine vergessene Brotkrume aus dem Mundwinkel. Am Anfang, auch das gestehe ich unumwunden, brachte mich seine Erklärung, wie gut er mich möge und was für ein sympathischer und wertvoller Mensch ich doch sei, zur hellen Verzweiflung, denn damals – ich war ziemlich lange davon überzeugt, dass er der mysteriöse Richtige sei – wartete ich immer auf mehr. Auf Leidenschaft oder etwas in der Richtung. Bis ich mich eines Tages genau in der Art Beziehung wohlzufühlen begann, die mir Johnny Woche für Woche anbot: Johnny ist ein Freund, ein wahrer, ein Schatz, der nicht sorgsam genug zu hüten ist. Ich habe längst aufgehört, mich zu fragen, wie er denn seine einsamen Nächte verbringt, ob er das Dann-streichle-ich-mich-eben-selbst-Spiel pflegt, denn bei aller Offenheit, die zwischen uns herrscht, ist das eine Frage, die man Johnny einfach nicht stellen kann. Jedenfalls habe ich die ganzen Jahre nie etwas davon gehört, dass eine andere Frau im Spiel war, und dass Johnny einfach schwul sein könnte, Lösung, die mir zum Beispiel meine ratlose Freundin Cathy anbot, ist ausgeschlossen. Nein: Johnny liebt Frauen, ich bin nur ganz einfach nicht sein Typ.

Weiss der Himmel, dieser Psychiatrieprofessor, der Mathilde mit übergeschlagenen Beinen und leicht zur Seite geneigtem Kopf gegenübersitzt, in dieser beherrschten, aufmerksam lauschenden Haltung, die, aber daran denkt Mathilde nicht, in jahrelanger Übung erworben ist, bringt sie dazu, und dafür macht sie nicht den Whisky verantwortlich, indem er sie, ohne ein Wort sagen zu müssen, geradewegs dazu auffordert, ihm ihre ganze Beziehung zu ihrer AuMa und die für sie daraus resultierenden Folgen zu schildern. Sie hätte später nicht mehr genau sagen können, was eigentlich den Anlass dazu geliefert hat, dass sie ihm den Inhalt von *Adams Rippe – Die wahre Stellung der Frau* aufs Gründlichste wiedergab, denn mit Bestimmtheit ist es nicht so, dass sie einfach gewöhnt ist, das zu tun.

Sie hat seit Jahren niemandem mehr von diesem Buch erzählt, obwohl es sich in ihren Augen um ein umwerfendes, ein epochales Werk handelt, und wenn sie es genau nimmt, hat sie vor ihrer Ankunft in München seit Längerem nicht einmal mehr daran gedacht. Den Ausschlag hat irgendwie gegeben, dass sie sich über Männer- und Frauenberufe unterhalten haben, ausgehend von ihrer Reportertätigkeit, auch von ihrem Nichtinterview mit dem grossen G., und darüber, ob ein Männerberuf von Frauen anders ausgeübt wird als von Männern und, umgekehrt, wie sich Männer in klassischen Frauenberufen ausnehmen und was denn eigentlich das viel zitierte typisch Weibliche sei, von dem beispielsweise so oft in der Politik die Rede ist, dass Frauen ihre weiblichen Eigenschaften in den harschen, weil männlich geprägten Politstil einzubringen hätten und so weiter, was Mathilde insgesamt als sexistisches und zudem hohles Gerede abtut, weil sie davon überzeugt ist, dass solche Sprüche Frauen viel eher von Taten abhalten, als sie zu welchen anzuspornen, und schlechterdings dazu geeignet sind, sowohl Männer wie Frauen noch für weitere Jahrhunderte in ihren Vorurteilen zu bestätigen. Mathilde vertritt die Ansicht, dass sich beiderlei Geschlecht allmählich im schlichten Menschsein hervortun könnte.

«Verstehen Sie? Das Schreckliche ist, dass sich in all den Jahren, seit meine AuMa *Adams Rippe* geschrieben hat, eigentlich überhaupt nichts verändert hat, dass heute genau dieselben Dinge diskutiert werden müssen, die meine AuMa damals vorweggenommen hat und für die sie behandelt worden ist, als sei sie eine Verrückte, dass, obwohl es so aussieht, als lebten wir in einer seit den Fünfzigerjahren so völlig veränderten Welt, im Grunde alles noch haargenau gleich ist wie damals. Mit einigen Retuschen vielleicht…»

Und da Professor L. schweigt, seine Zustimmung nur durch einen leicht veränderten Winkel in der Neigung seiner Kopfhaltung kundtuend, fährt sie, nachdem sie noch einen Schluck aus ihrem Glas genommen hat, fort:

«Kann ich beispielsweise in diese Bar kommen, um eine Cola zu trinken, ohne dass diese da», sie deutet auf die drei Männer, die mittlerweile ziemlich verkommen am Tresen hängen und sich, da sie sich nicht entscheiden können, wo sie nun einen draufmachen sollen, zwischenzeitlich um die Vormachtstellung des FC Bayern München über den VfB Stuttgart oder umgekehrt in die Haare geraten sind, «erwägen, ob ich ihnen vielleicht ihren Aufenthalt versüssen könnte? Ich? Denen? Kann ich nachts seelenruhig durch die Stadt bummeln, wie es für Männer völlig selbstverständlich ist? Warum sitzt in den seltensten Fällen eine Frau in der Regierung? Und keine einzige in den meisten Chefetagen? Warum? Und warum geben sich die Frauen mit alldem zufrieden? Wissen Sie's?»

Damit wendet sich Mathilde, die sich von ihren Gedanken ziemlich weit hat forttragen lassen, seit Längerem erstmals wieder bewusst ihrem Gesprächspartner zu, der bei der letzten Frage erschrocken hochfährt. Nicht dass er nicht zugehört hätte. Sehr genau sogar. Und das war, angesichts des Tumults in seinem Innern, den er neben dem Zuhören zu bewältigen hatte, eine reife intellektuelle Leistung gewesen. Denn nicht nur sitzt er, einmal rein äusserlich gesehen, whiskytrinkend einer verführerischen jungen Frau gegenüber statt, wie es seine Aufgabe und Pflicht gewesen wäre, im Kongresszentrum dem Turiner Facharzt Mezzogiorno, was an sich schon eine für ihn neue und konfliktträchtige Situation darstellt. Nein, bei dieser jungen, mit äusseren und, wie er zunehmend feststellen muss, auch inneren Reizen begabten Person handelt es sich um das seit Jahren von seinem verzweifelten Patienten zum Thema gemachten Objekt der Begierde und Sehnsucht, das er, der Therapeut, von den stetigen und unablässigen Schilderungen stimuliert und unverzeihlicherweise zu persönlichen Regungen hingerissen, um es wenigstens nicht zu begehren, mit der Zeit zu hassen begonnen hatte. Indem er, der Therapeut, sich mit diesem Objekt und, notabene, der einzigen wirklichen Bezugsperson seines Patienten trifft, begeht er einen unglaublichen Verrat und Vertrauensbruch gegenüber ebendiesem Patienten, der umso unverzeihlicher ist, als sein eigenes, unverhohlenes Interesse an diesem Geschöpf noch durch die vertrauensvoll gemachten Bekenntnisse, was dessen physische Beschaffenheit angeht, geschürt worden ist. Denn wirklich ohne es zu wollen, geistern in seinem Hirn, während er der erzählenden Mathilde in ihrem lindgrünen Kleid gegenübersitzt, ihre präzis geschilderten körperlichen Eigenheiten herum, die er, würde er ihr normalerweise, also ohne diesen Hintergrund, gegenübersitzen, nur vage ahnen würde. Beziehungsweise, und das ist ihm durchaus zugutezuhalten, die ihm normalerweise auch nicht so wichtig wären, weil dann alles einfach normal wäre. Aber so, was kann er dafür, dass, wenn sich Mathilde nach vorn beugt und dabei, in aller Unschuld, mit ihrem Oberkörper seinen Arm streift, er weiss, was er eigentlich nicht wissen dürfte, dass es nun diese schnuckeligen, etwas spitz zulaufenden rosa Brustwarzen sind, die seinen Unterarm sekundenlang gestreift haben? Oder dass dort, an der Innenseite des rechten Oberschenkels, den Mathilde während des Kreuzens ihrer Beine blitzschnell blossgelegt hat, sich ein kleiner dunkler Leberfleck befindet? Hinzu kommt, dass er, aufgrund seines Gegenübersitzens, nicht nur seinen Patienten verrät – der im Übrigen seine Kenntnisse auch nicht auf dem üblichen Weg erlangt hat –, sondern irgendwie auch Mathilde, die von all dem nichts weiss, nicht einmal weiss, dass ihr bester Freund Johnny seit Jahren sein oder irgendjemandes Patient ist, beziehungsweise, auch wenn sie das wüsste, keine Ahnung davon hätte, wie viel von ihr er seinem Therapeuten anvertraut hat. Und schliesslich, und nicht viel beruhigender, hat Professor L. im Lauf des Gesprächs feststellen müssen, dass es sich bei dieser Mathilde nicht um dieses flatterhafte und frivole, etwas verantwortungslose und eitle Geschöpf handelt, Schluss, den er leichtfertigerweise aus den Nöten seines Patienten gezogen hat, sondern um eine intelligente, sich um existenzielle Fragen und Lösungen bemühende Frau, die zu allem Überfluss gut aussieht und somit ihm, Professor L., der sich im zur Treue verpflichtenden Ehestand weiss, gefährlich werden kann. Und als müsste sie dem Ganzen noch eins draufsetzen, hat Mathilde sich nun zu Themen geäussert, die genau diese männlichen Gedankengänge, die sich obsessiv um Brüste, Schenkel und Bauchwölbung drehen, wie sie nun seit geraumer Zeit in seinem eigenen Kopf herumschwirren, als frauenverachtend und somit als sie (und ihn) entwürdigend entlarven. Worin er ihr recht gibt. Und die einzige Entschuldigung, die ihm, immer verborgen in seinem Innern, einfällt, ist, dass er sich wirklich und ehrlich zum allerersten Mal in dieser vertrackten Situation befindet.

«Igor!», stösst er deshalb plötzlich und unvermittelt nach längerem Schweigen hervor und hebt sein Glas, sein drittes, von der Bardame soeben lächelnd auf den Tisch gestelltes.

«Was?», fragt Mathilde, die auf die Beantwortung ihrer Frage gewartet hat und nun erstaunt die Augen aufreisst.

«Ich heisse Igor», stammelt er, selbst am meisten erschrocken über diesen Vorstoss, und da ihn Mathilde verwirrt mustert, fügt er hinzu: «Wir können uns doch duzen, finden Sie nicht? Da wir doch aus derselben Stadt kommen und uns hier im Ausland ...»

«Aha ... Ja, natürlich», beeilt sich Mathilde, die diesem würdigen und auch etwas steifen Professor diese Offenheit nicht zugetraut hätte, aber sie hat im Lauf ihres Reporterinnenlebens schon einiges erlebt, und lächelt. «Mathilde», sagt sie schlicht und stösst mit ihrem Glas anmutig an seins. Gut, kann sie die zarte Röte, die Professor L.s Wangen überzogen hat, im schummrigen Licht, das von den paar in Nischen stehenden Lämpchen in den Raum verbreitet wird, nicht erkennen, denn das hätte sie schon etwas verwirrt. «Igor ...», fügt sie bei, «... ein slawischer Name?», und denkt, dass es vielleicht besser wäre, wenn der Professor zu trinken aufhört, dieses Duz-Angebot kommt doch etwas überraschend.

«Russisch», sagt Professor L., der immerhin rasch zu seiner gewohnten Haltung zurückfindet, «meine

Mutter stammte aus Russland, aus Sagorsk genauer gesagt. Waren Sie schon in Russland?» Jetzt keinen Whisky mehr, sagt er sich, während er sämtliche ihn bedrängenden Gedanken zurückdrängt und sich wieder ganz Mathilde zuwendet, der braunäugigen, samthäutigen Mathilde, die in bewundernswerter Leichtigkeit von ihrer Reise durch die ehemalige Sowjetunion zu erzählen beginnt, als eigentlich alles, trotz Fall des Eisernen Vorhangs, noch so gewesen ist, wie man es sich während fünfzig Jahren auch vorgestellt hat, eine Reise, die sie für eine grössere Reportage unternommen hat und die sie im Übrigen auch zum Dreifaltigkeitskloster in Sagorsk geführt hat. Sie erzählt von der ergreifenden Taufszene, die sie in einer Nebenkapelle mitverfolgt hat, und von dem heiligen Brunnen im Vorhof der Kirche, an dem uralte, in bunte, dicke Tücher gehüllte Babuschkas ihre mitgebrachten Wasserflaschen auffüllten, von den goldenen Zwiebelkuppeln, in denen sich die Sonne spiegelte, und von den schönen jungen Mönchen mit ihren bleichen Gesichtern, wie sie in ihren langen schwarzen Röcken durch die Gartenanlagen gehuscht sind, und von allerlei Rührendem und Bewegendem, wie etwa dem Buschauffeur, der, als es der Reiseleiterin nirgends gelungen war, Esswaren für ein Mittagessen aufzustöbern, vorgeschlagen hatte, sich den Hunger und die Wartezeit mit dem Rezitieren von Gedichten zu vertreiben, und mit seiner dunklen Stimme angehoben hatte, Gedichte von Jewtuschenko aufzusagen, einfach so, nachdem er sich auf seinem Drehsitz den Reisenden im Bus zugewandt hatte, Poesie gegen den Hunger, von der sie freilich nichts verstanden hatte, nur, dass es schön war, und wie daraufhin eine Frau aus der Gruppe das Guggisberglied intoniert hatte und sich die Begleiterin von Intourist mit einem georgischen Lied bedankte, und wie jemand, vermutlich der zweite Chauffeur, irgendwo Wodka organisiert hatte, und wie die Flasche vom Chauffeur über die Begleiterin durch die ganze Gruppe die Runde gemacht hatte.

Und Psychiatrieprofessor L., Igor L. lächelt. Lächelt zum ersten Mal wirklich und lauteren Herzens und weiss nicht, welch gefährlichen Weg er damit eingeschlagen hat.

Kapitel 14

Mit den Nerven am Ende, oder was hat G. mit Muhammad Ali zu tun?

Fünf vorbei! Erschrocken springt Mathilde, die, ins angeregte Gespräch vertieft, den Grund ihrer Anwesenheit in diesem Hotel beinahe völlig vergessen hat, auf die Beine. Sie will noch ein Weilchen allein sein, auf ihrem Zimmer, bevor sie ihr Interview mit G. führen muss, duschen, die Unterlagen richten, das Tonbandgerät ... Sie bedankt sich für den angenehmen Nachmittag, die Drinks, verabschiedet sich mit einem «Bis später dann» von Professor L. – Verzeihung: von Igor –, ohne sich einen Gedanken zu machen, wann dieses Später sein könnte, G., sie hat G. vollkommen vergessen gehabt, sie geht mit schnellen Schritten auf die Tür zu, dreht sich dort nochmals um, winkt leicht mit der Hand, lächelt Igor zu und zieht die Tür auf.

An die Rezeption, nochmals fragen, ob vielleicht Frau Pichelsteiner ... Aber nein, in der Mitte der Halle besinnt sie sich um, sie wird Frau Pichelsteiner von ihrem Zimmer aus anrufen, das ist einfacher, diskreter. Sie fährt mit dem Lift in ihre Etage, die dritte, und will die Tür aufstossen, als ihr diese geradezu aus der Hand gerissen wird und mit Wucht Frau Pichelsteiner hereinstürmt, die offenbar nicht bemerkt hat, dass just in diesem Moment jemand die Kabine verlassen wollte. Kraftvoll stösst sie in Mathilde hinein, die erst erschrocken, dann verdattert ruft: «Frau Pichelsteiner! Entschuldigen Sie ... Nein so was, Sie hab' ich doch eben gesucht ...» Sie will lächeln, als sie sieht, wie diese Pichelsteiner sie anstarrt, als sei sie ein Phantom.

«Sie ... Oh Gott ... 'tschuldigung ... Aber jetzt will er ... Was soll ich bloss ... Was mach' ich bloss ... ogottogott ... Jetzt auch noch das!»

Entsetzt sieht Mathilde, wie der würdigen, reservierten Dame von heute Morgen, der jetzt die Haarsträhnen wild aus dem adretten Knoten hängen, bei ihrem Anblick die Tränen in die Augen schiessen.

«Aber Frau Pichelsteiner ... Was ist denn los?» Sie zieht sie an einem Arm aus dieser schrecklichen Liftkabine heraus. «Was ist denn passiert, um Himmelswillen ...?» Hilflos steht sie im Korridor und hält Frau Pichelsteiners Arm, die zu schluchzen begonnen hat, dass der ganze Körper zuckt. Was soll sie bloss tun? Hilflos sieht sich Mathilde um, was ist denn nur los?, bis sie sich bewusst wird, dass sie in der anderen Hand ihren Zimmerschlüssel umklammert hält. Sie zieht die nunmehr haltlos schluchzende Frau, die offenbar die reine Tatsache der Anwesenheit eines anderen Menschen in die erlösenden Tränen hat ausbrechen lassen, mit sich, sperrt ihre Zimmertür auf, knipst mit einer Hand das Licht an, schiebt mit der anderen Frau Pichelsteiner bis zum Bett, auf dessen Kante sich die Ärmste, noch immer schniefend und in ihrer Westentasche nach einem Taschentuch suchend, niederlässt.

Mathilde zögert einen kurzen Moment, dann setzt sie sich neben sie auf das Bett, wartet, bis Frau Pichelsteiner ihr Taschentuch gefunden hat, ein weisses, zerknülltes Etwas, sich damit über die Augen fährt und, als sie ihr in einem tröstenden Reflex einen Arm um die Schulter legt, sich kräftig schnäuzt, ohne dass deswegen das Schluchzen abbräche.

«Was ist denn passiert», versucht Mathilde nochmals und drückt ihre Schulter, «wollen Sie es mir sagen …?»

«Jetzt will er Muhammad Ali sehen … Muhammad Ali …», schnauft Frau Pichelsteiner, mehr zu sich selbst, und schüttelt den Kopf und beginnt aufs Neue, wie im Sturm, loszuheulen.

Muhammad Ali …? Ratlos schüttelt Mathilde den Kopf: «Wer will Muhammad Ali sehen, G.?»

«Erst der Arzt, dann die Notfallstation, dann das Callgirl … und jetzt *Muhammad Ali …*!» Die letzten beiden Worte schreit sie beinahe hinaus.

Mathilde erhebt sich, geht zur Minibar und nimmt aufs Geratewohl ein Fläschchen Weisswein heraus, füllt damit ein Glas und reicht es Margarethe Pichelsteiner. Vielleicht beruhigt sie das ein wenig …

Pichelsteiner nimmt das Glas dankbar entgegen, umklammert mit der anderen Hand das Taschentuch und nimmt zwei lange, tiefe Schlucke. Jetzt sieht sie Mathilde erstmals an, scheint sich auf sie zu besinnen, lächelt schwach, greift sich mit der Hand, die noch immer das Taschentuch umklammert hält, mechanisch an die Frisur.

«Vielen Dank … Bitte entschuldigen Sie … Aber es war einfach zu viel. Seit Stunden geht das schon, seit heute früh …», sie leert, den Kopf zurückwerfend, das Glas, «Vielen Dank! … Er hat wieder einen seiner Anfälle, wissen Sie, ich kenne das ja, aber so schlimm wie heute war es noch nie … und … um Gotteswillen!» Sie richtet sich mit einem Ruck kerzengerade auf: «Die Lesung! Heute Abend, die Lesung, im Audimax! Ich muss los! ... Aber was mach ich jetzt bloss?» Sie sinkt wieder in sich zusammen und sieht Mathilde hilfesuchend an.

«Ja ... Ich meine, wollen Sie mir nicht erzählen, was geschehen ist?», versucht Mathilde. «Vielleicht kann ich Ihnen helfen ...»

Frau Pichelsteiner richtet sich wieder etwas auf, nimmt das zweite Glas Wein entgegen, das ihr Mathilde gereicht hat, und schildert, wie G. heute Morgen, so um zehn Uhr, seine erste Herzattacke hatte.

«Wissen Sie, nicht eine wirkliche Attacke, ich kenn' das ja, das hat er immer, wenn er getrunken hat oder überanstrengt ist, oder beides, dass er glaubt, er erleide einen Herzinfarkt, dabei ist das bloss in seinem Kopf, wissen Sie, er hat dann zwar die Schmerzen und die Angst und alles, aber physisch ist alles in Ordnung.»

Jedenfalls habe G. darauf bestanden, dass ein Arzt gerufen werde, und das sei auch getan worden, ein Arzt sei gekommen und habe ihn untersucht und bestätigt, dass das Herz kerngesund sei. Und dann habe G. etwas geschlafen, und sie habe sich entspannt, «Und um eins ging das wieder los! Er wollte, dass ich ihn auf der Stelle in die Notfallstation bringe, und ich hab mit ihm ein Taxi genommen, und er hat die ganze Fahrt lang geschrien. Es war furchtbar!»

Wieder fängt sie laut zu heulen an, jedenfalls versteht Mathilde, unter den vielen Schluchzern, dass sie, nachdem G. auf der Notfallstation behandelt worden war, dass sie mit ihm ins Hotel zurückgekehrt sei und geglaubt habe, dass er sich nun beruhigt hätte, «Aber ob Sie's nun glauben oder nicht, zwei Stunden später hat das wieder angefangen. Er hat das ganze Hotel terrorisiert, dass man ihn hier einfach verrecken lasse, das hat er gesagt: verrecken!», sie heult, «Und dann wollte er, dass ich ihm ein Mädchen aufs Zimmer schicke, weil ficken», sie senkt etwas die Stimme, «weil ficken das einzige sei, was ihn noch am Leben erhalte. Ja! Jedenfalls, was hätte ich tun sollen? Ich bat den Herrn an der Rezeption, ein solches Mädchen anzurufen, und wissen Sie, was dann geschah?», Mathilde weiss es nicht und ist ehrlich gespannt, «Nachdem wir alle erdenkliche Mühe hatten, so ein Mädchen aufzutreiben, so schnell, und nachdem er uns unentwegt beschimpft hat, Sie können sich gar nicht vorstellen, wie der uns beschimpft hat», Mathilde kann, sie hat ihn ja gehört, «also, als das Mädchen schliesslich an seine Tür geklopft hat, da war er eingeschlafen! Und jetzt will er Muhammad Ali sehen!»

«Aber warum gerade Muhammad Ali?», erkundigt sich Mathilde vorsichtig, der das alles ziemlich schrecklich vorkommt.

«Weil er in der Zeitung gelesen hat, dass Muhammad Ali in München sei, und weil er behauptet, dass Muhammad Ali die schönsten Gedichte der Welt geschrieben habe und weil er sagt, dass Muhammad Ali der einzige Mensch sei, mit dem man reden könne, während wir alles Arschlöcher ... So! Und heute Abend, um zwanzig Uhr, ist die Lesung in der Uni, vor Hunderten von Menschen. So! Und können Sie mir vielleicht sagen, wo ich jetzt diesen Muhammad Ali herholen soll?»

Frau Pichelsteiner legt eine Pause ein, während der Mathilde durch den Kopf schiesst, dass dieser Ali, Weltmeister im Schwergewicht, tatsächlich sehr schöne Gedichte schreibt, oder Sätze, die sich wie Gedichte anhören, jedenfalls hat sie ihn einmal etwas rezitieren hören, von dem sie echt verblüfft gewesen ist, dass es von ihm stammte ... Aber das ist jetzt wohl nicht der springende Punkt.

«Und Sie meinen nicht, dass er das inzwischen vielleicht auch vergessen hat und schläft, wie bei diesem Callgirl?»

«Der? Das vergisst er nicht, das garantier' ich Ihnen!»

Daraufhin schweigen sie beide. Mathilde scheint es zu simpel, Margarethe Pichelsteiner zu raten, G. ganz einfach seinem Schicksal zu überlassen. Sie darauf hinzuweisen, dass, wenn er sich sinnlos betrunken hat, es auch in seiner Verantwortung liegt, zuzusehen, wie er seine Lesung – von der Mathilde übrigens nichts gewusst hatte, aber ursprünglich war ja auch geplant gewesen, dass sie um siebzehn Uhr in die Schweiz zurückfliegt – im grossen Saal der Universität meistern wird. Oder dass, wenn es ihn drängt, sich mit Muhammad Ali zu unterhalten, er eben selbst zum Hörer greifen und nach ihm suchen muss. Warum soll diese bedauernswerte Verlagsdame für ihn den Kopf hinhalten oder auslöffeln, was sich ihr Schützling so alles einbrockt?

Aber wie gesagt, das scheint ihr zu simpel. Denn sie sieht wohl, dass Pichelsteiner viel zu tief in diesen Terror verstrickt ist, sich diesem seit Jahren vermutlich schon beugt, denn offenbar ist es ihre Aufgabe, G. auf seinen diversen Lesetouren zu begleiten und zu betreuen, und dass sie ihn sicherlich verehrt und bewundert und sich unheilvollerweise für ihn verantwortlich fühlt, sich verpflichtet fühlt, G.s Untadeligkeit, seinen Ruf vor der Aussenwelt aufrechtzuerhalten. Ganz kurz nur streift Mathilde der Gedanke, was wohl der Dank für diese Hingabe sein mag, der Gegenwert, den diese Frau für ihren Einsatz erhält, die Tatsache vermutlich, dass sie sich im Bannkreis des grossen Geistes bewegen darf, denn wer wäre Frau Margarethe Pichelsteiner ohne all dies, die Angestellte eines deutschen Grossverlags, während sie handkehrum so, wie sie nun, aufgelöst und zerstört, neben ihr sitzt, die unschätzbare Perle und Vertraute eines der grössten Schriftsteller unserer Zeit ist. Mathilde will schon zu sprechen anfangen, als sich Pichelsteiners Körper mit einem Mal strafft und sie das Taschentuch wieder in ihrer Westentasche verstaut. Sie hat sich einen kurzen Moment lang gehen lassen, es hat ihr gutgetan, aber jetzt muss sie los, sehen, was sich machen lässt. Sie steht auf, streicht mit beiden Händen ihren Rock glatt und lächelt Mathilde an:

«Vielen Dank, Sie waren sehr freundlich. Jetzt muss ich wohl schauen, was unser Patient macht, nicht?» Sie lächelt etwas schief, wohl ist ihr nicht dabei, dass sie sich so entblösst hat, aber passiert ist passiert, und diese Journalistin ist ja sehr nett, wobei sie beim letzten Gedanken erschrickt, «Nicht wahr, das bleibt doch unter uns …?», sagt sie und hält Mathilde die Hand hin, und indem sie bemüht ist, ihre Façon wiederzuerlangen und insgesamt, zumindest nach aussen hin, zur Tagesordnung überzugehen, fügt sie noch bei, dass sie hoffe, dass Mathilde morgen früh doch noch zu ihrem Interview komme.

«Ich rufe Sie dann am besten an, nach dem Frühstück, zwischen neun und zehn, okay?»

«Okay», nickt Mathilde und begleitet sie bis zur Tür. «Und alles Gute für heute Abend!», ruft sie ihr noch nach, während Frau Pichelsteiner mit nunmehr eiligen Schritten den Gang langgeht, mit beiden Händen ihre Frisur ordnend. Pichelsteiner ist zäh, denkt Mathilde, so leicht nicht unterzukriegen, irgendetwas wird ihr schon einfallen. Und wenn sie nur an G.s Bett sitzt und seine Hand hält.

Kapitel 15

Psychiatrieprofessor L. träumt

Igor L., Psychiatrieprofessor, Vater einer nahezu erwachsenen Tochter, Ehemann der wundervollsten Frau, die ein Mann sich nur wünschen kann, Versäumer eines reich befrachteten Nachmittagsprogramms (Referat, Kaffeepause, Referat, Diskussion), betrachtet sich im Badezimmerspiegel seines Hotelzimmers. Was er sieht? Nicht ohne Wohlgefallen? Einen attraktiven Mann in seinen besten Jahren! Beginnende Geheimratsecken, ansonsten aber volles graublond meliertes Haar, Goldrandbrille, stolzer, vielleicht etwas kühler, aber doch auffallend blauer Blick, gebräunter Teint – er begibt sich oft und gern über Mittag in den Park seiner psychiatrischen Anstalt und liest die Zeitung im Freien –, kräftiges Kinn, denkt er und reckt es kurz ins halbe Profil, guter, sinnlicher Mund. Er überlegt mit einem Anflug jungenhaften Übermuts, wann er das letzte Mal wegen einer Frau einen Kongress geschwänzt hat. Ach Gott, als junger Mann noch, mindestens fünfzehn Jahre ist es her, eine Schwedin, Inger oder Ingwer hat sie geheissen, in Stockholm, es ist bei den zwei, drei leidenschaftlichen Begegnungen geblieben, man hat sich wieder treffen wollen, aber wie das so geht, eine schöne Erinnerung, die sich auflöst mit den Jahren, sicher ist sie heute verheiratet, wie er, die Kinder schon bald aus dem Haus, ob sie ihn vergessen hat oder manchmal noch von ihm träumt, dem jungen Schweizer Arzt, der er damals gewesen ist, nicht älter geworden, in der Erinnerung, immer derselbe geblieben, der er damals gewesen ist, urwüchsig, voller Kraft? Ihren Namen hat er vergessen, nicht aber das Bild, wie sie in sein Zimmer geschlüpft ist, kichernd, von der Heimlichkeit des Treffens erregt, und an ihr langes Haar erinnert er sich, das ihm wie ein goldener, seidener Fächer durch seine Finger rieselte, sie war so lebendig gewesen, so unbekümmert, so ganz und gar da ... Seltsam, dass er sich gerade jetzt daran erinnert!

Professor L. wäscht sich mit eiskaltem Wasser das Gesicht, seift mit Sorgfalt seine Hände, trocknet sie, Finger um Finger, und kehrt ins Schlafzimmer zurück. Er klappt seinen Aktenkoffer auf, blättert in den Unterlagen für den morgigen Tag, nimmt dann das Manuskript der Vorlesung der nächsten Woche heraus, das er eigens für solche Zwischenstunden mitgenommen hat, und setzt sich damit in den kleinen Biedermeiersessel am Fenster. Er knipst die Stehlampe an, es dämmert bereits, eine städtische Dämmerung, auf der Strasse unten die Lichterschlange des Feierabendverkehrs, Lichter, die sehnsüchtig machen, er starrt eine Weile zum Fenster hinaus, schlägt das Manuskript auf, versucht zu lesen, blättert vor und wieder zurück, rollt die Blätter in seiner Hand, mein Gott, wie oft hat er diese Vorlesung schon gehalten, denselben Stoff, vor kontinuierlich wechselnden Gesichtern, austauschbaren, sich lückenlos ersetzenden Gesichtern, die immer gleich jung bleiben, nur er wird älter dabei, wie Jahrringe, die Vorlesung – und diese junge Mathilde! Er legt das Manuskript beiseite. Ob er sich beim Kongressleiter für den Nachmittag entschuldigen muss? Ach was. Ohnehin wird niemand sein Fehlen bemerkt haben, und wenn schon. Er ertappt sich, wie er den Atem anhält, wenn im Gang draussen Schritte hörbar werden und an seiner Tür vorbeigehen und sich entfernen, als ob es jeden Moment leise an seiner Tür klopfen könnte. Als ob Mathilde, wie die Schwedin damals, von einem Moment zum anderen in sein Zimmer schlüpfen könnte.

Alter Narr! Er schlägt die Bettdecke zurück, legt sich auf das Bett, schliesst die Augen: Hoffentlich begegnet er dieser Mathilde nie wieder! ... Was sie wohl damit gemeint hat, als sie gesagt hatte «Bis später»? Er steht nochmals auf, Durst hat er, Nachbrand von vorhin, er nimmt ein Mineralwasser aus der Minibar und ein Glas, legt sich damit wieder aufs Bett. Man trifft sich zum Nachtessen im Hotelrestaurant, um halb acht, so viel er sich erinnert, er erhebt sich nochmals und sucht das Programm hervor, genau, halb acht, Aperitif in der Halle ab halb sieben ... Weiss der Teufel, ihn zieht es wenig dorthin. Er sieht auf die Uhr, die er neben sich auf das Nachttischchen gelegt hat, kurz vor sechs, jetzt wird sie wohl an ihrem Interview mit G. sein.

Besser, er versucht noch ein Stündchen zu schlafen. Dass er zu diesem Nachtessen muss, daran kann wohl kein Zweifel sein. Schliesslich ist er eigens wegen dieser wertvollen Kontakte, die sich bei solchen Anlässen zwanglos knüpfen lassen, hergekommen. Marianne hat ihn noch heute früh gebeten, bei Dr. Judith Lichtenhahn wegen ihrer Teilnahme an dieser Suchtwoche im Herbst vorzufühlen. An Marianne mag er jetzt überhaupt nicht denken, oder daran, dass er sie heute Mittag noch hatte anrufen wollen. Wie schleichendes Gift der Gedanke, wie *wenig* Lust er dazu hat, geschweige denn dazu, ihr in diesem Fall Rechenschaft über seine Gefühle und Regungen abzulegen.

Marianne. Heute Abend wird sie, da sie allein zu Hause ist, stehend in der Küche ein Spiegelei verdrücken und dann bis tief in die Nacht an ihrem Schreibtisch sitzen und arbeiten. Die Haare nach hinten gebunden, die Lesebrille, die sie seit Kurzem braucht, auf der Nase, sicher hat sie ihre Cordhosen an und den warmen Pullover, was auch völlig in Ordnung geht, an den Füssen die warmen Wollstrümpfe, Holzpantinen … In Lachmanns Mathilde-Berichten war immer von diesen Designern die Rede gewesen, Kenzo, Gaultier, Lagerfeld und wie sie alle heissen, Armani, Ferré … und dass Mathilde ihn diesbezüglich auf dem Laufenden hält, ein Spiel, bei dem Lachmann ihr die Freude tut und mitmacht, und dass ihn Mathilde an den gemeinsamen Abenden mit den neusten Accessoires und Parfüms versorgt, weiss er. Sozusagen als Gegenleistung, weil Lachmann für sie beide kocht. Er schliesst die Augen. Was geht ihn das überhaupt an? Ausserhalb der Praxisräume, aus denen nichts nach aussen dringen darf, auch nicht via ihn, wenn auch eingeschlossen in seinem Innern, aber nicht im Innern des Privatmanns Igor L. …

Aufstöhnend wirft er sich auf die andere Seite. Er hat schon an vielem gezweifelt in seinem Leben, aber noch nie ist er so weit gegangen, dass er an seiner untadeligen Haltung, was seinen Beruf betrifft, hätte rühren müssen. Er hat schon erlebt, dass sich eine seiner Patientinnen das Leben genommen hat, was er nicht hatte verhindern können. Es ist auch vorgekommen, dass Patienten von einem Tag auf den anderen die Therapie abgebrochen haben, was er jedes Mal als schmerzhaft empfunden hat, aber mit solchen Sachen, in seinem Beruf das tägliche Brot, hatte er umgehen lernen müssen. Zum allerersten Mal tritt nun aber ein, dass er sich einem Patienten gegenüber illoyal verhält, dass er dessen Fantasien geradezu für die eigenen missbraucht und dass er – und wer besser als er kennt die Anzeichen – auf dem besten Weg in eine Krise ist. Ganz flüchtig nur der Gedanke, dass diese Mathilde eigens zu diesem Zweck aufgetaucht sein könnte, ihn darauf zu stossen, dass er, was seinen Beruf insgesamt angeht, einen bedrückenden Überdruss empfindet, und die nagende, bohrende Frage, ob das alles überhaupt einen Sinn ergibt, was er da tut, Gefäss zu sein für anderer Menschen Probleme, die er letztlich doch nicht lösen kann. Unbehaglich fühlt sich Professor L., sich selbst entfremdet, fremd in dieser für ihn neuen Rolle, der Rolle des Zweiflers. Und der Gedanke, dass er ganz einfach scharf sein könnte auf diese Mathilde, spitz, geil, wie so was heutzutage genannt wird, dieser Gedanke ist ihm nun weiss Gott zu primitiv! Denn – Professor L. versucht, sein Gesicht entspannt auf das kühlende Kissen zu betten, doch es ist schon ganz heiss und zerknautscht – wenn er es einfach mit einem hervorbrechenden und unter Umständen seit Jahren nicht mehr wirklich ausgelebten, sagen wir mal, animalischen Trieb zu tun haben sollte, warum, bitte sehr, fragt er sich, muss es dann ausgerechnet diese Mathilde Maas, diese von seinem Patienten besetzte und somit für ihn mit Tabu belegte, sozusagen vollkommen unantastbare Mathilde Maas sein?

Irgendwann muss er dann doch eingeschlafen sein, denn ein heimatloses Klingeln des Telefons, so nah an seinem Ohr, reisst ihn aus wirrem, dunklem Nichts. Er tastet nach der Nachttischlampe, es ist jetzt stockfinster im Zimmer, nach dem Hörer, und wenn es in solchen Situationen völlig unzureichend heisst, dass ihm der Atem stockte, wo es doch viel zutreffender wäre, zu sagen, dass ihm schier das Herz stillstand, so stockt ihm jetzt der Atem: Mathilde!

«Ja bitte?»

«Igor! Oida Bazi! Gnazi hier, wo host denn gsteckt heit? Ham' di vermisst, vor allem die Damen … ha ha …», dröhnendes herzliches Gelächter, «… aber im Ernst, kimmst heit Abend aa net?»

«Ach du! Ignaz? Grüss dich!» Professor L. hat einen pelzigen Geschmack im Mund und einen kurzen Moment lang Mühe, sich zu besinnen, wo er sich befindet, beziehungsweise dieses unsinnig klopfende Herz in seiner Brust zu beruhigen. «Wie geht's dir denn? Du, entschuldige, ich bin wohl tatsächlich kurz eingeschlafen …»

«Macht nix, oida Dackel, macht nix, mia wern alle net jünger, gell …?» Und wieder dieses polternde, dröhnende Gelächter, bei dem Professor L. alles andere als wohl ist, mein Gott, der Gnazi, er mag ihn zwar, kennt seine verletzliche Seele unter der beinahe grotesk anmutenden bajuwarischen Hoppla-jetz-kim-i-Schale, guter Arzt, aber irgendwie, jetzt hat der ihm gerade noch gefehlt, der Gnazi.

«Nein, jünger nicht», sie unterhalten sich über das Alter und die berufliche Beanspruchung und dass der Ignaz am Morgen in der Klinik festgehalten worden sei, man kenne das, aber jetzt, «Ja was is jetz, schlafst weida oder kimmst aba? I woart drunten auf di, in da Halle, siegst mi scho …», wieder lacht der Gnazi, und Professor L., etwas steif, zwingt sich zu einem alerten «Bin schon unten» und legt den Hörer seufzend auf. Ein Hauch von Kopfschmerz, der ihn wie aus dem Nichts anfällt.

Er packt den Rasierapparat aus seinem Köfferchen, das frische weisse Hemd, die dunkle Fliege. Nicht dass er sich, wenn die Umstände normal gewesen wären, nicht auch etwas freuen würde, den alten Ignaz wiederzusehen, sie kennen sich immerhin schon … ja mein Gott … über fünfundzwanzig Jahre, haben am selben Spital als junge Assistenzärzte praktiziert, aber jetzt, heute … Der Gnazi hat ihm den Entscheid, wie er den heutigen Abend verbringen will, aus der Hand genommen, und gerade heute wäre es, sozusagen aus psychohygienischen Gründen, für Professor L. wichtig gewesen, diesen Entscheid aus freien Stücken fällen zu können. Er geht ins Badezimmer zurück, tupft sich zwei Tropfen «Eau Sauvage» auf die glatt rasierten Wangen, immer dasselbe Duftwasser, seit Jahrzehnten, kommt es ihm vor, seit Marianne es ihm einmal zum Geburtstag geschenkt hat, was sie seither jedes Jahr tut, dass sie den aufgebrauchten Flakon, dessen Inhalt so ziemlich genau für ein Jahr reicht, geburtstäglich durch einen neuen ersetzt, nicht dass ihm der Duft nicht gefällt, aber etwas Neues, etwas Abwechslung wäre auch nicht schlecht. Wie hiess das Neue doch gleich, das Mathilde Lachmann letzte Woche mitgebracht hat, «Snob»? Oder «Filou»? … «Pasha»? Irgendwas in der Richtung, er hat es sich im Anschluss an die Stunde noch notieren wollen, weil es ihm durchaus vielsagend vorgekommen war, dass die unsinnigerweise nicht zur Geliebten gemachte Frau ihrem Nichtgeliebten – was aber nicht heisst Ungeliebten, offenbar mag sie ihn ja, sehr sogar – ein Parfüm solchen Namens zum Geschenk macht, es dann aber angesichts der vielen weiteren im Lauf der Stunde angetippten und ihm dann doch noch bedeutsamer erschienenen Konfliktpunkte vergessen.

«Elitist»? «Idiot»? ... Professor L. sieht sich nochmals im Zimmer um, bevor er die Tür öffnet, los jetzt, auf ein Bier mit dem alten Ignaz.

Kapitel 16

Jetzt hat Mathilde keine Lust mehr

Ich bin nach Pichelsteiners Zusammenbruch, für den sich die Ärmste später sicherlich furchtbar genieren wird, nochmals kurz raus an die Luft, ein paar Schritte tun, denn was soll ich in meinem Zimmer warten auf etwas, was ohnehin nicht eintreffen wird? Nie? Für heute jedenfalls kann ich das Interview, weswegen ich eigentlich hergekommen bin, gründlich vergessen. Ich sehe mich schon unverrichteter Dinge in der Redaktion auftauchen, statt eines Textes die gewaltige Spesenrechnung in der Hand. Nun, meine Schuld ist es nicht, wirklich nicht, wobei mir das kein Trost ist, noch nie einer gewesen ist, nein, aber morgen ist schliesslich auch noch ein Tag, und vielleicht ... Enttäuscht bin ich, wütend auch, ich gebe es zu, es fällt mir schwer, mir den seit Jahren von mir verehrten G. in diesem Zustand vorzustellen, unsinnigerweise habe ich ihn mir immer als ein über solche menschlichen Regungen erhabenes Wesen vorgestellt, das heisst nein, strenggenommen habe ich mir überhaupt nichts vorgestellt, ich habe an ihn als an ein menschliches Wesen überhaupt nie gedacht, er ist für mich identisch gewesen mit seinen Büchern, eine moralische Instanz ist er, ein Fels, ich fühle mich um etwas geprellt, wenn ich mir G. ausmale, wie er nach etwas zum Ficken schreit. Das ist es, glaube ich, was mich an dieser Geschichte am meisten deprimiert hat, nicht die Herzkrämpfe und nicht der Alkohol, die ganze Literaturgeschichte ist voll davon, von beidem, ich hätte auch noch hingenommen, dass G. seine Pichelsteiner terrorisiert, hinter jedem Künstler steckt eine Frau, heisst es so schön und ganz nebenbei, aber dass G. nach einem Callgirl verlangt hat, etwas, das ich ohne Weiteres mit den drei Typen von heute Nachmittag in der Bar zusammenbringe, das habe ich mir in meinem doch reichlich festgefügten Weltbild, wie ich jetzt feststellen muss, einfach nicht vorstellen können. Um es klar auszudrücken: Ich kann mir einen G. vorstellen, der liebt, aber nicht einen, der fickt, während ich die Männer in der Hotelbar automatisch mit Ficken und nicht mit Lieben in Zusammenhang bringe. So einfach ist das, und ganz schön naiv, wie mir meine AuMa jetzt vorhalten würde, mit der ich mich öfters über solche Dinge unterhalten habe. Das ist wie mit den Pornos, von denen ich weiss, dass sie von jedermann gekauft und geschaut werden, nur nicht von dem, der just neben mir im Bett liegt!

Unschlüssig bleibe ich vor einem Café stehen, gehe weiter, weil ich im Grunde genommen überhaupt keine Lust habe, mich irgendwo hinzusetzen, so wie ich es vorgehabt habe, ich lasse mich von meinen Gedanken fortspülen auf mir vertrauten Pfaden, bis ich beim Marienplatz angelangt bin. Die Dämmerung ist hereingebrochen, das Rathaus, von den Scheinwerfern angestrahlt, sieht so unwirklich aus, als habe es ein Zuckerbäcker in Ton gegossen. Ein Menschengedränge vor den Zugängen zur U-Bahn, Feierabend, Menschen, die sich schieben und stossen, unwirsch, rücksichtslos, ein festes Ziel vor Augen, nach Hause wollen sie, ich hätte auch nichts dagegen, bereits zu Hause zu sein.

Rechtsumkehrt mache ich, diese Stadt kann mir gestohlen bleiben, komisch, wie abhängig von Stimmungen der Mensch doch ist, denn hätte ich jetzt mein Interview in der Tasche, ich sässe vermutlich vergnügt, wenn nicht euphorisch hinter einem Viertel Wein im «Glöckl am Dom», eine Kneipe, die mir der Kabarettist – «Da sitz i gern!» – letztes Mal gezeigt hat, aber so gehe ich eilig und verdrossen dieselbe Strasse, die ich hergekommen bin, wieder zurück, schiebe mich blicklos an den Passanten vorbei, nicht mal die Auslage des Schuhgeschäfts vermag mich länger als einen Augenblick zu fesseln, was etwas heissen will. Ziemlich finster denke ich über den Zusammenhang zwischen seelischer Not, den Zweifeln und Ängsten eines Künstlers und der Qualität seiner Kunst nach und dass es da durchaus eine Verbindung geben könnte, dieser aus existenzieller Bedrängnis, aus Ringen und Suchen gewebte Strick, der den Künstler vom Sonntagsmaler trennt, die Dichterin vom Schreiberling. Dieser Schriftsteller kommt mir in den Sinn, dessen Bild mir ewig bleiben wird, wie er sich täglich, von Montag bis Freitag, jamais le dimanche, jeden Morgen an seinen Schreibtisch setzt, in Hemd und Krawatte, Punkt acht Uhr frohgemut seine Finger streckt, sie kurz zur Faust ballt, die Gelenke knacken lässt und in die Tasten zu hauen beginnt. Um zwölf verlässt er seinen Schreibtisch, geht in die Küche, öffnet sich eine Dose Sardinen, tunkt sorgfältig das Öl mit einer Brotscheibe auf, geht dann, mens sana in corpore sano, ein paar Schritte an der frischen Luft, um halb zwei sitzt er wieder vor seiner

Schreibmaschine, die er dann um sechs Uhr für diesen Tag endgültig zur Seite schiebt.

So schreibt er, ohne die geringsten Anfechtungen seelischer Natur, seine zehn Seiten pro Tag, nur wenn es neun sind oder achteinhalb, ist er mit sich unzufrieden. Der Mann ist Schriftsteller wie andere Staatsangestellte, er ist, weil er seinen Beruf äusserst wichtig nimmt, Vorstandsmitglied in mehreren Schriftstellerverbänden, sitzt in Literaturförderungskommissionen, wo er, nebenbei bemerkt, durchfallen lässt, was ihm irgendwie «negativ» oder «destruktiv» zu sein scheint, kurzum, er liebt seinen schönen Beruf. Sicher fickt er nicht, dieser glückliche Mann, der in kunstvollen Sätzen «die Freuden des Fleisches» preist, er kotzt nicht und säuft nicht, er nimmt Nahrung und Flüssigkeit zu sich, um der Welt die Begabung, die der Herrgott ihm geschenkt hat, am Leben zu erhalten. Der Mann ist eine Zumutung und seine Bücher entsprechend. Sein Bild übrigens ist mir von einem befreundeten Dichter hinterbracht worden, der eine Weile lang im selben Haus gewohnt hat und den diese freudig klopfenden Schreibmaschinentasten im Stock unter ihm derart in seiner eigenen, ohnehin langsam und mühselig voranschreitenden Arbeit gelähmt haben – er hat vor zwanzig Jahren einen in den Himmel gelobten schmalen Gedichtband veröffentlicht und seither genau sechzehn Gedichte geschrieben, das heisst, geschrieben hat er viel mehr, nur hat er für ein neues jeweils ein altes zerstört, nicht weil es ihm nun nicht mehr gefiel, sondern weil er es lange genug vor Augen gehabt hat, sodass er es beinahe zwanghaft immer auf diesen Stand von sechzehn neuen Gedichten brachte –, dass er schliesslich hat ausziehen müssen. Beziehungsweise zum Auszug kam es erst, nachdem er vom glücklichen Schriftsteller zu einem Tässchen Tee in dessen Wohnung gebeten worden war und ihm dieser, während er ihm ein paar Waffeln anbot, schilderte, wie gern er schreibe, was den unglücklichen Dichter, der zweifellos lieber Rotwein vorgesetzt bekommen hätte und der bei der dem Wortlaut nach selben Tätigkeit Höllenqualen durchmachte, zu einem seiner berüchtigten Wutanfälle verleitet hat und dazu, statt diesem «Arschloch», wie er sich später ausdrückte, «dem man» zwecks Hinderung am Weiterschreiben «die Hand abhacken müsste», an die Gurgel zu springen, auf der Stelle seine Koffer zu packen und für eine Weile bei einem Freund unterzutauchen. Das Letzte, was ich von ihm vernommen habe, ist, dass er sich frisch und offenbar dauerhaft verliebt hat und die Glückseligkeit darüber ihn dazu verleitet haben soll, seine Sammlung auf vierundzwanzig Gedichte anschwellen zu lassen, die nun demnächst von seinem Verleger, der geduldig darauf gewartet hat, herausgebracht werden. Noch immer, nach zwanzig Jahren, sind seine Gedichte ein sicherer Tipp, zumindest für Insider.

Mathilde, die der Gedanke an die Geschichte vom unglücklichen glücklichen Schriftsteller und dem glücklichen unglücklichen Dichter vorübergehend etwas versöhnlicher gestimmt hat, nimmt an der Rezeption einen mit ihrem Namen versehenen Umschlag entgegen. Auf einer vorgedruckten Karte wird sie zu einem Empfang zu Ehren des Autors G. eingeladen, ab achtzehn Uhr, auf einer beigehefteten Visitenkarte in schwungvoller Schrift der Hinweis: «Dürfte für Sie interessant sein, namhafte Persönlichkeiten aus Kultur und Politik werden erwartet, Ihre Margarethe Pichelsteiner». Sie steckt beides in den Umschlag zurück und verlangt nach ihrem Zimmerschlüssel. Soll dies der elegante Versuch sein, die vor kaum einer Stunde zutage getretenen Enthüllungen ungeschehen zu machen? Und sogleich der nächste, sehr viel unangenehmere Gedanke, nämlich ob sie den ganzen Tag über hingehalten worden war, denn wenn G., und sei er noch so im Vollbesitz seiner Kräfte, ab achtzehn Uhr zu diesem Empfang erwartet wird, wie hätte er ihr dann zum selben Zeitpunkt für ein Interview zur Verfügung stehen können? Und dieses gönnerhafte «Dürfte für Sie interessant sein» ... Verärgert stösst Mathilde die Tür zu ihrem Zimmer auf. Andererseits, der erschreckte Ausdruck in Pichelsteiners Gesicht, vielleicht war ihr tatsächlich ein Versehen unterlaufen ... Mathilde, auf der Kante des einladenden Doppelbetts sitzend, in einem einsamen Hotelzimmer, wiegt die Karte unschlüssig in der Hand, ohnehin nichts, was sie im Moment weniger reizt, als aufgepeppt und frisch geschminkt und frisiert wieder nach unten zu gehen, sich ein Taxi kommen zu lassen und zu diesem Empfang zu eilen. Sich unter Gäste, bekannt aus Kultur und Politik, zu mischen, ein Kontakt hier, ein Kontakt da.

Was sie früher darum gegeben hätte! Als sie als junge, unerfahrene Lokalreporterin über so weltbewegende Dinge wie den Tag der Briefmarke oder den Bunten Abend der Berufsfeuerwehr zu berichten hatte. Als sie das gewissenhaft und lustvoll getan hatte, weil jedes dieser Ereignisse für sie fremd und spannend war, jeder Tag somit Neues brachte. Und die fraglose Überzeugung, dass das alles so weitergeht, jeder Tag ein neuer Reiz, eine neue Challenge, und dass man vorankommt und alles sich entwickelt, und irgendwann ist man dann am Ziel. Eines Tages ist das erreicht, was man hat erreichen wollen, und dann sitzt man da und ist glücklich.

So die Vorstellung. Ja, wie mit der Liebe ist das. Da ist die erste, die, bei der man glaubt, sterben zu müssen, wenn sie sich nicht für immer und ewig erfüllt, und die man dann doch, und ehe man sich's versieht, gegen die zweite eintauscht. Erbarmungslos und leichten Herzens. Und die verlässt man, weil es unumgänglich ist, für die dritte, man «geht» jetzt mit Peter, und ein Jahr darauf «geht» man mit Roland, und auch das dauert so seine zwei, drei Jahre, doch dass es wirklich ewig dauern wird, mit Heiraten, Verantwortung und so, daran mag man plötzlich überhaupt nicht mehr denken. Dafür ist man schliesslich viel zu jung, und der Gedanke, sich nun binden zu müssen, bis dass der Tod uns scheide, der ist undenkbar, man hat das Leben vor sich, alle Möglichkeit und Vielfalt, und dann erfährt man, dass der Peter von damals geheiratet hat, und Silvia, mit der man zur Schule gegangen ist, auch, überall wird plötzlich geheiratet, von allen Seiten die Einladungen zu Hochzeitsfeiern, die ersten Geburtsanzeigen flattern ins Haus, man «geht» jetzt nicht mehr miteinander, sondern hat «Beziehungen» oder «Partnerschaften», man spricht vom «Lebensgefährten», die Zeiten, da man einen «Freund» hatte, sind vorbei.

Nur, Mathilde, wie sie jetzt auf dieser Bettkante sitzt, hat keinen Lebensgefährten. Sie hat Freunde, Freundinnen, jede Menge sogar, wenn sie zu Silvester eine Party geben will, so bringt sie in kurzer Zeit dreissig Personen zusammen, die mit ihr feiern wollen, sie hat die «beste Freundin», mit der sie sich streitet und versöhnt und streitet, sie hat Johnny, mit dem sie sich nie streitet, das heisst, doch, einmal. An jenem denkwürdigen Abend, an dem sie sich, gebeugt über einen Teller mit einem absolut umwerfenden südceylonesischen Kumquat-Huhn-Curry (woran Johnny den ganzen Nachmittag lang geköchelt hatte) über den Zusammenbruch des Sowjetreichs unterhalten hatten.

Während sie Bissen um Bissen dieses köstliche Huhn delektierten, hatten sie die sowjetische Geschichte seit der Ermordung Trotzkis in Mexiko rekapituliert. Die Romanows, Lenin, Stalin ... Sie hatte soeben ausführlich von ihrer Russlandreise berichtet, von der sie seit ein paar Tagen zurück war, und ihm ihre Eindrücke quasi hautnah schildern wollen, als Johnny plötzlich sagte:

«Für mich ist Lucumbi ohnehin der grösste Politiker, den die Geschichte je hervorgebracht hat!»

«Wer?» Verblüfft hatte sie ihn angesehen, von diesem Namen hatte sie noch nie gehört.

«Du kennst Lucumbi nicht?» Johnny hatte sie ehrlich erstaunt, wenn nicht gar befremdet angesehen.

«Nein», sie hatte gelacht, «wer soll denn das sein, Lucumbi?»

Johnny hatte bekümmert in seinem köstlichen Curry herumgestochert, dann seufzend seinen Teller zurückgeschoben, als ob ihm ihr Unwissen den Appetit verschlagen hätte, und nach einem bedauernden, tiefen Seufzer gemeint, dass sie, wenn sie Lucumbi und dessen Staatsführungsgrundsätze nicht kenne, auch nicht über das Wesen europäischer Demokratien Bescheid wissen könne. Sie war schon ziemlich auf der Hut gewesen, als sie fragte, in welchem Volk oder Land dieser Lucumbi denn gewirkt habe.

«Bei den Papus!», hatte Johnny mit einer Miene, als ob sich nun wirklich jede weitere Erklärung erübrige, zur Antwort gegeben.

Mathilde, die nun ihrerseits den Teller mit dem Curry von sich geschoben hatte, hatte sehr ruhig, sehr beherrscht nachgefragt: «Bei den bitte was?»

«Bei den Papus!» Johnny hatte zum Fenster hinausgesehen.

«Und weil ich diesen Lubumbu von den Papas nicht kenne, habe ich keine Ahnung, wie es zu den Demokratien in Europa gekommen ist? Verstehe ich das richtig?» Ihre Stimme war, wie sie sich selbst bewusst war, ziemlich schneidend.

«Lucumbi», sagte Johnny, «Stammeshäuptling der Papus!» Er betonte jede Silbe. «1853 bis 1902, Begründer der theosophischen Volksdemokratie Neutogo, er trat vor allem mit seinen Reden anlässlich der …»

«Sag mal, bist du verrückt geworden?», hatte sie ihn unterbrochen. «Dieser Lacombi, Theowasweissich, war wichtiger als Napoleon oder Kant oder Hannibal oder wer auch immer?»

Wütend hatte sie ihren Stuhl vom Tisch geschoben und glaubte, nicht richtig gehört zu haben, als Johnny sie ruhig darauf hinwies, dass sie da wahrscheinlich einiges durcheinanderbringe und dann fragend beifügte, ob sie keinen Hunger mehr habe.

Jedenfalls, ein Wort hatte das andere gegeben, je lauter, je verächtlicher, je spöttischer und sarkastischer sie wurde – sie wusste im Nachhinein gar nicht mehr, was sie ihm alles an den Kopf geworfen hatte –, desto mehr schien ihn das Ganze nur noch zu langweilen, er sah zum Fenster hinaus oder auf seine Uhr, sie tobte im Zimmer umher, bis sie schliesslich ihren Mantel vom Kleiderhaken im Entree riss und die Tür knallend hinter sich ins Schloss warf. Draussen, auf der Strasse, war sie mit empört auf den Asphalt knallenden Absätzen zu ihrem Wagen geeilt und mit laut aufheulendem Motor und tränenüberströmtem Gesicht nach Hause gefahren.

Sie hätte Johnny ermorden können! «Ich will den Typen nie wieder sehen!», hatte sie daheim den Wänden zugerufen, nie wieder, und dieses Nie-wieder hatte sie dann zum Weinen gebracht, und sie hatte so lange geheult, bis ihre Wut sich gelegt hatte und sie nur noch unendlich traurig war und vor Selbstmitleid zerfloss. Und dann hatte sie an Johnny denken müssen, der einen ganzen Nachmittag lang an seinem Curry gebastelt hatte und die halbe Stadt nach den Zutaten abgesucht haben musste, all die Gewürze und die exotischen Früchte und Gemüse, er, der doch so ungern auf die Strasse ging und der nun allein in seiner Wohnung sass und vielleicht das Geschirr zusammentrug und in der Küche in den Schüttstein stellte, und wie ihm dabei die Tränen hinunterliefen, jedenfalls, etwa um zwei Uhr nachts hatte sie sich wieder in ihren Wagen gesetzt und war zu Johnnys Wohnung gefahren. Sie hatte geklingelt, ziemlich lange, obwohl in seiner Wohnung noch Licht brannte, und dann hatte er die Tür geöffnet und sie hatte die Arme um seinen Hals geworfen und er hatte sie kurz an sich gedrückt, und dann hatte sie ihm geschworen, dass sie sich nie wieder streiten würden, nie wieder, und er hatte genickt, und dann hatte er das Sofa in seinem Wohnzimmer hergerichtet und sich darauf schlafen gelegt, und sie hatte, zum ersten und einzigen Mal, in seinem nach Johnny riechenden Bett geschlafen, in den schwarzen Satinleintüchern, die sie ihm zu Weihnachten geschenkt hatte.

Aber Johnny, denkt Mathilde – auch wenn sie sich nur dieses eine Mal gestritten haben, warum übrigens, ist ihr bis auf den heutigen Tag nicht klar, weil sie das Thema anschliessend sorgfältig vermieden haben –, während sie sich mit beiden Ellbogen auf die weiche Unterlage ihres Doppelbetts abstützt, Johnny ist kein Ersatz für das, was ihr eigentlich fehlt. Und auch ihre AuMa war kein Ersatz gewesen, auch wenn sie oft Anlaufstelle gewesen war, an kritischen Tagen wie den Wochenenden oder Ostern und Weihnachten, sie somit immer jemanden gehabt hatte, zu dem sie gehen konnte, und zwar gern gehen konnte, und diese Sicherheit war ihr nun genommen, seit ihre AuMa an ihrem 75. Geburtstag beschlossen hat, sich und die ihren von ihren Altersbeschwerden zu befreien, wobei sie gar keine äusseren Anzeichen des Verfalls gezeigt hatte, aber sie hatte eben gehen wollen, solange sie noch ihre Würde hatte, ihr Rückgrat und alles. Okay. Und auch wenn sie weiss, wie es ihre AuMa gemeint hatte, und auch weiss, dass es ihr gutes Recht gewesen war und nichts als konsequentes Zu-Ende-Denken eines Lebens und einer Haltung, hat sie trotzdem ziemliche Mühe gehabt, ihr zu verzeihen. Denn schliesslich hat sie sie damit im Stich gelassen und gleichzeitig Fragen aufgeworfen, wie Alter und Tod und Zerfall, an die Mathilde lieber überhaupt nie gerührt hätte. Mathilde hat gewollt, dass alles so bleibt, wie es ist, und dass es sich schon irgendwie ergeben wird. Denn seither, und das ist ihr erst heute Nachmittag so richtig bewusst geworden, weil dieser Psychiatrieprofessor sie dazu gebracht hat, von ihrer AuMa und ihrem Buch zu erzählen und somit über all das nachzudenken, was sie sonst lieber in eine Ecke ihres Bewusstseins verstaut: seither, seit dem Tod ihrer AuMa, geht die Rechnung nicht mehr auf. Mit ihr ist nicht nur dieses Stück Wärme weggefallen, sondern ein entscheidender Stützpfeiler ihrer Existenz, der es ihr erlaubt hatte, sich wohlgemut ihrem Beruf zu widmen und all ihren Freunden und ihrem Johnny, ohne sesshaft werden zu müssen. Sie hat das verhasste Nestbauen vor sich hinschieben und sich in Männer verlieben können, ohne dass sie auf einen Fortbestand dieser Liebe angewiesen gewesen wäre. Weil sie ja ihre AuMa hatte. So hatte sie beispielsweise, wenn sich jemand über ihr Singledasein wunderte («Wie kommt es, dass eine Frau wie Sie …»), erklären können, dass sie vermutlich «einfach zu hohe Ansprüche» an das Leben und den einzig Richtigen stelle, was letztlich, wenn sie, wie in diesem Moment, ehrlich zu sich selbst ist, doch eine ziemlich banale Feststellung ist, denn wer behauptet das nicht von sich, dass er Ansprüche hätte?

Mathilde streckt sich, die Hände im Nacken verschränkt, in ihrer ganzen Länge auf dem Bett aus. Selbstverständlich hat es, um bei der Liebe zu bleiben, immer etwas gegeben, was ihr an ihren potenziellen Partnern nicht gefiel. Mit dem einen konnte sie nicht reden, mit dem anderen nicht lieben, oder er war verheiratet, oder er wohnte zu weit weg, oder er war ihr zu gewöhnlich oder zu wenig verlässlich … Es gab einfach immer etwas, was diese Liebe, und am Anfang war es immer eine, schliesslich doch noch eine unmögliche werden liess. Und sie blieb, was sie immer gewesen war: diejenige, die hoffte, dann enttäuscht wurde und dann von ihren Freunden getröstet werden musste. Und damit war sie letztlich ganz zufrieden gewesen. Weil sie, was sie wusste, auf der Suche nach mehr war, nach dem Wirklichen, nach etwas, was tatsächlich Leben bedeutet, und mit einer Heirat oder mit Kinderkriegen hat sie seltsamerweise immer das Ende und nicht, wie andere Menschen es taten, einen Neubeginn verbunden. Das war das Ende, dann war sie gefangen, dann hatte sie nur noch ihr eigenes Alter und den Tod vor Augen.

Das ist der Punkt, an dem sich Mathilde schüttelt, sich von ihrer Bettkante erhebt, sich über die Augen fährt und beschliesst, bei diesem Verlagscocktail doch noch aufzukreuzen und sich insgesamt den erfreulicheren Aspekten des Daseins zuzuwenden. Denn genauso, wie sie stundenlang im Dickicht ihrer Seele stochern kann, ist es für sie selbstverständlich, anschliessend wieder auf die Füsse zu springen, den Staub abzuklopfen und voller Neugier weiterzumarschieren. So ist sie, und das gibt ihr, nach aussen hin, zuweilen den Anstrich, ein leichtfertiges und unbekümmertes Wesen zu sein, aber sie, unter ihrer lebenslustigen, selbstbewussten Hülle, weiss es besser. Auch dies ist ein Zug, der sich in direkter Linie von ihrer AuMa auf sie vererbt haben muss.

Kapitel 17

Psychiatrieprofessor L. kann nicht mehr zurück

Psychiatrieprofessor L. setzt sich, nach einem kurzen Blick in die Bar, mit seinem alten Weggefährten Gnazi in die Halle, Gnazi Graf, der seine verwandtschaftliche Beziehung zu Oskar Maria, Dichter desselben Namens, weder je behauptet noch wirklich bestritten hat, sie vielmehr offen lässt und dafür, und mit Augenwasser, bei jeder sich bietenden Gelegenheit dessen Ruf «Verbrennt mich!» schildert, 1933, als die Nazis die Bücher seiner Kollegen dem Feuer übergaben und die seinen, tragischer, falsch verstandener Heimatdichter, der er war, zur Lektüre empfahlen, zwecks Erbauung und Erhaltung völkischen Brauchtums, «Verbrennt mich!», hatte Oskar Maria gerufen, und, da ihn niemand hörte, sich den Kollegen ins Exil angeschlossen und das New Yorker literarische Pflaster mit seinen Auftritten in bayerischen Krachledernen und Trachtenjanker verunsichert. Überhaupt ist der Gnazi ein Lokalpatriot, wie ihn vermutlich nur eine Stadt wie München hervorbringen kann, mit Wochenendhaus am Starnberger See und Verehrung für Franz Josef Strauss, Gott hab ihn selig, «weil, des war a Mann mit Kultur und Format!», jedoch Wähler der Opposition, er liebt Karl Valentin und Ludwig Thoma und Gerhard Polt, ist Freund des *Ich bin doch kein Tor*-Kickers Sepp Maier, Ehrenmitglied des FC Bayern München, liebt Schweinshaxn und zum Spülen ein Bier.

Professor L. wählt ganz unbewusst seinen Sitz so, dass er freien Blick sowohl auf die Schwingtür im Eingang wie auf die Lifttür am hinteren Saalende hat. Allfällige Fragen nach seinem Verbleib und Befinden seitens der Kollegen versteht er mit einem unbestimmten Lächeln abzublocken, und er vertieft sich in einen gedanklichen Austausch über die früheren Zeiten mit seinem Freund Gnazi, den er wirklich, wie er vorhin bei der herzlichen Umarmung erneut festgestellt hat, mag und weil das auf alle Fälle besser ist, als in die Diskussionsgruppe einbezogen zu werden, die sich um die lebhafte und engagierte Berlinerin, die noch immer diese Zähne zeigt, gebildet hat. Sie hat sich für den Abend umgezogen und trägt jetzt ein Seidenkleid, dessen Farbe zwischen Rosa und Orange schwankt, auf alle Fälle in äusserst unvorteilhaftem Kontrast zu ihrem fahlen Teint steht. Er weiss auch nicht, warum er sich auf die Ärmste derart eingeschossen hat, aber dieses humorlose Engagement geht ihm auf die Nerven, insbesondere dass es von dieser hohen, immer auf der gleichen Tonlage verharrenden Stimme getragen ist, die Frau sieht aus, als ob sie beim Sprechen spuckt, jedenfalls ist er richtig erschrocken, als das Erste, worauf sein Blick beim Betreten der Halle hat fallen müssen, diese Berlinerin gewesen ist. Aus den Augenwinkeln hat er zu sehen vermeint, dass sie auf ihn zustürzt, doch dann hat er gottlob die vertrauenserweckende breite Gestalt seines Freundes Gnazi entdeckt, der ihm sein offenes Lachen entgegenstreckte, und erleichtert und sogar gerührt hat er sich von ihm an seine Brust drücken lassen. Übrigens auch was ganz Neues, dass er so grundlose und ihn irgendwie lähmende Aversionsgefühle gegenüber einer ihm gänzlich unbekannten Person empfindet... Aber Herrgott nochmal, was soll er sich eigentlich über jede klitzekleine Regung in seinem Innern Rechenschaft ablegen und sie zu erklären suchen? Diese Vogelscheuche ist ihm ganz einfach zuwider!

Der Gnazi erzählt von seiner Arbeit in der Klinik, in der er seit einem Jahr als Chefarzt amtet. Er schildert die für ihn ziemlich unerwartete Freude, die er an seiner kleinen Enkeltochter hat, wobei er seinem Igor krachend auf den Schenkel haut, «Wos sogst da dazua, oida Bazi, jetz bin i scho Opa!», was Professor L. in der Tat zusammenzucken lässt, denn der Ignaz ist bloss ein Jahr älter als er, das heisst nein, er rechnet nach, zwei werden es schon sein, und plötzlich hat er Lust, dem Ignaz von seinen Schwierigkeiten zu erzählen, in denen er momentan steckt, von dieser ganzen Lachmann-Mathilde-Patient-Arzt-Verwirrung, von diesem Überdruss-am-Beruf-Gespenst, weil der Gnazi, fähiger Arzt und treuer Freund, ihn verstehen, ihm vielleicht gar helfen könnte, als die Lifttür aufschwingt und Mathilde die Halle betritt. Mathilde, und noch nie hat Mathilde aufregender gewirkt, die Haare streng nach hinten gebunden, nein irgendwie aufgesteckt, jedenfalls, ihr Gesicht liegt vollkommen bloss, was die Augen riesig erscheinen lässt, und auf den Lippen glänzendes, feuchtes Rosa. Über einem Arm hängt ihr heller Regenmantel, und jetzt sieht sie sich zögernd in der Halle um. Soll er jetzt ...? Kann er ...? Wie gebannt starrt er sie an, soll er sich bemerkbar ...? Mit dem Heben eines Arms ...? Oder wartet sie auf G.? Professor L. reisst sich zusammen, als der Gnazi, der seinem Blick gefolgt ist, «Wooow ...!» macht, und wendet sich von

Mathilde ab. Er sieht mit anderen Worten überhaupt nicht mehr *hin*, ob sich jetzt Mathilde an der Rezeption ein Taxi bestellt oder nicht, ob sie in die Bar geht oder nach draussen, er wendet sich seinem Freund Ignaz zu und fragt, ob er noch ein Bier will. Als ihn von hinten eine Wolke orangenblütigen Zimtduftes streift und ihre Hand sich leicht, Sache eines Sekundenbruchteils, auf seine Schulter stützt: «Guten Abend!»

Einen kurzen Moment verharrt Professor L. regungslos, ehe er einatmet und sich umdreht, und beide, er wie der Gnazi, starren zu Mathilde empor, die an ihrem Tisch stehen geblieben ist. Sie lächelt. Kleine, weisse Zähne, babyrosa Mund.

«Guten Abend», erwidert Professor L., während das Blut in seinen Schläfen trommelt und er sich fühlt wie ein fünfzehnjähriges Schulmädchen, das im Pausenhof unversehens von seinem Schwarm angesprochen wird, und etwas allzu salopp fügt er hinzu: «So, ist das Interview im Kasten?»

Mathilde rollt die Augen und verneint mit einem tiefen, gespielten Seufzer.

«A Interview? Mit dem Igor? Also von Eahna dad i mi aa gern interviewen lassen…!» Das kommt vom Gnazi, der Mathilde wohlgefällig mustert und nun sein lautes, dröhnendes Lachen in die Halle wirft.

«Mit dem Igor? Nein, nein», nun lacht auch Mathilde, «wobei, gar keine schlechte Idee… So ein kleiner Abstecher in die Abgründe der menschlichen Seele würde unseren Lesern sicher guttun, nicht wahr, Igor?» Sie zwinkert ihm übermütig zu, ihm, der, ganz Schulmädchen, am lautesten lacht, und sie lehnt sich abwartend an die Säule in ihrem Rücken. Sie sieht so anders aus mit dem zurückgebundenen Haar, so, so …, als sich der Gnazi leutselig, mit Blick auf Mathilde, zu ihm rüberneigt (ein Blick: «Wos? Per Du san's aa?») und donnert: «Do, wos is, Hundling, mogst mi der jungen Dame ned vorstelln?»

Professor L. gibt sich einen Ruck, «Dr. Ignaz Graf … Frau Mathilde Maas, Journalistin», etwas förmlich das Ganze, «Frau Maas ist wegen eines Gesprächs mit Herrn G. hier in München und …», er hält verwirrt inne, weil sich jetzt Mathilde tief über ihn beugt, um zu verstehen, was der Gnazi ihr ins Ohr flüstert, sie lacht hell auf, zieht den Kopf lachend wieder zurück, sie scheint dieses Urviech von einem Gnazi äusserst drollig zu finden, erstarrt lehnt sich Professor L. in seinen Sessel zurück, während, sozusagen über seinen Kopf hinweg, wie Pingpongbälle die Bonmots hin- und herfliegen, ganz aufgekratzt wirkt Mathilde, ihr ganzer Körper scheint vor Energie zu vibrieren, die Augen funkeln, sprühen, Professor L., auf dessen Gesicht das Lächeln wie festgefroren ist, sucht sein Inneres krampfhaft nach etwas Spassigem ab, mit dem er irgendwie mithalten könnte, etwas in die Richtung von «olle Seelenklempner» und «junge Kulturtiger» schwebt ihm vor, er wird unterbrochen von Mathildes «Jetzt muss ich aber schleunigst los!» und ihrem freundschaftlichen, kaum spürbaren Knuff in seinen Oberarm, «Willst du mich nicht begleiten, Igor, der grosse Meister liest …?», und von Gnazis gutmütigem, dröhnendem «Da wui i aber aa mit!», und Professor L. erstarrt: Wohin sollte er mit? Und dann klopft ihm der Gnazi auf den Oberschenkel: «So, oida Bazi, i glaub mia miassen …!»

Tatsächlich hat sich die Halle mittlerweile entvölkert, das Stimmengewirr kommt gedämpft, die Ärzteschaft hat sich, jeder sein Glas in der Hand, in kleinen Grüppchen Richtung Speisesaal aufgemacht, die erwartungsvolle Stille der Theaterbesucher, die nach Ertönen des zweiten Gongschlags ihre Plätze aufsuchen. Der Gnazi hat sich, seinen massigen Körper in alle Richtungen streckend und dehnend, bereits aus seinem Sessel erhoben, und Professor L., in seiner Verwirrung und mit jäh aufsteigender Panik, dass ihm Mathilde erneut und diesmal endgültig entgleitet, stösst, mechanisch, als sei er ferngesteuert, hervor: «Vielleicht sehen wir uns später noch?», und sieht Mathilde an, die bereits in ihren Regenmantel geschlüpft ist, und irgendwo aus dem Augenwinkel spürt er dem Gnazi sein Erstaunen an, weil dessen Anmache in eine ganz andere Richtung gegangen ist, in eine freundliche, flüchtige, an dessen Ende nicht eine Verabredung steht, sondern ein gut gelauntes «Pfiat di» und aus den Augen, aus dem Sinn, und Mathilde stutzt, «Ja, wie lange wird es denn dauern bei euch?», und Professor L., dem die ganze Peinlichkeit und Unangemessenheit seines Vorstosses geradezu schmerzhaft bewusst ist, ihm sozusagen Verstand und Körper lähmt, stottert, er, der schon an die hundert solcher Kongressbankette hinter sich hat, zum Gnazi gewandt, den er in seiner Konfusion siezt, «Wissen Sie, wie lange das ungefähr dauern wird?», und der Gnazi, der kein Dummkopf ist, tippt, ohne mit der Wimper zu zucken, auf «so guad zwoa Stund», und Professor L., der nun nicht mehr zurückkann, verabredet sich mit Mathilde um zehn Uhr in der Bar, was sie, vielleicht eine Spur kühler geworden, annimmt, unter Umständen könne es auch etwas später werden, jetzt lächelt sie wieder, «Das hängt ganz von G. ab …»

Sie verabschiedet sich mit einem leichten Winken mit der Hand, und der Gnazi fasst Professor L. am rechten Arm, zieht ihn in Richtung Speisesaal, offenbar sind sie die Letzten, und sagt, und das ziemlich ernst: «Di hat's aber bös dawischt, Hundling, oida!»

Kapitel 18

Johnny leidet

Als die kurzen, schnellen Schritte des Kindes erneut über ihm dröhnen, sich in seine Schädeldecke hämmern, richtet sich Johnny, der seit einigen Tagen wieder an seiner Frühjahrsdepression leidet, entrüstet in seinem Bett auf. Er stopft sich ein Kissen in den Nacken und starrt in die dämmrigen Umrisse seines Schlafzimmers. Obwohl er die Vorhänge sehr sorgfältig zugezogen hat, haben sich ein paar Sonnenstrahlen im Raum verloren. Er hasst die Sonne, er hasst die munteren Trippelschritte über seinem Kopf, und in der Wohnung unter ihm geht das Telefon. Seit Stunden, wie ihm scheint. Er hasst dieses Leben um sich, diese Anzeichen ganz gewöhnlichen Lebens, das Kind, das über seinem Kopf spielt, das Klingeln eines Telefons, Sonne, an der sich die Menschen draussen erfreuen, und er hat wieder seinen Traum gehabt. Immer derselbe Traum, aus dem er erschöpft, verschwitzt erwacht, immer derselbe Ablauf, und immer bricht der Traum ab, reisst an genau der Stelle, an der er meint, das *Gefühl* zu fassen zu bekommen. Das Gefühl, das er nie zu fassen bekommt, das er während unzähligen Stunden IL zu beschreiben versucht hat und so, beschreibend, versucht hat, es einzufangen, dieses Gefühl, das ihn erregt, ohne zu wissen, warum, von dem er erwacht mit diesem einsamen, demütigenden

Verlangen, seufzend streicht Johnny über sein Geschlecht.

Der Traum setzt immer an derselben Stelle ein: Er, Johnny, geht einer Meeresküste entlang. Er geht und geht, und das Land verwandelt sich in einen Grat, Sanddünen, das sanft spiegelnde Meer zieht sich in einen Krater zurück, stark bewegt plötzlich, strudelnd, meterhohe Wellen wirft es, das Wasser, tief unter ihm, es schäumt, ein riesiger Sog, weit unter ihm, und er kriecht diesen Grat entlang, er kämpft sich durch diesen abschüssigen Sand, der Sand bewegt sich unter seinen Füssen, bis zu den Knöcheln versinkt er darin, auf allen Vieren kriecht er, in der Tiefe das wilde Wasser, gefährlich blau, azurblau, wunderschön, und er kriecht den Sandberg hoch, immer höher klettert er, und ganz oben, unerreichbar, zurückweichend, auf diesem Wall aus Sand, aus hellgelbem, orangefarbenem Sand: *das Gefühl*. Ein Mensch ist es nicht, obwohl es menschlich ist. Es hat keine Konturen, keinen Körper, es zieht ihn an, lockt, er geht darauf zu, kriecht, strampelt sich ihm entgegen, und wenn er die Hand ausstreckt, um das Gefühl zu berühren, wacht er auf. Wie hinter Schleiern verborgen steht es, scheint auf ihn zu warten, wartet auf ihn, wartet, dass er den Schleier zerreisst, und noch nie hat er ihn zerreissen können. Es ist zum Verzweifeln. Er schliesst die Augen. Die Schritte des Kindes steigern sich zum Stakkato, direkt über ihm, es spielt, er hört seine Juchzer, er presst sich in die Kissen zurück, ganz flau wird ihm, auch wenn er sich zwingt, er kann jetzt nicht aufstehen. Überhaupt nie mehr aufstehen. Diese Mattigkeit. Das Gefühl, er zieht sich in das Gefühl zurück, presst die Geräusche um ihn weg, wie immer, wenn er aus diesem Traum erwacht, schiebt sich ein Bild über das Gefühl, wächst ein Körper aus dem Gefühl heraus, überdeckt es, verschmilzt damit, seine Glieder werden schwer, eine süsse Schwere, er streichelt sich, Mathilde, ihren Körper, ihre Haut, ihr Lächeln, ihr weiches Haar, er stöhnt, ihr weiches Haar, Mathilde, weich, die ganze Süsse, er wirft sich herum, wirft sich auf den Bauch, Mathilde, wie Wellen, die ihn anheben, aufwerfen ... Und dann diese Leere in sich.

Reglos bleibt er liegen. Er atmet fast ruhig jetzt. Fast eine Leichtigkeit, die sich breitmacht in ihm. Mathilde hat den Traum vertrieben. Mathilde. Er lächelt. Fasst sie bei der Hand und geht mit ihr die Spanische Treppe hinunter. Schau, wie die Menschen auf den Stufen sitzen, wie sie die Abendsonne geniessen, Mathilde, siehst du das Glühen der untergehenden Sonne? Mit goldenen Fingern tupft sie an die Kuppel des Petersdoms, und jetzt, Mathilde, dreh dich um, die Trinità dei Monti in deinem Rücken, die blauen Glyzinien, die sich an ihren Mauern hochranken, und siehst du, dort, die alte Ordensschwester, wie sie mühsam die Stufen zur Kirche hochsteigt? Sie ist alt, Mathilde, mit einer Hand hält sie sich am Geländer fest, doch keine Mühsal hält sie davon ab, ihr Abendgebet zu verrichten, ihre Zwiesprache mit ihrem Gott lässt sie mit Leichtigkeit die Anstrengung überwinden, aber jetzt komm, Mathilde, in deinem schönen Kleid, geniesse die Blicke der Männer, sie erweisen dir ihre Reverenz, Mathilde, auf der Piazza di Spagna legt er den Arm um ihre Schulter, führt sie in die Via Condotti, ins Caffè Greco wollen sie, in dem sie alle gesessen haben, Casanova, Stendhal, Goethe, Schopenhauer, Liszt ... Warten, bis sich die

Nacht über die Stadt gesenkt hat. Dann wird er einen Wagen kommen lassen, eintauchen in den tosenden, dampfenden Verkehr, sich einfügen in das gnadenlose Rund der Piazza Venezia, nach Trastevere wollen sie, über den Ponte Garibaldi, *trans Tiberim*, nach Trastevere, wo Mamma Roma ihre Kinder füttert. Johnny braucht keinen Stadtplan mehr, tausend Mal schon ist er diesen Weg mit Mathilde gegangen, tausend Wege kennt er durch sein Rom, die ewige Stadt. Alle ist er sie mit Mathilde gegangen, alle, und immer neue gibt es. Er hat ihr das goldene Glied auf der Piazza del Popolo gezeigt, nachts, wenn der Schein der Strassenlaterne im unkeuschen Winkel auf die Männerstatue fällt, er hat sie ihre Hand in die Bocca della Verità strecken lassen und sich ergötzt an ihrer Furcht ... Johnny kennt Rom wie seine Westentasche. Mit Madeleine ist es Paris gewesen, mit Ann Shanghai, er hat früher, in seiner Jugend, Ausflüge nach Delhi unternommen, nach London und Athen, natürlich, Athen, das war seine erste Liebe gewesen, als Gymnasiast, Sibylle, drei Schulbänke vor ihm, ihr langes gewelltes Haar, das ihr über den Rücken fiel, an ihren Zöpfen hat er sich hochgehangelt, Pallas Athene, bis zur Akropolis, wie lange das her ist, doch Mathilde liebt er, liebt er wie ein Besessener, seine Angebetete ist sie, seine Göttin. Auch wenn IL seine Augenbrauen nun in die Höhe zöge (Igor L., IL, *ill*, krank, *il*, er, ER, sein Seelentröster, sein Übervater, sein armer kranker Vater, seine kühle tote Mutter – wo steckt IL überhaupt? Die Stunde ist heute ausgefallen), Mathilde ist seine Göttin, seine Priesterin, nicht aus Fleisch und Blut ist sie, wie ihm IL weiszumachen sucht, keine Gelegenheit lässt er dafür aus, Tatsache ist, dass er nicht wert ist, ihre Füsse zu küssen. Ihre kühlen Marmorfüsse, Vestalinnenfüsse.

Das Getrampel über ihm hat aufgehört, vermutlich hat man das Kind ins abendliche Bad gesteckt, wo es nun planscht und schreit, oder man füttert es in der Küche mit einem widerlichen pampigen Brei, in dem es mit seinen dicken Händen herumpatscht, und der Brei läuft ihm das Kinn herunter, angewidert wendet sich Johnny von dieser Vorstellung ab. Dieses Wetter. Es ist das Wetter, das ihm zu schaffen macht. Er steht auf, tritt ans Fenster, schiebt den Vorhang – schwarz mit aufgedruckten goldenen Vögeln, das war Mathildes Idee gewesen, weil sie fand, dass das zu ihm passt – beiseite, die Sonne ist verschwunden, dafür scheint jetzt Wind aufgezogen zu sein, der Mann, der auf der gegenüberliegenden Strassenseite dem Parkmäuerchen entlanggeht, rafft seinen Mantel eng über der Brust zusammen. Die Äste der Kastanienbäume im Park glänzen graubraun und dürr, aber im Rasen sind die ersten Krokusse hervorgebrochen. Aufschiessendes Leben, die pure Symbolhaftigkeit, die ihn bedrängt. Frühling. Er hasst den Frühling, hat ihn schon immer gehasst. Die Launenhaftigkeit, wie mit einem Windstoss die Grelle der Sonne weggefegt werden kann, sich der Himmel jäh verdüstert, als Kind, am Mittagstisch, seine Bedrückung, die er nicht hatte in Worte fassen können. Aufspringende Knospen: Missmutig starrt er auf die gelben und lila Farbtupfer im Gras. Die Erinnerung, wie ihn seine Mutter in den Garten geschickt hat, draussen sollte er spielen, draussen, wenn die langen Hosen gegen kurze vertauscht wurden und er frierend auf den Stufen der Gartentreppe gehockt ist, die winterbleichen Knie mit beiden Armen umschlungen, oder wie er sich im hintersten Teil des Gartens versteckt hat, dort, wo die beiden Tannen ihre unheimlichen Schatten warfen, während Stunden, bis sie ihn hereinrief und er tat, als komme er von weither, komme herbeigerannt von Streifzügen und Abenteuern mit den Nachbarskindern, sei erhitzt und aufgekratzt vom Spiel, so tat und sie beide wussten, dass er log. Ihr stummer Vorwurf, ihr nachdenklicher Blick, und oben der Vater, wortlos, ausgestreckt auf seiner Couch.

Johnny schliesst das Fenster, seufzt. Frühling. Gegen die satte Trägheit, die Entschlossenheit eines heissen Sommertags, die Beständigkeit eines Wintermorgens. Er hat die Wohnung wegen ihrer Lage genommen, an diesem kleinen Park, der umrandet ist von Kastanienbäumen, im Sommer sieht er hinunter auf ihr geschlossenes Dach, von seinem Fenster aus könnte er sich in diesen satten grünen Blätterteppich fallen lassen und sich wie Calvinos Baron auf den Bäumen von einem Baum zum anderen schwingen, ohne je den Boden berühren zu müssen, rund um das Geviert des Parks, immer hoch über den Köpfen der Mütter, die im Schatten der Bäume ihren spielenden Kindern zusehen. Den Kindern, die ihren Ball bis dicht an die Köpfe der im Rasen ausgestreckten Liebespaare rollen lassen, ihre Harmonie mutwillig sprengen, wie sie schreien, die Kinder, und mit ihren lauten, grellen Stimmen über die Liebenden herfallen. Leg dich hin, Mathilde, bette deinen Kopf in meinen Schoss, strecke dich aus im duftenden Gras, Sommerblumen umspielen deine Füsse, im Garten der Villa Borghese, von Weitem hörst du das Raunen der Stadt, ganz nah an deinem Ohr das

Zirpen der Grillen, das Plätschern eines Brunnens, lass dich treiben, Mathilde, Wolken ziehen wie Segelschiffe ihre Bahn, die Sonne wärmt deine Glieder, meine Hände beschatten deine Stirn, wachen über deinen Schlaf, ich werde dir erzählen von den Dichtern, die diesen Garten besungen haben, von den Festen der Principessa, den Bällen, der Ausgelassenheit der Geladenen bis in die ersten Morgenstunden hinein, mit Tau benetzt die Füsse der Tanzenden, ich erzähle dir von den Dichtern, Mathilde, vom eitlen D'Annunzio, von Rilke …

Zwei Becken, eins das andere übersteigend
aus einem alten runden Marmorrand,
und aus dem oberen Wasser leis sich neigend
zum Wasser, welches unten wartend stand,

dem leise redenden entgegenschweigend
und heimlich, gleichsam in der hohlen Hand,
ihm Himmel hinter Grün und Dunkel zeigend …

Die «Römische Fontäne», was hat sie in seiner Jugend seine Fantasie entfachen können! Johnny tritt vom Fenster zurück, gleich wird es zu regnen beginnen.

Wo Mathilde jetzt sein mag? Er hasst es, wenn sie fort ist, es beunruhigt ihn, bringt Verwirrung in seinen Tag, eine Spannung, die Angst, dass sie nicht wiederkehrt, sich verflüchtigt wie der Traum, sie ist sein Traum, seine Obsession, um die er kreist und kreist, und wenn sie neben ihm sitzt, sprudelnd, lachend, vertrauensvoll, wird er ganz ruhig. Der vollkommene Friede breitet sich dann in ihm aus, eine Gelassenheit, ja, beinahe glücklich ist er dann, wenn sie sich an seiner Seite niederlässt, seinen Arm fasst oder isst oder trinkt, raucht und ihm in allen Einzelheiten von ihrem Tag berichtet. Sie hat eine Art, Leben vor ihm auszubreiten, ihn daran teilhaben zu lassen, es mit allen Farben und Stimmungen auszuschmücken, wie er es noch nie erlebt hat. Nicht einmal annähernd hat er erlebt, dass etwas, was ihm geschildert wird, Form annehmen kann, in ihm, in seinem Innern, und selbst wenn sie ihre Kümmernisse und Ängste vor ihm aufschichtet, hält diese friedliche Heiterkeit in ihm an, entzückt hört er ihr zu, sie ist der erste Mensch, um genau zu sein: die erste Frau, die durch ihre leibhaftige Anwesenheit sein Bild nicht zerstören kann. Sie ist lebendiges Material, sie nährt sein Bild, schmückt es mit Details, reichert es an, es ist, als ob man jahrelang von einem bestimmten Haus geträumt hat, und plötzlich steht man tatsächlich vor diesem Haus, kann seine Türen öffnen, durch seine Gänge gehen, in seine Zimmer, und immer neue Türen öffnen sich, immer neue Räume tun sich auf, die man mit diesem Gefühl des Erkennens betritt, nur jetzt sind sie da, real. Dieses Gefühl hatte sich bei ihrem Anblick, das allererste Mal, unten, im Eingang war es gewesen, so heftig eingestellt, dass er sich am Geländer hatte festhalten müssen, eine Aufregung, ein Aufruhr in ihm, dass er sie mit offenem Mund angestarrt haben musste, da stand sie, die Frau, die er in sich getragen hatte, umworben, umschwärmt in schwülstigem Verlangen, ein Fiebertraum, da stand sie und blickte ihn an. Lächelte ihn an, streckte ihm ihre Hand entgegen, die er berührt hatte, als sei sie aus Glas, als würde sie, im Kontakt mit der seinen, sich auflösen, zu Staub zerfallen, *La Fornarina,* die verehrte, süsse, von Raphael gemalt, die schöne Bäckerstochter, die Muse, Geliebte, gemalt in seinem Todesjahr. Ganz heiser musste seine Stimme gewesen sein, Worte, er hatte Worte hervorzupressen versucht, er hatte sie hinaufgebeten, in seine Wohnung, war ihr vorangegangen, La Fornarina in seinem Rücken, wie eine Traumleiter die Treppe, die es zu überwinden galt, das sanfte Oval ihres Gesichts, das kleine, fleischige Kinn, die dunklen Augen, der seltsam gerade Nasenrücken, um ihr Haar hatte sie ein Tuch geschlungen, das einen schmalen Streifen ihres dunklen Scheitels frei liess, mit zitternden Fingern hatte er die Tür zu seiner Wohnung aufgestossen, sie ihr aufgehalten, sich nach ihr umgedreht, die ihm leise gefolgt war, jetzt, spätestens jetzt musste sich der Traum verflüchtigt haben, doch sie trat ein in seine Wohnung und setzte sich, nach einem kurzen Zögern, in den Fauteuil, den seine Sehnsucht ihr schon so oft gewiesen hatte. Er musste sie angestarrt haben wie ein Phantom, denn nach einem Schweigen fragte sie plötzlich, mit ihrem leichten ironischen Lächeln: «Enttäuscht?»

Er hätte vor ihr niederknien, ihre Hände, die sie im Schoss gefaltet hatte, in die seinen nehmen mögen, jede einzelne ihrer Fingerspitzen hätte er küssen wollen, diese weichen, kindlichen Finger, wie gut er sie kannte, stattdessen musste er aufgesprungen sein und in der Küche den Wein geholt haben, den er kühl gestellt hatte, er sieht die Flasche noch vor sich, ein Chablis, den sie zusammen getrunken hatten, während diese Stunden an ihm vorbeiflogen wie ein wirrer, in einzelne Szenen zerhackter Film, er hatte es kaum erwarten können, dass sich dieses Wesen erhob und ihn verliess, dass der Traum abbrach und einen wunderbaren Nachhall hinterliess. Wenn es nach ihm gegangen wäre, er hätte Mathilde nie wiedergesehen. Dieses Glück, in das sich die Qual bereits eingeschlichen hatte, er war, kaum hatte er die Wohnungstür hinter dem Rücken dieses Mädchens geschlossen, in sein Schlafzimmer gestürzt, und ja, selbstverständlich hatte er auf der Stelle überprüfen müssen, ob die Ähnlichkeit tatsächlich so verblüffend war. Immerhin hatte er das Bild schon lange nicht mehr in Händen gehabt, fieberhaft hatte er in seinen Büchern gesucht, den abgegriffenen, durch schwitzende Studentenhände gegangenen Band herausgegriffen, die Seiten fielen auf der richtigen Seite auf – da war sie, La Fornarina, Raphaels Geliebte, Madonna der Renaissance, sah ihn an, an ihm vorbei, mit ihrem geheimnisvollen Lächeln, die zarte Brust entblösst, die Schleier, die, fantasieentzündend, den keuschen Schoss umspielen, La Fornarina, leib- und wahrhaftig da, das Mädchen, das ihn, die Jahrhunderte überspringend, aufgesucht hatte, ihn heimgesucht hatte, wie ein Fingerzeig des Schicksals, verkörperte Sehnsucht, fleischgewordener Traum, «Träum nicht! … Was träumst du wieder?», und an Dritte, wer immer es hören wollte: «Der Junge träumt den ganzen Tag!» Variationsreiche Verzweiflung seiner Mutter, «Woran denkst du? *Woran?*», ihr Hilfeschrei an ihn, den Jungen, den Mann, seinen Mann zu stellen, wo der eigene versagt hat, verstummt ist, hilflos ausgestreckt im verdunkelten Zimmer, sein Schweigen aus diesem Dunkel heraus, verschwommen die Erinnerung an einen Vater, der mit ihm lacht, auf Spaziergängen im Park, der mit ihm junge Igel füttert, Kaulquappen fängt im Teich, der grosse Garten, der leer bleibt, ungenutzt, ein Vater, den die schiere Schwermut, die unfassliche, niedergestreckt hat, ganz plötzlich, von einem Tag auf den anderen, Direktor a. D., das Wispern der Stimmen im Korridor, der Arzt, der mit steinernem Gesicht die Treppe hinaufsteigt, zwei Mal die Woche, sich einschliesst mit dem Vater, sein Seufzen, wenn er wieder herunterkommt und sich mit der Mutter in der Bibliothek unterhält, die leisen Stimmen, schwer die Stimmen, eine Last, die Verzweiflung der Mutter, ihre kühle Hand, die ihn abwesend ins Kinderzimmer zurückschiebt, ihre Ratlosigkeit, ihr schmaler Mund, gestraffte Schultern: «Johannes! *Johannes!*» Ihre Stimme, die sich schwingt bis unter das schützende Dunkel der Tannen, bis an den äussersten Punkt seines Fluchtwegs, abprallt am Steinmäuerchen, am kühlen Stein, auf den er sich setzt, während Stunden, was träumst du, woran denkst du. Ein Garten, ein Haus, in das sich das Schweigen eingeschlichen hat, das von Schweigen umhüllt ist, das Schweigen wie eine Dunstglocke über das Haus gestülpt, ein Schweigen, das aus dem Zimmer des Vaters ausgesandt wird, wie Brei durch die Gänge, in die Zimmer fliesst, die Räume auffüllt, die Mutter, die ihre Tapferkeit, ihre Aufopferung für den Mann, für den Sohn wie ein Schild vor sich herträgt, gepanzert, die schmalen Schultern verkrampft, der Mund ein Strich, versteinert, Stein, Kälte, der Junge ist ein Spinner, von wem hat er das, von mir nicht, ihr Wispern mit den Frauen im Salon, ihr Verstummen, wenn er unter der Tür auftaucht, das Lächeln der Frauen, so ein hübscher Junge, klebrige Küsse auf die Stirn, wie der Vater, ganz der Vater, und das Bild dieses Vaters, ausgestreckt auf seinem Bett, unbeweglich, wenn er ihn besucht hat, unter der Tür stehen blieb, gestanden hat, ihn ansah, ihn bestaunte, den hingestreckten Koloss, den gefällten Baum, und wie der Vater sich bewegte und er davonrannte, rannte, bis zu den Tannen, in den aufsaugenden Schatten der Tannen hinein, grüne Höhle, ein Fuchsloch, sein Bau, in den er sich verkriecht, klopfendes Herz, das sich beruhigt, die Höhle, die ihn umfängt, tröstet, schützt. Wie eine Litanei, die Klage über seine Kindheit, das ist die Stelle, an der ihn IL regelmässig unterbricht.

Oh doch, es hat auch glückliche Momente gegeben, dann, als er zu lesen begonnen hat, das Glück, die Glückseligkeit entdeckt hat, die er in sich, aus seinen Büchern schöpft, die Geschichten, die er las, wuchsen sich in seinem Kopf zu Epen aus, er scherte aus, driftete ab, er wuchs in diese Welten hinein, die Entdeckung, die ihn eines Nachts, schlaflos in seinem Bett, ein Junge, ein Jüngling in seinem Bett, wie ein Blitz durchfahren hat, dass er etwas besitzt, was nur ihm gehört, mit dem er wahre Wunder vollbringen kann: seinen Kopf. Seine Fantasie, seine Vorstellungskraft, die Bilder, die er in sich abrufen kann, wie ein Rausch, in den er sich versetzt, die Bilderwelt, er kann reisen, ohne sich von der Stelle zu rühren, nicht nur in fremde Länder, viele tun das, sondern in fremde Welten, Welten, die sich ihm auftun. Er kriecht in sein anderes Denken hinein, er kann der und jener sein, eine Frau, ein Mann, ein Tier, er konnte alles sein, ohne einen einzigen Schritt zu tun. Wie ein Trotzschild hielt er seine Gedanken, seine Fantasie, seine Träume, ja, Mutter, *seine Träume*, der Aussenwelt entgegen, von diesem Moment an musste er arrogant gewirkt haben, heute weiss er das, für sie, für alle, «Träum nicht, mach nicht dieses Gesicht!», er hatte sich ausgeklinkt aus ihrer Welt, sich in seine eigene versetzt, und einmal, das einzige Mal, dass sie das getan hatte, hatte ihn seine Mutter geohrfeigt, als er als Plantagenbesitzer die Arbeit seiner baumwollpflückenden Sklaven besichtigte, inspizierte, mit der er einfach nicht zufrieden sein konnte, denn die Frucht war reif und musste auf den Markt, während seine Mutter in der Küche das Mittagessen zubereitete. Prüfend war er vor ihr stehen geblieben, und nach der Ohrfeige war sie in Tränen ausgebrochen. Doch er hatte ihr verziehen, überschiessende Emotionalität der dienenden Klasse, sie wusste nicht, dass er auf ihrer Seite war. Die Pläne einer Mutter für ihren Sohn. Den einzigen. Pläne. Wie auf dem Reissbrett ausgelegt, ersonnen, gezogene Linien, die hinführen zu einem Punkt, zum Gipfel, zum Erfolg. Ein begabter Junge, er ist so klug, altklug, der kleine Junge, er liest die ganze Zeit, kunstsinnig, feinsinnig ist er, eine akademische Karriere vielleicht, eine namensrettende, familienerhaltende, wo doch der Vater, stumm geworden, klein geworden, hingestreckt, niedergestreckt, auf sein Universum reduziert, ein mal zwei Quadratmeter Liegefläche, die Couch, aber der Sohn, der einzige.

In der Bibliothek, die ihn abwartend umfängt, sein Kokon, sein Mutterleib. Johnny giesst sich seinen Drink ein, zwei Fingerbreit, ein Eiswürfel klirrt im Glas, die Beine ausgestreckt, Wohligkeit, abwarten, wozu er Lust hat, sittsam gestapelte Buchrücken, gebändigt der unruhige Inhalt, seine Bücher, köstlichster Besitz, der Geruch von Leder und Staub und Papier, Johnny kost das kühle Glas in seiner Hand, presst es an seine Wange. Den Blick diagonal über die Buchrücken laufen lassen, Lacan links oben, Walser rechts unten, Laotse Mitte rechts, Mitte links Mommsens Rechtsgeschichte, schweifen lassen, weiter, Ungaretti, Vittorini, die Römer, Rom. Lass dich treiben, Mathilde, füg dich ein in den Menschenstrom, er weist dir den Weg, geleitet deine Bahn, Schulter an Schulter mit der Menge, sie birgt uns, nimmt uns in sich auf, und wir zwei, mittendrin, Hand in Hand, sie führt uns, die Menge, durch die engen Gassen treiben wir, sie kennen den Weg, sie weisen uns ein, weisen uns zurück auf unsere Spur, es ist Nacht, Mathilde, vereinzelte Lichter, die Stimmen um uns, ihr Rufen, zum Pantheon wollen wir, allen Göttern geweihter Tempel, hier liegt Raphael begraben, dein Geliebter, nimm meinen Arm jetzt, ich führe dich zu seinem Grab, marmorner Sarkophag, lehn dich an diese Säule, schliess die Augen, überspring die Zeiten, spring, Mathilde, spring, ich halte dich fest, hole dich zurück, bleib stehen, Mathilde, horch in dich hinein, hörst du sein Rufen?, überwinde die Zeit, aber bleib stehen, geh nicht fort.

Johnny reisst die Augen auf. Ob Mathilde je von ihm fortgehen würde, wirklich fort? In eine andere Stadt? Was wäre, wenn sie wirklich zu einem dieser Männer ziehen würde, von denen sie ihm erzählt? Für einen Moment wird Johnny ganz kalt, als ob ihm dieser Gedanke soeben zum ersten Mal eingefallen wäre, denn Mathilde ist, das sieht er wohl, und ziemlich bitter sieht er, was er nicht sehen will, im besten, im mehr als heiratsfähigen Alter, sie ist reif, überreif, Mathilde verheiratet, Mathilde schwanger, Mathilde Mutter, das kann er nicht, will er sich überhaupt nicht vorstellen, Gott sei Dank hat sie noch nie Anstalten in diese Richtung gemacht, auch wenn sie schon durchaus mit solchen Gedanken gespielt hat, wenn sie neben ihm sass, die Flüchtigkeit der Gedanken, er war ganz natürlich davon ausgegangen, dass es nur ein Spiel war, aber was wäre, wenn sie in einer Art Kurzschlusshandlung, einer blossen Laune nachgebend, einem trügerischen Instinkt folgend, tatsächlich das Undenkbare wahr werden liesse? Wenn sie sich so einem Menschen wie diesem Frank, von dem sie ihm vor ein paar Monaten erzählt hat, an den Hals werfen würde? Einer Unperson, seine Mathilde, Ebenbild der süssen Fornarina, sein Bild, sein Kunstwerk, das Seine, das nur ihm gehört, ihm ganz allein?

Ganz starr vor Entsetzen wird er, doch ihm sind die Hände gebunden. Denn was soll er auch tun? Mehr als sie verehren, vergöttern, mehr als ihr jeden Wunsch von den Lippen ablesen – wohin er sie diesen Donnerstag entführen wird, weiss er noch nicht, er hat sich ein Kochbuch mit indonesischen Reisgerichten kommen lassen, Jakarta, Bali, Mentawai … – kann er nicht tun, er hat sie gehegt, gepudert und gebadet, Mathilde, seine Ikone. Die keine Risse ansetzt durch die Zeit, nicht älter wird, nur unendlich wandelbar ist, Fornarina in Jeans, Fornarina engagiert, Fornarina zweifelnd, Fornarina suchend, Fornarina lachend, spöttisch, dieser entzückende Spott, bedenkenlos in seinen Salon geworfen, Fornarina heute, Fornarina gestern, ein Mädchen von heute, das alles darf, nur keine Frau werden darf sie, nicht erwachsen werden, nicht älter werden, Mathilde, bleib, wie du bist, bleib, wie du warst an jenem ersten Abend, deine Unbefangenheit, deine Grausamkeit, nicht schön bist du, Mathilde, Fornarina, doch deine Unvollkommenheit erhöht deinen Reiz, viel Schönere als dich habe ich gesehen.

Und wie viele von ihnen, Johnny, im Lauf seines Lebens, wie viele Gemälde sind durch seine Hände gegangen, wie viele Reproduktionen, Bildbände, Lexika und Kunstabhandlungen, Johnny, der diese Gabe besitzt, Schönheit zu erkennen, das Wahre vom blossen Guten zu trennen, Fälschungen entlarvt er, Imitationen, Plagiate, er wittert, riecht, filtert das Echte vom Ungefähren, mit untrüglichem Gespür, mit allen Sinnen, die sonst brachliegen, brachliegen müssen, wer weiss, im Dienste dieser Eigenschaft, Eigenbrötler, Bücherwurm, zugunsten seines Talents. Wie ein Musiker das absolute Gehör besitzen kann, wie es Menschen gibt, die einen Fahrplan einmal gelesen haben müssen, um ihn dann fehlerfrei heruntersagen zu können, so ist Johnny im Besitz der totalen Visualität. Wie ein Klaviervirtuose mit den Tasten spielt Johnny mit den Kunstepochen, mit ihren Stilen und Farben, ein ungeheures Wissen, das er sich angeeignet hat, angesammelt und aufgebaut auf dem Grundstock seiner Studentenjahre, multipliziert durch seine Schriften, Abhandlungen und Berichte. An Kunstkommissionen, Museumsdirektoren, Galerien. Gutachten, Privatexpertisen … Je tiefer er sich in seine Bibliothek, in seine Zeitschriften und Bücher zurückzieht, desto beharrlicher dringt der Ruf seiner Unbestechlichkeit nach draussen, sein Reichtum an Kenntnis, sein Gespür. Dem er gefolgt ist, wie ein Maulwurf, sich durch die Tonnen an wissenschaftlicher Literatur wühlend, Orte aufsuchend, ohne sie wirklich betreten zu müssen. Oder so selten wie möglich. Sein Gespür, das er immer wieder eingesetzt hat, um in Erstaunen zu versetzen.

Beim ersten Mal war er noch ein Kind gewesen, ein Kind, das von seinen Eltern zu einem Besuch mitgenommen wird, noch immer hat er den Klang seiner eigenen Stimme im Ohr, die in ein entsetzliches Loch an Stille gefallen war, in einem vornehmen Salon war es gewesen, als er auf das Bild über dem Kopf der Gastgeberin gewiesen hatte, in die Stille hinein, nachdem die Neuanschaffung allseits mit bewunderndem Gemurmel gewürdigt worden war, Klees berückendes Kleinformat *Alter Klang*, 38 × 38, man lobte und pries, über die Kuchenteller und Mokkatassen hinweg, und mitten hinein, in einsetzende Stille, sein «Es ist wunderschön, aber nicht echt!». Der ganze Aufruhr, der sich später noch zwei Mal wiederholen musste, einmal, als er in einer Galerie einen falschen Mondrian entdeckte, und das zweite Mal, als er in einem Artikel in der *International Art & Science* Sir Archie Mohnfeld, einen der reichsten Kunstsammler der Welt, der vorsätzlichen In-Verkehr-Setzung von gefälschten Goyas bezichtigte, was sich, nach erstem empörten Aufschrei in der Fachwelt, als richtig erwiesen hatte.

Gutachten, Museumsführer, dann und wann eine Ausstellung, die zusammengestellt werden muss, Beratungen, wissenschaftliche Abhandlungen, die Kunst hält ihn über Wasser, die Kunst, sein Steinmäuerchen von einst, seine Höhle, sein Nest.

In Katalogen die Kostbarkeiten aus dem Louvre, dem Prado, dem Museum of Modern Art und, um wie viel erregender noch, die Privatbesitze, gehegt im Safe eines monomanen Kunstliebhabers, Liebhaber wie er, Fetischist, ein verschollen geglaubter Sisley, ans Licht gerückt, ein kleiner Watteau, auf Fotos abgebildet, in

Briefen beschrieben, eine ganze Welt, die zu ihm kommt, und manchmal schwingt er sich auf sein Rad, ins Museum zieht es ihn, in die Galerien, er hört die Stimmen der Besucher, ihre Kommentare, zwischen ihren Beinen sieht er hindurch, wenn er sich setzt und die Farben eines Bildes seine Haut zum Glühen bringen, er lauscht der Stimme der jungen Lehrerin, die ihre Schüler vor Holbeins Adam und Eva versammelt, er folgt den Mitgliedern des Kunstvereins, die gläubig an den Lippen des Kurators hängen, die ganze Welt, die auf ihn einströmt, und wenn sich Mathilde nun von ihm abwendet.

IL. Er muss IL fragen, was zu tun ist. Auch wenn IL keine Antworten gibt, nur lauscht, nickt, und manchmal nicht einmal das, eine Rückfrage, dann und wann, ein Insistieren, meist jedoch überhaupt nichts, IL schweigt, mit ausdruckslosem Gesicht, manchmal denkt er, IL höre überhaupt nicht zu, hänge eigenen Gedanken nach, während er, Johnny, sein Innerstes nach aussen stülpt, doch irgendwann pflegt IL dann auf etwas zurückzukommen, was er ihm einige Stunden zuvor anvertraut hat, woraus er schliessen darf, dass IL alles mitbekommt, alles, und, mein Gott, wie viel hat er ihm von sich erzählt, kein Mensch weiss so viel über ihn, weiss alles, IL weiss über seine ganze innere Geografie Bescheid, seine kühle Mutter, seine Schuld, seine schreckliche Schuld, sein armer kranker Vater, sie sind, bis in ihre Einzelteile zerlegt, in ILs Ohr deponiert, und Mathilde, oh ja, Mathilde. Manchmal hasst er IL für all dieses Wissen, das er, ohne persönlich berührt zu sein, aus rein professionellen Gründen entgegennimmt und in seinem Hirn ablegt wie ein Aktenstück. Wenn er, Johnny, nach einer besonders schmerzlichen Einkehr sich tränenblind von der Couch, dem Sarg, wie er sie nennt, erhebt, sich mit erstickter Stimme verabschiedet und weiss, dass IL gänzlich unberührt zu seinem Mittagessen schreiten wird. Selbst wenn die Katastrophe eintrifft, wenn sich Mathilde lossagt von ihm, IL hätte noch immer Appetit. Die Katastrophe, er fühlt, wie sich eine Katastrophe anbahnt, ein Unheil, er spürt, fühlt eine Bedrohung, den Strudel ins Bodenlose. Den Sog, ganz plötzlich, wie in seinem Traum, wenn er versucht, nach etwas zu fassen, zu greifen, etwas zu packen, etwas, was sich ihm entwindet, was entschwindet, sich hinter den Schleiern in Nebel auflöst, versteckt, und er kann nichts, überhaupt nichts tun. Wie ein Käfer auf dem Rücken fühlt er sich, wenn er jetzt an Mathilde denkt, diese Machtlosigkeit, noch jedes Mal hat er mit Bangen ihre Rückkehr abgewartet, wenn sie auf Reisen war, und das war sie oft. Je länger ihre Abwesenheit dauerte, desto qualvoller war die Bangigkeit gewesen, doch diesmal, und dafür kann er nicht nur das Wetter verantwortlich machen, mischt sich ein anderer Unterton in seine Furcht, Panik. In München ist sie, und was sie dort tut, was weiss er davon.

Johnny erhebt sich und sieht zum Fenster hinaus. Es ist dunkel geworden.

Kapitel 19

Nicht die Geliebte meines Patienten, nein

«Egoïste»!, stösst Professor L. plötzlich hervor. Das Wort knallt in die Stille, die sich zwischen zwei Gänge – man wartet auf den Hauptgang – und zwischen zwei Ansprachen – soeben hat sich der Symposiumsleiter gesetzt, man lauscht noch seinen Worten nach – gelegt hat. Aus einer Ecke ein Lachen, das abbricht, aller Augen richten sich auf Igor L., den Traumforscher aus der Schweiz, und Igor L. schüttelt den Kopf. Greift nach seinem Glas. Doch natürlich hat er das Wort, das ihm so lange auf der Zunge gelegen ist und jetzt wie durch ein Wunder zum Vorschein gekommen ist, nicht laut herausgesagt. Die Blicke gleiten über ihn hinweg und heften sich auf seinen Nachbarn zur Rechten, unnötigerweise just dieser Giorgio Mezzogiorno, dessen Referat er am Nachmittag so leichtfertig versäumt hat, der soeben an sein Glas geklingelt hat. «Egoïste» heisst das Parfüm, das Mathilde Lachmann geschenkt hat, und jetzt, da das Wort in seinem Hirn nachklingt, mit ordinärem Echo hin- und herschwingt, kommt es ihm, an sich und erst recht in Verbindung mit einem Parfüm, das doch nur dazu dienen kann, der eigenen Duftnote eine weitere beizufügen, sehr bedeutungsvoll vor. Geradezu einem Schlüsselwort kommt gleich, was nun in dumpfer Beharrlichkeit durch seinen Körper jagt, «Egoïste», warum hatte er das Wort damals, nach der

Stunde, nicht notiert? Warum hatte er nicht erkennen wollen, dass sich Mathilde mit ihrem Geschenk, unbewusst vielleicht und umso aufschlussreicher, der reinsten Symbolik bedient hatte? Ob er da nicht einfach etwas hatte verdrängen wollen? Und hatte er damit nicht versäumt, seinem Patienten in der Aufschlüsselung der Assoziationen, die dieses Wort zweifellos auch bei ihm auslösen musste, Hilfe zu leisten? War ihm das Wort zu nahe gegangen? Hatte er sich dem Wort verweigern wollen?

Mezzogiorno lobt die vorzügliche Organisation des Treffens, dankt, im Namen aller, der Universität München, dem bayerischen Gesundheitsminister und ganz besonders herzlich Prof. Dr. Ludwig Backe für seine Initiative und sein Engagement, und Professor L., er, spürt den starken Drang, jetzt und sofort seine Frau Marianne anzurufen. Welche Wohltat, die Last eines Zweifels, eines Verdachts gegenüber sich selbst auf ihrer beiden Schultern verteilt zu sehen. Welche Erleichterung, den ganzen Spuk der letzten Stunden zu zerreden, in Einzelteile zu zerlegen und sich somit in Luft auflösen zu lassen, doch dann besinnt er sich. Dass er noch eine Verabredung hat, heute Abend, und dass es vielleicht besser wäre, diese abzuwarten. Er nimmt noch einen Schluck, registriert, dass Mezzogiorno sich gesetzt hat, und klatscht, wie die übrigen am Tisch, leicht und dezent in die Hände. Denn wem schliesslich hat Mathilde dieses Parfüm geschenkt? Ihm etwa? Nein. Mit anderen Worten: Die Idee mit dem Telefonanruf ist ebenso schnell verworfen, wie sie entstanden ist. Backe wünscht allseits einen guten Appetit, und Professor L. führt, wie die anderen, eine erste Gabel zum

Mund. Er lässt sie allerdings alsbald wieder sinken. Verdammt wenig Appetit heute. Dass auch ausgerechnet er das grösste Stück Fleisch hat abbekommen müssen. Und einen schier unüberwindlichen Berg an Kartoffelkroketten. Mit Sorgfalt schiebt er das Büschel Petersilie zum Tellerrand.

Ihm gegenüber sitzt Frau Dr. Judith Lichtenhahn. Ihm will im Moment partout nicht einfallen, weshalb er vorhin, kaum hat sie sich einem Kollegen mit Namen vorgestellt, auf den freien Stuhl ihr gegenüber zugestürzt ist. Lichtenhahn, Lichtenhahn ... Ach ja, guter Gott, Marianne hatte ihn gebeten ... Marianne! Ein Hauch von Schuldgefühl, wenn er an Marianne denkt.

Marianne, die sich jetzt und wie oft in letzter Zeit über ihre Arbeit *Wer steuert unsere Jugend? Das kulturelle Freizeitangebot und dessen psychologische Auswirkung auf die Adoleszenz* beugt. Die schneller denken als sie schreiben kann und sich vor Ungeduld über die eigenen, dem Schritttempo ihrer Gedanken so unangepassten Finger eine Haarsträhne, die ihr in ihrem Eifer in die Augen fällt, aus dem Gesicht pustet. Er denkt an das Hämmern der Schreibmaschinentasten, das nervöse Klopfen einer Sohle auf dem Fussboden, das ihn, wenn er im Wohnzimmer unter ihrem Arbeitsraum sitzt, auch durchaus beruhigen kann, aber ihm gerade jetzt auf die Nerven geht. Allein der Gedanke daran kann ihn jetzt aufbringen. Sie hat diese Arbeit vor rund drei Monaten zusammen mit ihrer Praxiskollegin in nächtelangen Diskussionen in Ansätzen zu entwerfen begonnen und seither für nichts anderes mehr Interesse gezeigt. Auch nicht für ihn. Geradezu besessen ist sie von dem Gedanken, ihre Arbeit auf den Markt zu werfen und auch politisch die Diskussion über Jugendverbot und Einschränkungen, über Zensurmassnahmen im Bereich von Computerspielen, Comicstrips, Jugendsendungen im öffentlichen und privaten Fernsehen, über Alterszulassungen für Kinofilme, über staatliche und private Förderung von Kinder- und Jugendautoren beziehungsweise deren Erzeugnissen und über didaktische Massnahmen im Bereich von Schulmaterial zu entfachen. Einen wesentlichen Grund in der zunehmenden Sprachlosigkeit der Jugend, der Anhäufung von Gewalt, des Drogenproblems sieht Marianne darin, dass gerade die mit der Erziehung und Förderung von Jugendlichen betrauten Gesellschaftsschichten, Lehrer, Beamte und nicht zuletzt Eltern, einem völlig veralteten moralischen Wertesystem verhaftet seien, das gerade in städtischen Verhältnissen zu Fehlentscheiden erschütternden Ausmasses führen könne. So hält es Marianne, um nur ein Beispiel zu nennen, für ungleich viel schädlicher, Kinder und Jugendliche mit den bis anhin für ihre Altersstufe entworfenen Unterhaltungsprogrammen allein zu lassen, als sie etwa Filmen mit sogenannten pornografischen Inhalten auszusetzen. Gerade im Bereich des Films, so Marianne, stehe und falle noch immer jede Zensur mit jedem Stückchen nackter Haut, während Dummheit keinerlei Einschränkungsgrund darstelle. Im Gegenteil, man könne geradezu zusehen, wie die Altersgrenze mit jedem Zoll Geschmacklosigkeit, Fantasielosigkeit und Engstirnigkeit gesenkt werde (weil irrtümlicherweise für harmlos gehalten), während es, immer laut Marianne, genau diese Realitätsferne und Seichtheit sei, die bei Kindern und Jugendlichen nicht wiedergutzumachende Schäden anrichte. Oder Gewalt: Wie viel aggressionsfördernder, verheerender sei es doch, den Jugendlichen mit sprachverknappenden Sprechblasencomics, mit Aua-kreisch-kotz-würg-Sätzen zu unterhalten, als ihn sich mit Gewaltszenen, die diese Sprachgebilde doch recht eigentlich vorausnehmen, auch wirklich auseinandersetzen zu lassen. Gewalt, sie existiert, Bürgerkriege auf fast jedem Flecken dieser Erde, Hungersnöte, Vergewaltigungen – wie viele hat die Arbeitsgruppe errechnet? Eine pro Stunde, pro Minute, irgendwo auf dieser Welt? – oder Folterungen, Inzest, Kindsmissbrauch ... Jede Tagesschau ein Bilderbogen der Gewalt, Szene um Szene, und alles, was Kindern und Jugendlichen zur Lebensbewältigung vorgesetzt wird, sind noch immer *Lucky Luke* oder Computerspiele wie dieses unsägliche *Krieg der Sterne*... Jugendtreffs, Kinderhäuser, Kindertelefone, einen ganzen Forderungskatalog, basierend auf empirischen Untersuchungen, hat Marianne aufgestellt, den sie bis zur nächsten internationalen Tagung der Kinder- und Jugendpsychologen, die dieses Jahr in Wien stattfindet, publiziert haben will. Sie erhofft sich davon eine fächer- und hochschulübergreifende Grundsatzdiskussion, eine, die schon längst hätte an die Hand genommen werden müssen. Nicht dass er für diese bedingungslose Hingabe an eine Idee, an ein Ziel nicht alles Verständnis hätte, auch nicht, dass es ihm für die konkrete Arbeit an Bewunderung und Interesse gemangelt hätte, es ist nur – er kann sich des Gedankens nicht erwehren –, dass sich in ihr eheliches Zusammenspiel eine gewisse Nüchternheit, eine Spur von Eingleisigkeit eingeschlichen hat. Marianne und er sind mit den Jahren mehr zu einer Arbeitsgemeinschaft, in der vor allem berufliche und intellektuelle Probleme ausdiskutiert werden, verkommen, während sich der gefühlsmässige Austausch auf den morgendlichen Abschieds- und abendlichen Begrüssungskuss beschränkt. Eheliche Pflichten im eigentlichen Sinne erfüllen sie ein bis zwei Mal jährlich, wenn ganz besondere Umstände ihre Sinne erregen. Sie sind zwar beide, und nicht etwa stillschweigend, sondern geradezu einmütig, darin übereingekommen, dass sie über die Jahre, da die pure sexuelle Erfüllung ein Paar zusammenführt und zusammenhält, einfach hinaus sind und dass diese Suche nach körperlicher Lust, was bei einem jungen Menschen doch einen Grossteil seiner Gedanken und Energie blockiert, durch ein Streben nach höherer, nämlich geistiger Übereinstimmung vorteilhaft und ihrem Alter entsprechend ersetzt worden ist.

Er führt eine weitere Gabel zum Mund und lächelt Dr. Lichtenhahn zu, die zurücklächelt. Jetzt ist der Moment gekommen. Diese Tagung im Herbst ... Er lächelt noch immer. Lässt den Moment verstreichen und schiebt sich ein grosses Stück Fleisch in den Mund, schluckt den Knorpel, der an dem Stück gehangen hat, unzerkaut hinunter und spült mit viel Wasser nach. Er wendet seinen Blick von Kollegin Lichtenhahn ab, die ihn jetzt erwartungsvoll mustert, bereit, sich auf die Konversation, die er mit seinem Lächeln angekündigt hat, einzulassen, weicht aus, fällt auf den Gnazi, der ihm vom anderen Tischende aus munter zuprostet. Professor L. erwidert, mindestens so munter wie er, und nimmt den Blick wieder zurück. Gnazi erinnert ihn an Mathilde. Mathilde. Um zehn. In der Bar.

Nicht dass er sich in Mathilde verliebt hätte, nicht in die Geliebte beziehungsweise Nichtgeliebte seines Patienten, nein. Mathilde, sagt sich Professor L., während er kurzerhand Marianne wieder in die Ecke befördert, wo sie hingehört, Mathilde interessiert ihn ganz einfach, als Mensch, als Wesen, als denkendes Wesen. Er sucht sich zu erinnern, wovon sie heute Nachmittag gesprochen hat, diese ganze Frauenemanzipationsgeschichte, Herrgott, hatte sie nicht einfach ausgesprochen, was er schon immer gedacht hatte? Es war doch völlig in Ordnung, dass er sich mit einer jungen Frau zu einem anregenden Gespräch traf, an dem Marianne übrigens durchaus hätte teilnehmen können, wenn sie das nur gewollt hätte, und heute Abend, heute Abend würde man das Gespräch dort wieder aufnehmen, wo man es aus zeitlichen Gründen hatte abbrechen müssen. Selbstverständlich ahnt Professor L., dass es nicht allein das Gespräch ist, das er bei Mathilde sucht. Aber auch ein Psychiater, der von Berufs wegen wie kein anderer imstande ist, in die Abgründe menschlicher Seelen zu schauen, weiss sich des gnädigen Schleiers des Selbstbetrugs zu bedienen, und genau das ist es, was Professor L. in diesen Augenblicken tut. Mit aller Kraft. Er biegt zurecht und zerrt. Denn im Grunde seines Herzens ist es ihm vollkommen gleichgültig, was seine Ehefrau Marianne tut, denkt und lässt, ob er sie betrügt, hintergeht oder missbraucht (dasselbe gilt übrigens auch hinsichtlich Patient Lachmann, womit beide Seiten des Igor L. abgedeckt sind, die private wie die berufliche), das einzige, was ihn, und zwar ziemlich genau seit dem Moment, da er auf diesem verhängnisvollen Fenstersitz im Flugzeug Platz genommen hat, umtreibt, ist es, Mathilde näherzukommen. Und zwar so nah wie möglich.

Lassen wir also Igor L., den Berufs- wie Privatmann Igor L., sich mit seinen Fantasien herumschlagen. Sie drehen sich, und zwar mit für ihn doch ungewohnter Beharrlichkeit, um Mathilde. Die zu begehren, würde man ihn darauf ansprechen, er heftig bestreiten würde. Aber einfach machtlos ist er gegenüber den Vorstellungen, die ihr süsser, weicher Mund, die klare Nackenlinie, die Fülle ihrer Brust, der verheissungsvolle Schwung ihrer Hüften in ihm auslösen, lassen wir sie ihm, seine Fantasien, sie sind das Beste, was er hat, das Sicherste zumindest. Denn äusserst ungewiss ist, ob er sie je einlösen werden wird, und so stösst er, während er blind entschlossen den vor ihm liegenden Berg Kartoffelkroketten in Angriff nimmt, Stoss um Stoss, mit dem er Stich für Stich die Kroketten anspiesst und zum Munde führt, in Mathildes dunkel lockenden Schoss. Mathilde, die nur darauf wartet, ihn in sich aufzunehmen, die ihn anfeuert, stöhnt, sich windet, das Haar aufgelöst, die Hände hilflos um seinen Nacken geklammert … So lange, bis die Stimme des Mannes neben ihm, gleichzeitig der Druck seiner Hand auf seinem Arm, ihn ziemlich plötzlich und auch recht grausam, denn noch windet sich Mathilde, unerlöst in ihrer Lust, in die Realität zurückholen.

«Bitte …?»

«Führen Sie neben Ihrer Forschungstätigkeit noch immer Ihre Lehrveranstaltungen an der Uni durch?», wiederholt Giorgio Mezzogiorno, und Professor L., der einerseits zu abrupt aus seiner Träumerei gerissen wurde, andererseits diese Frage augenblicklich als unfeine Anspielung auf sein Alter versteht, nickt, mit Würde und ohne eine weitere Erklärung abzugeben. Nicht ohne Grund hatte er gegenüber diesem Mezzogiorno auf Anhieb seine Bedenken gehabt, und jetzt, da dieser Mensch braun gebrannt, gut aussehend, mit diesem etwas schmierigen Italo-Charme neben ihm sitzt, fühlt er sich in seiner ersten Ahnung bestätigt. Dass Mezzogiorno eine gut gehende und über die Landesgrenze hinaus bekannte Praxis in Turin führt und mindestens fünfzehn Jahre jünger ist als er, sind auch nicht eben Gründe, ihn für sich einzunehmen. So wendet er sich ostentativ von seinem Nachbarn ab und Dr. Lichtenhahn zu, dankbar, dass ihm Marianne mit ihrer Bitte einen guten Vorwand geliefert hat, sich in die ordentliche Welt dieses Banketts wieder einzufügen.

Kapitel 20

Johnny erschrickt

Mathilde, ihrerseits, zögert. Für diesen Empfang mit Margarethe Pichelsteiner und den zu erwartenden Grössen aus dem Münchner Geistesleben ist es zu spät, für G.s Lesung zu früh. Was jetzt? Hinausgespült aus der belebten Hotelhalle, rausgerissen aus einem anregenden Flirt mit zwei sympathischen älteren Herren, der sie, wie das nun mal alle Flirts an sich haben, und seien sie noch so nebensächlich, unbedeutend und zukunftslos, angenehm optimistisch gestimmt hat, steht sie nun, viel zu aufgekratzt, auf der nach Ladenschluss lahmgelegten und von Passanten leer gefegten Münchner Geschäftsstrasse. Sie könnte sich in das nächste Café setzen und eine Kleinigkeit zu sich nehmen. Sie könnte promenieren, flanieren und sich die Zeit vor den Schaufenstern um die Ohren schlagen, doch das scheint ihr, im Wortsinne, reine Zeitverschwendung. Sie könnte sich in das nächste Taxi stürzen und doch noch zum Verlagshaus eilen, doch da würde sie eben noch rechtzeitig eintreffen, um sich von den unvermeidlichen Nachzüglern schildern zu lassen, wen sie alles soeben um ein Haar verpasst hat. So beschliesst sie, auf dem Absatz kehrtzumachen, sich ein Sandwich auf ihr Zimmer zu bestellen und Johnny anzurufen, Johnny, den Getreuen, um ihm ihren Tag zu schildern und, vor allem, um ihn an ihrer derzeitigen Euphorie, die sie so unvermittelt, grundlos und mit einem ziemlichen Stimmungsumschwung befallen hat, teilhaben zu lassen.

Wie immer tönt Johnny so, als habe man ihn mit dem Klingeln des Telefons vom Mond heruntergeholt. Erstaunt, leicht irritiert, etwas unwirsch, beinahe gekränkt, so, als wüsste er beim besten Willen nicht, wie jemand auf die Idee kommen konnte, ausgerechnet ihn sprechen zu wollen. Doch Mathilde kennt das und weiss, wie wenig es für den weiteren Verlauf des Gesprächs zu bedeuten hat. Ein Fremder würde sich für die Störung entschuldigen und darob vergessen, weswegen er überhaupt angerufen hat. Mathilde nicht. Sie lächelt in den Hörer hinein, nimmt einen Bissen von dem Lachstoast, den ihr der Etagenkellner auf einem mit Stoffserviette ausgeschlagenen Tablett ins Zimmer gestellt hat, streckt sich behaglich der Länge nach auf ihrem Bett aus, lotet fürsorglich Johnnys momentane Befindlichkeit aus – sie weiss um die Frühjahrsdepression –, ärgert sich mit ihm über das Wetter und den falsch gehängten Braque in Saal VII, dem Johnny heute Morgen seinen Besuch abgestattet hat, über den Kommentar einer Museumsbesucherin, der die so wunderbar grau in braun fliessenden Farbtöne von *Violon et cruche* einfach schmutzig vorgekommen waren, und rollt die Ereignisse des Tages auf. Johnny macht die Beschreibung von G.s Seelennöten sichtlich Spass, auch für die Idee eines Treffens mit Muhammad Ali kann er sich erwärmen, Margarethe Pichelsteiner wächst sich vor seinem geistigen Auge zu leiblicher Präsenz aus, und schon vibriert seine Stimme wieder im bewährten warmen Timbre, das Mathilde einst so unwiderstehlich angezogen hat. Noch immer anzieht, ob sie es will oder nicht, noch heute scheint ihr Johnnys Stimme das Erotischste zu sein, was sie je gehört hat, wobei dieses Wissen nach all den Jahren mehr unterschwellig ist denn bewusst, so, wie man von jemandem sagt, dass man ihn gut riechen kann, ohne über die Bedeutung dieser Feststellung nachzudenken, so ist es entschieden so, dass sie der Klang von Johnnys Stimme mit Wohlbehagen erfüllt. Ohne genau zu wissen, warum. Sie liegt entspannt auf ihrem Bett, plaudert und schildert, und selbst die Tatsache, dass sie das eigentliche Ziel ihres Aufenthalts noch längst nicht erreicht hat, verkommt unter Johnnys Verständnis und Charme zur puren Anekdote, und sie lachen und mutmassen, und alles ist so wie immer, das Gespräch ein Lichtblick und Trost für beide, bis sie von diesem Psychiater anfängt. Von dem Platz im Flugzeug und der Kaffeetasse, «L., vielleicht hast du schon von ihm gehört, ist ziemlich bekannt ...», und Johnny schweigt, und vom Nachmittag erzählt sie, vertrödelt in der Hotelbar, «Du, ich glaube, ich habe dem mein halbes Leben erzählt ... Einfach so», fügt sie hinzu, weil Johnny schweigt, und: «Ich kann mir das jetzt zum ersten Mal vorstellen, wie es ist, bei einem Shrink auf der Couch zu liegen und das Intimste von sich preiszugeben ...»

«Sei doch still!» Johnnys Stimme hat plötzlich etwas Zischendes.

«... Wirklich, mir ist das immer pervers vorgekommen, einem wildfremden Menschen ...», fährt sie, leicht verunsichert, fort, doch Johnny unterbricht: «Wie soll der heissen, sagst du?»

«L., Igor L., ich darf Igor zu ihm sagen», fügt sie etwas kokett und vor allem trotzig hinzu, denn es kommt selten vor, dass sie von Johnny so angefahren wird, «er stammt nämlich aus Sagorsk, mütterlicherseits», gibt sie, ungefragt, dazu, und am anderen Ende eisiges Schweigen, und jetzt reitet sie der Teufel: «Jedenfalls wollte sich Igor», sie betont den Namen mit Genuss, weil sie spürt, dass sie sich auf gefährlichen Boden begibt, «wollte sich Igor unbedingt mit mir verabreden, heute Abend, um zehn, in der Bar ...», und sie spürt, dass etwas in der Luft liegt, eine Spannung, wie damals, als sie mit Johnny ihren ersten Streit hatte wegen dieses Lubumbo oder wie er hiess, und sie spürt, dass sie, obwohl ihr überhaupt nicht klar ist, weshalb und was eigentlich vorgefallen ist, dass sie alles nur verschlimmert, und gerade deshalb sagt sie: «... und das hat mit Sicherheit keine beruflichen Gründe, ich glaube, ich gefalle ihm!»

«Hör sofort mit diesem Getue auf!»

Getue? Nun ist es an Mathilde, empört zu sein, denn warum, bitte sehr, sollte nicht auch einmal ein interessanter Mann an ihr Gefallen finden? Sie und Igor, sie seien sich sehr nahe gekommen, innert kurzer Zeit, was sie, bis sie es in diese eisige Abwehr am anderen Ende der Leitung hineinsagt, noch keine Sekunde lang gedacht hat, nicht einmal, dass sie diesen Professor, wie sie es nun Johnny schildert, äusserst attraktiv findet, dieses Reife, Wissende des gestandenen Mannes, keinen Augenblick hat sie das bis dahin gedacht, doch es ist wie an diesem Abend, als Johnny sie mit seinem Lucumbi auf die Palme getrieben hat, mit der Philosophie der Papus, sie steigert sich aus Verzweiflung und

Verständnislosigkeit über sein jäh verändertes Verhalten in eine trotzige Rage hinein, die Sätze gehen mit ihr durch, Johnny will ihr verbieten, sich mit diesem Mann zu treffen, Mathilde lässt sich nichts verbieten, es kommt zu ihrem zweiten Streit, furchtbarer, erschreckender noch als der erste, sie greift nach jedem Wortstein, den sie ihm an den Kopf werfen kann – und Johnny hängt wortlos ein.

Fassungslos, ausser sich hockt Mathilde auf ihrem Hotelbett, starrt diesen leer piepsenden Hörer an, unfähig, sich zu rühren, etwas Furchtbares ist geschehen, Johnny, was soll sie ohne Johnny anfangen im Leben, ihr Strohhalm, ihr ruhender Pol, ihr Seelentröster, sie schlägt die Hände vors Gesicht, was ist überhaupt geschehen?, so war Johnny noch nie, und warum jetzt, dann, sie zögert keine Sekunde, sie braucht diesen Professor nicht zu treffen, wenn ihm so viel daran gelegen ist, sie wählt noch einmal Johnnys Nummer, ich brauch ihn nicht zu treffen, was liegt mir an diesem Igor L., doch Johnnys Nummer ist besetzt. Sie versucht es nochmals, besetzt, und nochmals, dann sieht sie auf ihre Uhr, es ist kurz vor acht, sie muss los, schleunigst, G., die Lesung, wie hat sie nur all diese Dinge in den Hörer schleudern können, dass Johnny krankhaft eifersüchtig sei, ein Egoist, ein Despot und überhaupt, und impotent sei er auch. Oh Gott. Sie hat Johnny seine Impotenz vorgeworfen, das Furchtbarste, das Schändlichste, was sie hatte tun können, verzweifelt wählt sie noch einmal Johnnys Nummer, und das Besetztzeichen höhnt störrisch, rachsüchtig, hoffnungslos an ihr Ohr.

Sie würgt die aufsteigenden Tränen hinunter, geht ins Badezimmer, pudert sich die Nase, etwas Lippenstift, sie würde das alles später in Ordnung bringen, später, sie muss jetzt zu dieser Lesung, sie bestellt beim Portier ein Taxi, greift sich ihre Tasche, Notizblock, Tonbandgerät, alles da, sie atmet tief ein und öffnet die Tür.

Kapitel 21

Auch Mathilde fasst einen Entschluss

Geschehen auf dieser Welt Wunder? Nein. Oder äusserst selten. Wunder spielen sich in den Köpfen der Menschen ab. Wenn sie nur fest daran glauben. Oder daran glauben wollen. Oder sich von ihrem Glauben Wunder erhoffen. Das Wunder jedenfalls, an das Margarethe Pichelsteiner wider alle Vernunft bis vor wenigen Minuten zu glauben bereit gewesen ist, worauf auch sämtliche achthundert Hörerinnen und Hörer, die sich mit viel Erwartungen und Vorfreude im grossen Saal der Universität eingefunden haben, hoffen, sie immerhin ohne zu wissen, dass ein Wunder hätte eintreten müssen, damit sie ihre Erwartungen erfüllt sehen, es tritt nicht ein. G. erscheint nicht im Audimax, woran auch Mathilde, allerdings ohne jede Wundertheorie, eigentlich bis zum Schluss geglaubt hat, weil sie grundsätzlich davon ausgeht, dass sich auf irgendeine Weise schon alles finden und richten wird. G. liest nicht. G. liegt auf seinem Bett, mit, da er zu guter Letzt doch noch von seinem Muhammad-Ali-Plan gelassen hat, dafür auf den ersten, den mit dem Callgirl, zurückgekommen ist, ebendieser, in grosser Eile vom Portier Herbeigerufenen. G. liegt auf seinem Bett, auf dem Rücken, mit der einen Hand hält er die leere Whiskyflasche umklammert, mit der anderen den Nacken des Mädchens, die, ohne ihren Job im eigentlichen Sinne erfüllt zu haben, mit dem Gesicht auf seiner offenen, verschwitzten Hemdbrust eingeschlafen ist. G. geht es gut. Das Mädchen ist schön und weich und warm, der Whisky hat ihn besänftigt, das Mädchen seine wunde Seele getröstet, für ein paar Stunden hat sich seine Qual verflüchtigt. G. lächelt, die Hand fest um diesen warmen, pulsierenden Mädchennacken gelegt, er schwebt, in vollkommener Sorglosigkeit, zurzeit ist jede Verpflichtung von ihm genommen.

Bleich, aber gefasst findet sich Margarethe Pichelsteiner eine Viertelstunde vor Veranstaltungsbeginn im Audimax ein. Sie hat, weil sie ihren Schützling und dessen Launen kennt, bis zuletzt auf einen glücklichen Ausgang des Desasters gehofft, doch gerade Hoffnung hat ein Wunder noch nie eintreten lassen. Sie tritt mit bewundernswertem Mut vor das beinahe vollzählig versammelte Publikum, verkündet mit fester Stimme, dass die Veranstaltung wegen Erkrankung des Autors in letzter Minute abgesagt werden muss und dass bezahlte Eintrittstickets an der Kasse zurückgenommen werden, und macht, ohne dem Aufruhr, den enttäuschten Gesichtern und den vereinzelten Buh-Rufen weiter Beachtung zu schenken, auf dem Absatz kehrt, schreitet, den ersten Augenblick der Verblüffung nutzend, unbehelligt denselben Weg durch die Ränge zurück, heftet mit letzter Kraft für die später Eintreffenden einen Zettel mit der Unglücksbotschaft an die Tür und besteigt, mit dem festen Entschluss, dass dies die letzte Amtshandlung als Pichelsteiner, die linke Hand des grossen Autors G., gewesen ist, einige Minuten später die Untergrundbahn. Zurück ins Hotel.

Allerdings muss bereits an dieser Stelle beigefügt werden, dass sich Margarethe Pichelsteiner auch darin täuscht. Auch dieses Wunder tritt nicht ein. Sie wird anderntags die gestammelten und durchaus von Herzen kommenden Entschuldigungen des Dichters entgegennehmen, einen Check zugunsten der Agentur Sourire (das Callgirl) ausstellen und durch das ganze leidvolle Abenteuer nur noch enger an ihren Schützling geschweisst sein. Sie wird für weitere Jahre seine Öffentlichkeitsarbeit betreuen, nach bestem Wissen und Gewissen, und dieser Weg an der Seite des grossen G.s wird neben weiteren Überraschungen, etwelchen bitteren Erfahrungen und persönlichen Einbussen auch durchaus mit nicht zu unterschätzenden Glücksmomenten gesäumt sein.

Muss weiter erwähnt werden, dass meine Stimmung einen neuerlichen Tiefpunkt erreicht hat? Es ist nicht so, dass mich G.s Ausbleiben in der Uni sonderlich schockiert, ich habe sogar durchaus Verständnis für diese, wie ich mir vorstelle, Weigerung, Ansprüche, die die Öffentlichkeit ganz selbstverständlich an einen Autor stellt, zu erfüllen. G. schreibt, schreibt brillant und wesentlich, und alles andere ist Makulatur, ist Verkaufsstrategie, und warum soll er sich als glatt geöltes Rädchen in diesen ganzen Betrieb einfügen, G. hat sich quergestellt, und das ist sein gutes Recht. Nein. Nicht G. ist es, der mir an diesem Abend zu schaffen macht, auch nicht dieses Nichtinterview, sondern ich selbst. Die Vergeblichkeit meines Tuns, die Bedeutungslosigkeit meines Vorhabens, sie ist durch die verschlossene Tür, an der Pichelsteiners Nachricht angeheftet ist, vor der ich, nachdem ich den Taxifahrer quer durch die ganze Stadt gehetzt habe, verspätet und schwer atmend stehe, geradezu symbolträchtig dargestellt worden. Ich nehme die Verschlossenheit dieser Tür persönlich. Aus, Ende, Sackgasse. Mal abgesehen davon, dass ich ohnehin ungern und aus reinem Pflichtgefühl meiner Redaktion gegenüber an diese Veranstaltung gegangen bin, ich mich wahrscheinlich deswegen mit Johnny zerstritten und hinwiederum wegen dieses Streits in Stress geraten war, mir dieser Streit auch ziemlich gravierend vorkommt, weil ich an etwas gerührt habe, woran zu rühren ich mir seit sieben Jahren versagt hatte, dieses Kuriosum der rein platonischen Freundschaft, in die ich mich, nicht uneigennützig, eingefügt hatte, diese verschlossene Tür, «Stoss sie auf», ruft mir meine AuMa ins Ohr, «nur zu», meine AuMa, die sich seit Längerem nicht mehr zu Wort gemeldet hat. Doch was ist dahinter, hinter der Tür in meinem Kopf? Darauf, selbstverständlich, weiss sie keine Antwort. Und so tue ich etwas, was ich überhaupt noch nie getan habe, ich schiebe meine AuMa ärgerlich zur Seite. Schweig! Irgendein Film, ich weiss nur noch nicht welcher, ist in mir gerissen. Und dabei sollte es so einfach sein: Ich, Mathilde, beschliesse an diesem Abend, Aug in Aug mit dieser Tür, und ohne mir dieses Entschlusses bewusst zu sein, gewissen eingespurten Pfaden in meinem Leben eine neue Wendung zu geben.

Die erste Konsequenz ist, völlig unbewusst natürlich, dass ich mir nicht in der Telefonzelle am Eingang ein Taxi kommen lasse, sondern mich, quasi in Margarethe Pichelsteiners Fussstapfen tretend, auf die Suche nach der nächsten U-Bahn-Station mache.

Mathilde ist nicht die Einzige, die an diesem Abend einen Entschluss fasst. Professor L., der, nach einem kurzen Umweg via Dr. Lichtenhahn, auch geistig wieder in das Rund der Kollegen zurückfindet, sich an ihren Gesprächen beteiligt und dabei feststellen muss, dass ihn das alles nur noch unendlich langweilt, beschliesst bei einem Mokka, sich seine Unzufriedenheit mit Marianne, sein seit Jahren währendes sexuelles Manko – dafür, das einzusehen, ist er Psychiater genug – einzugestehen. Er entscheidet sich, Für und Wider sorgfältig abwägend, für den Seitensprung. Das ist, üben wir Nachsicht, seien wir verzeihend, für ihn ein grosser Entschluss. Denn kennt er, im Zeitpunkt der Evaluation, die womöglich nicht absehbaren Konsequenzen?

Und G.? G. fällt in dieser Runde aus. G. ist endlich eingeschlafen.

Von Margarethe Pichelsteiner wissen wir, dass sie zwar einen Entschluss gefasst hat, ihn aber nicht einhalten wird.

AuMa? Spielt hier keine Rolle. Sie ist tot.

Bleibt Johnny. Johnny, der nach diesem scheusslichen Telefon mit Mathilde vorerst niedergeschmettert auf seinem Fauteuil sitzen bleibt.

Seine erste Reaktion ist es, Fornarina/Mathilde an der Hand zu nehmen und sich mit ihr ins Caffè Greco zu setzen. Seine zweite gleicht einem Wunder. Mit anderen Worten: Das Wunder ist doch noch eingetreten, weil niemand daran geglaubt hat, niemand sich das Wunder erhofft hat, am wenigsten er selbst. Seine zweite Reaktion nämlich ist es, den Hörer wieder ordentlich auf die Gabel zu legen, im Telefonbuch nach der Nummer des Swissair-Büros im Flughafen zu suchen und sich dort nach einem Spätflug nach München zu erkundigen. Er, der noch nie im Leben eine Luftseilkabine, geschweige denn ein Flugzeug bestiegen hat, bucht einen Platz in der Maschine SR 481 nach München, im gleichen Atemzug ein Taxi und lässt sich, ohne das geringste Handgepäck, nur er selbst, halbtot vor Angst, zum Flughafen chauffieren.

Mathilde und IL. Sein IL und seine Mathilde. Vis-à-vis. *Tête à tête.* Angesichts der unaussprechlichen Katastrophe ist Johnny zum ersten Mal in seinem Leben aktiv geworden. Kein Steinmäuerchen, auf das er sich setzt, kein Schlupfwinkel, in den er sich verkriecht, keine geschlossenen Fensterläden, keine Reise nach Rom, nein, wie ein Schlafwandler steigt Johnny die steilen Stufen der Gangway empor und lässt sich, immer wie ein Schlafwandler, von einem Steward seinen Platz zuweisen. Mathilde und IL, IL und Mathilde, in einer Bar, zusammen, Johnny klammert sich mit beiden Händen an seinem Sitz fest, während die Maschine zum Startfeld rollt. Die reden. Über ihn. Das erste Mal, dass Johnny sein Leben in die Hand nimmt. Wobei das nicht stimmt. Oder nicht ganz. Das erste Mal, da war er achtzehn gewesen und auch nicht wirklich aktiv, sondern mehr passiv aktiv geworden. Als seine Mutter, seine verhasste, fordernde Mutter, die den Vater in den Wahnsinn getrieben hat, das hat sie, als seine kühle, vorwurfsvolle Mutter ihren Herzinfarkt hatte, zusammengebrochen war, von einer Sekunde auf die andere, gänzlich unerwartet, auf dem Teppich des Wohnzimmers, und er statt den Arzt, nach dem sie schreiend, gurgelnd verlangt hatte, die Wettervorhersage angerufen hatte. Tatenlos hatte er zugesehen, wie ihre Hände sich um ihre Brust ans Herz krallten, wie sie schrie, die Augen verdrehte, keuchte, krallte, schrie, wimmerte, und dann war sie plötzlich tot gewesen. Johnny war dabei gewesen, als seine Mutter starb. Achtzehn, etwas in ihm blockiert, gelähmt.

Durch den Schock löst sich das Bild, seine Mutter, verkrallt in den Teppich des Wohnzimmers, durch den Schock seiner Heldentat, Johnny hebt ab, das Flugzeug bohrt seine Nase in den Himmel, ein Ächzen in seiner Brust, ein Schmerz, Todesangst, um ihn nur noch Luft und Leere, Johnny hält die Augen geschlossen, das Dröhnen der Motoren, Stimmen der Mitreisenden an seinem Ohr. Als die Leichenbestatter seine tote Mutter in den Sarg hoben, sie vorbeitrugen an ihm, der unter der Tür des Wohnzimmers verharrt hatte, war er stumm geblieben. Stumm. Sein Vater wurde in die Klinik verlegt, dort liegt er noch heute, zähes, unseliges Leben, oder sitzt in seinem Stuhl am Fenster, und Mathilde und IL, die Einzigen, zusammen, in der Bar, in einem Hotel.

Johnny isst nichts, trinkt nichts, Johnny klammert sich an seinem Sitz fest und wartet darauf, dass die Maschine abstürzt, dass er fällt, ins Nichts, ins Bodenlose, fremde Menschen um ihn, wie betäubt sitzt er da und wartet. Herzversagen, hatte der Arzt festgestellt und Johnnys Hand in die seinen genommen, Kopf hoch, mein Junge.

Kapitel 22
Johnny kommt

G. schläft, Margarethe Pichelsteiner heult auf ihrem Zimmer, auf der Kante ihres Betts sitzend und bereits zum dritten Glas Rotwein greifend, Mathilde sitzt in der U-Bahn Richtung Stadtmitte, unfreiwillig beschallt von dem Sound, der aus den Kopfhörern eines neben ihr sitzenden Mädchens dringt, und Johnny strebt der Hotelbar entgegen. Blind vor Entsetzen und wütender Entschlossenheit bahnt er sich seinen Weg durch die Menge der an- und abreisenden Flugpassagiere, der Kofferträger, Familienangehörigen, Zollbeamten und Autovermieter und lässt sich auf direktestem Weg zu diesem Hotel befördern, von einer Erregung getragen, die ihn unempfänglich macht für jeden Reiz, der von aussen kommen könnte, er sieht und hört nichts, geschweige denn, dass er sich Gedanken darüber macht, wie und wem er den Grund für sein plötzliches Erscheinen erklären wird.

So kommt es, dass Professor L., vielmehr Igor, Beruf, Rang und Namen sind ihm im Moment ziemlich egal, in Vorfreude auf ein sehr privates Rendez-vous – dass es sich um ein solches handelt, gesteht er sich, wie wir wissen, seit Kürzerem ein –, mit primanerhaft klopfendem Herzen, weichen Knien und trockenem Gaumen, entschlossen, in Bälde sämtliche Register des grossen Verführers – der er mal war, Herrgott! – zu ziehen, unter der Tür zur Hotelbar zusammenzuckt, weil sein Blick statt auf die schöne Mathilde auf Johnny Lachmann fällt. Fallen muss. Denn kann man sich einen grösseren, einen tieferen Schrecken vorstellen? Auf Patient Lachmann, der glücklicherweise in diesem Moment unglücklich in seiner Kaffeetasse rührt? Den zu betrügen, zu verraten, zu ignorieren er im Begriffe ist?

Und was tut Professor L., der, als Therapeut, versteht sich, einem jeden seiner Patienten in dieser Situation zur Konfrontation geraten hätte? Er flieht. Vom Donner gerührt, entsetzt, ertappt, tut er einen ersten Schritt zurück, dann zwei, noch hat Johnny ihn nicht gesehen, er dreht sich um, durchquert, so schnell er kann, ohne wirklich den Laufschritt einschlagen zu müssen, die Hotelhalle, verzichtet darauf, den Lift abzuwarten, nimmt stattdessen die Treppe, die er, immer zwei Stufen auf einmal bezwingend, hochstürmt bis hinauf in den dritten Stock, wo er unerkannt, unbemerkt in sein Zimmer schlüpft.

Nun sind es zwei, die erschüttert auf ihrer Bettkante hocken. Pichelsteiner, die auf dem besten Weg ist, sich den schlimmsten Rausch der letzten Jahre anzutrinken, und Professor Igor L., der in wenigen Minuten auch seinen Griff zur Minibar tun wird.

Währenddessen will Mathilde Schlag zehn eben mal kurz in besagter Bar vorbeischauen, um sich abzumelden. Nichts reizt sie weniger, als diesen unglückseligen Tag noch um zwei weitere Stunden in die Länge zu ziehen, noch dazu mit einem Mann, für den sie sich nicht die Spur erwärmen kann. Sie will auf ihr Zimmer, Bettdecke über die Ohren, schlafen.

Sie betrachtet das Mädchen, das die ganze Fahrt hindurch unerschütterlich, kaugummikauend, in ihre Musik versunken keinen Blick für niemanden hat, auch nicht für Mathilde, die sich gleichwohl durch diese warme Präsenz an ihrer Seite etwas sicherer fühlt, dieses etwas mulmige Gefühl in nächtlichen U-Bahn-Zügen, sie betrachtet sie von der Seite, wie sie eingekesselt ist, geschützt in ihrer eigenen Welt, Fingernägel und Lippen sind schwarz bemalt, am Ohrläppchen baumelt ein silberner Totenkopf, ihr in die Leere gerichteter Blick, sie hätte das Mädchen gern gefragt, was sie tut im Leben, wohin sie geht, wer ihre Freunde sind, sie wäre sogar mit ihr mitgegangen, wäre ihr gefolgt in ihre fremde, ihr verschlossene Welt, diese Neugier, die Mathilde in sich hat, die sie treibt, sie bis zu G. getrieben hat, wo sie abgeprallt ist, falsche Fährte, denkt sie, falsche Fährte, G., lieber die Geschichte dieses Mädchens, die Geschichte, die niemand lesen will, ein flüchtiger Gedanke, bei der Station Marienplatz steht sie auf, lässt das Mädchen mit dem Walkman hinter sich zurück.

Sie geht denselben Weg, den sie am Tag gegangen ist, nachtdunkel jetzt und in umgekehrter Richtung, aus den beleuchteten Wirtshausfenstern Gelächter, Bierseligkeit, wie heimatliches Land wirkt jetzt die Hoteleinfahrt, Schwingtür, Portier, sie durchquert die Halle, sie will diese Verabredung mit Professor L. hinter sich bringen und dann ab ins Bett. Vor einem Clubtisch mit Illustrierten bleibt sie stehen, noch etwas Lektüre vor dem Einschlafen, schade, dass sie kein Buch mitgenommen hat, sie zupft sich zwei Blätter aus der Auslage, klemmt sie sich unter den Arm, noch schnell den Umweg über die Bar.

Wie hätte Mathilde zu diesem Zeitpunkt auch wissen können, dass sie keine Einschlaflektüre brauchen würde an diesem Abend, dass sie zwar in ihrem Bett landen würde, aber nicht allein? Jedenfalls, hätte man ihr, da sie jetzt lustlos versucht, sich zwischen *Stern* oder *Spiegel* zu entscheiden, gesagt, wem sie ein paar Stunden später durchaus lust- und hingebungsvoll zu seiner Entjungferung verhelfen würde, sie wäre in ungläubigstes Gelächter ausgebrochen. Aber da niemand zur Stelle ist, ihr das Kommende vorauszusagen, sucht Mathilde gänzlich unvorbereitet diese Bar auf, wo sie sich zwischen den Tischen nach Psychiatrieprofessor Igor L. umsieht.

Johnny, der bei Mathildes Anblick in der Bar erschrickt. Weil ihm erst jetzt bewusst wird, was er überhaupt getan hat, dass er dreihundert Kilometer – Luftlinie, wohlgemerkt, und was das für ihn bedeutet, wissen wir – zurückgelegt hat, um ... Ja, was eigentlich? Darüber, was er hier tut, hat er, bis er Mathildes ansichtig wird, überhaupt nicht nachgedacht, keinen einzigen Gedanken hat er daran verschwendet, was das Ziel seiner heldenhaften Reise sein könnte, wen er aufsucht und warum, eine Ahnung war das gewesen, die ihn bis zum Flughafen, bis in den Bauch dieses schrecklichen Flugzeugs hinein getrieben hat, ein Jetzt-oder-nie, aber was war jetzt? Und was nie? Mathilde, Fornarina, IL? Von fremder Macht gezogen und geschoben, wie von unsichtbaren Händen hinausgestossen, ist er bis in diese Bar gelangt, in diese Stadt, die ihn erschreckt, die Grossstadt, und da sitzt er nun, und Mathilde kommt herein, Mathilde, die sich konsterniert eine Hand vor den Mund schlägt, ihn anstarrt, wie einen vom Himmel Gefallenen, nach einem Stuhl greift, wortlos, sich auf die Stuhlkante setzt, noch immer kein Wort, auflacht, «Du? Hier?», dann wieder aufsteht, jetzt geht sie weg, denkt er, es ist aus, vorbei, doch sie kehrt zurück, mit einem Glas in der Hand, kehrt zurück an seinen Tisch, lässt sich wieder auf den Stuhl fallen, streckt die Beine von sich, ihre Arme hängen über die Stuhllehnen, sie beginnt zu lachen, lacht los, nein, Freude ist es nicht, was sie empfindet, Verblüffung, ja, aber auch Unmut, ein leiser diffuser Ärger, als sei ihr Johnny zu nahe getreten mit seinem Auftauchen, sei ihr auf die Pelle gerückt, vorgedrungen in ihren Bereich, zu dem er keinen Zutritt hat, wie damals, als die Eltern ohne anzuklopfen in ihr Zimmer getreten waren und sie sich, und ohne zu wissen wonach, umgesehen hatte, ob nichts Verräterisches herumliegt, ein schlechtes Gewissen, ohne zu wissen, warum. Ein Ärger, weil Johnny fremd ist in diesem ihrem Leben, er gehört nicht hierher, er gehört an seinen Esszimmertisch am Donnerstagabend oder ans Telefon, von ihr aus auch mitten in der Nacht, doch dann, und sie wäre nicht Mathilde, gewinnt die neue Situation an Reiz, Johnny, in dieser Kulisse, wegen ihr, wegen ihr hat er das getan, das Ungeheuerliche, Unglaubliche, sie beugt sich vor, legt eine Hand auf seinen Schenkel: «Was tust du denn hier?»

Eine Bande umschliesst sie an diesem Abend, in dieser Nacht, eine Freiheit umspielt sie, eine Nähe zwischen ihnen, die sie in der Fremde empfinden können, und nur dort, wie die deutsche Touristin, die mit dem griechischen Fischerjungen unter sternenklarem Himmel in einem Boot in der Ägäis treibend, neben diesem braun gebrannten fremden Körper ausgestreckt, sich eine Zukunft vorstellen kann mit ihm, in dieser Barke, in der es keine Rolle spielt, dass keiner die Sprache des anderen spricht, und nur da, liegend auf den sonnengewärmten Planken, unter diesem Himmel, in Frankfurt schon, da ist die Verblendung weg, der Traum erweist sich als Traum, so ziehen Johnny und Mathilde durch Münchens Innenstadt, sitzen in einem Restaurant, ganz andere Gespräche als sonst, ganz andere Menschen sind sie, und doch, die Vertrautheit ist da, aber das Neue, ungewohnte Dimension, sie essen sich durch die sieben Gänge des Menüs, eine Spannung in der Luft, eine Leichtigkeit, diese Ausgelassenheit am Nebentisch, Touristen wie sie, was spielt es für eine Rolle, lauter Klischees, in der Kellerbar eine bayerische Tanzgruppe, zu nichts verpflichtet sein, keiner Realität, die Nacht liegt über der Stadt, süss, seidenweich, im Hotelzimmer knüpft Mathilde Johnnys Hemd auf. Komm!

Kapitel 23
Schlimmes Erwachen I

Ein Untier hockt auf seiner Brust, rittlings, sein Gewicht drückt auf seinen Magen, schnürt ihm die Luft ab, entsetzt reisst G. die Augen auf. Sein Blick tastet den Raum aus, noch rührt er keinen Muskel, unbeweglich liegt er auf dem Rücken, nur seine Augen versuchen sehr, sehr behutsam, durch nunmehr wieder halb geschlossene Lider das Halbdunkel auszumessen. Wo ist er? Dieser wüste Traum, er fühlt, wie ihm der Schweiss in dünnen Perlen aus den Achselhöhlen die Seiten entlangrinnt, sein rechter Arm hängt leblos über die Bettkante auf den Fussboden, kraftlos bewegt er die Finger, sie stossen an etwas Glattes, Kühles, mit einem gedämpften Klirren rollt die Flasche gegen den Nachttisch. Jetzt ist er mit einem Schlag wach, sein Blick senkt sich auf seine Brust, auf die flachsblonden Haare einer Frau, die mit einem leisen Seufzen ihren Kopf auf seiner Brust bewegt. Verwundert starrt er auf diesen hellen Schopf auf seiner Brust, diesen Rücken quer über ihm, dieses nackte Bein, das wie tot zwischen seinen gespreizten Beinen liegt, er versucht, sich unter dem Gewicht dieses fremden Frauenkörpers wegzuschieben, sein Bein zurückzuholen, die Frau, die seine Bewegung spürt, rollt sich, ohne aufzuwachen, von ihm herunter, auf die Seite, und wühlt mit einem kurzen Aufschnarchen ihr Gesicht ins Kopfkissen. Sie ist bis auf einen weissen Slip nackt, ihre linke Brust quetscht sich jetzt auf seinen Arm, wie, um Himmelswillen, ist sie in sein Bett gekommen?

Sein Kopf dröhnt, die Augen schmerzen in ihren Höhlen, erschöpft schliesst er die Lider, um sie sogleich wieder zu öffnen: Wo ist er überhaupt? Vorsichtig zieht er seinen Arm zurück, schiebt die Beine über die Bettkante, die Frau hat sich auf den Rücken gerollt und schläft, so, friedlich und mit offenem Mund, zögernd setzt er erst den einen, dann beide Füsse auf den Boden, erhebt sich zitternd, schwankend... Dieser Kopf! Auf leisen Sohlen tappt er ins Bad, stösst leise fluchend an die Türkante, erst mal pinkeln. Während sich ein langer gelber Strahl, nicht enden wollend, in die Schüssel ergiesst, fällt sein Blick auf den Badezimmerspiegel, aus dem ihm eine fremde Visage entgegenstiert, unrasiert, rote Augen, wirres, strähniges Haar. Sein Hemd hängt zerknittert und schief geknöpft aus der Hose, ein stechender Schmerz zuckt durch seinen Kopf, als er sich zum Hahn hinabbeugt und Wasser in den Mund und übers Gesicht fliessen lässt. Er greift nach einem Frottiertuch über dem Waschbecken und fährt sich damit übers Gesicht, über den Nacken. Ein Hotelzimmer. Er kann sich kaum erinnern, wie er in dieses Hotel gekommen ist, bis ihm der ganze gestrige Abend jäh und grässlich wieder ins Bewusstsein rückt: Die Lesung... Er hätte eine Lesung halten sollen, gestern Abend... Oh du verfluchte Scheisse!

Auf Strümpfen kehrt er wieder ins Zimmer zurück, eine Nutte, er hatte sich eine Nutte bestellt, schwach kann er sich an etwas in der Richtung erinnern. Hat er etwa...?

Er geht zur Minibar, wieder diese spitzen Nadeln in seinen Schläfen, als er sich vorbeugt, um ein Bier herauszunehmen. Gott sei Dank ist noch eins da, mit einem Zischen kippt der Verschluss, er hält sich die Flasche an die Lippen. Dann, nach drei Schlucken ein klein bisschen erleichtert, kehrt er ans Bett zurück und setzt sich wieder auf die Kante. Er sieht auf seine Uhr, kurz nach sechs, draussen wird es langsam hell. Er dreht sich zu der Frau um, die mit tiefen Atemzügen schläft, über ihrer linken Brustwarze hängt an einem dünnen Kettchen ein goldenes Medaillon, er kann sich an nichts erinnern, beim besten Willen, an überhaupt nichts. Widerlich, zum Kotzen, ein solches Erwachen, die muss als Erstes hier raus.

Nicht grob, aber doch sehr entschieden rüttelt er an ihrem Arm, und wie sie mit einem leisen Schrei ihre Augen aufschlägt, erhebt er sich wieder vom Bett. Er tritt ans Fenster, während sie sich aufrichtet, lächelt schwach, zum Fenster hinaus, er mag die Person überhaupt nicht ansehen, «Tut mir leid, dass ich Sie wecken muss, aber es ist besser, wenn Sie jetzt ...», und das Mädchen, das ihren Beruf kennt, dem Kunden nicht auf den Wecker fallen, vor allem nicht am frühen Morgen, und überdies selbst nicht verstehen kann, wie sie hier hatte einschlafen können, hat die Füsse bereits aus dem Bett geschlagen. Sie drückt sich an G.s Rücken vorbei, rafft ihre Kleider, die über dem Stuhl und dem Fussboden verstreut sind, zusammen und verschwindet leise und diskret im Badezimmer. Angenehmer Kunde übrigens, höflich, davon könnten sich manch andere eine Scheibe abschneiden. Berühmter Schriftsteller, sie hat schon von ihm gehört, wer nicht, kein schlechter Typ, wirklich. Obwohl, der hatte gar nichts gewollt, ein kurzer Strip, dann war er weggetreten.

Im Bad schlüpft sie in ihre Kleider, frischt das Makeup auf, dann steht sie angezogen und gekämmt unter der Tür. «Tschüss dann», das Geld wird ihr durch seine Sekretärin nachgeschickt, sie öffnet die Tür und schlüpft hinaus.

Er reisst das Fenster auf, als könnte er mit dem bisschen Luft auch die Erinnerung an diese Nacht wegblasen, schliesst es aber sogleich wieder, der Strassenlärm bekommt seinem Schädel nicht. Das Schlimmste ist nicht die Nutte, das Schlimmste ist die Lesung. Für die er das Honorar, fünftausend Mark, bereits bezogen hat. Und der alte Mattenklott, der ihn hätte einführen sollen. Und Bert, der Verleger, der seinen Urlaub auf Kreta eigens wegen ihm abgebrochen hat, und Margarethe, die ... Seine Jacke liegt am Boden, hinter dem Stuhl. Er hebt sie auf, klopft die Innentaschen nach einem Päckchen Zigaretten ab, Sargnägel, wie er sie in einem Gedicht einmal genannt hat, schiebt sich einen zwischen die Lippen, leert dann das Fläschchen Bier.

Verfluchte Scheisse, das. Er legt sich wieder aufs Bett, ihm ist schlecht. Er erträgt diese Lesetourneen nicht, hat sie nie ertragen, und heute noch viel weniger als früher. Bert hatte ihn wieder rangekriegt, bei einem Essen, im Januar, mitten in der Nacht. Stockbesoffen waren sie gewesen, beide, sonst hätte er nie zugesagt. Und im Januar ist der März weit weg, vor allem mitten in der Nacht und nachdem man ein halbes mariniertes Ferkel verdrückt hat.

Aufsteigender Ekel, wenn er daran denkt, dass er neben einer wildfremden Frau aufgewacht ist. An die er bereits jetzt keine Erinnerung mehr hat. Und die leeren Flaschen im Zimmer und, ganz schwach, wie er sich gestern aufgeführt hat und Margarethe, die geduldige, treue Margarethe, er spürt, wie ihm eine Träne über die Wange rollt, er wischt sie weg, jetzt wird er auch noch sentimental. Bevor er, leicht schwankend, ins Bad geht, zündet er sich noch eine Zigarette an.

Unter der Dusche, die er so lange über sich ergehen lässt, bis seine Fingerkuppen schrumpelig werden, fällt ihm der Anfang eines Gedichts ein. Ein Liebesgedicht, eine Sehnsucht aus Trümmern, erbaut auf dem Schlachtfeld einer selbstzerstörerischen Nacht … Beim Verlassen der Wanne gleitet er aus und stösst sich das Knie hart am Wannenrand, hinkend, tropfnass kehrt er zum Bett zurück, sucht nach einem Stift, schreibt die Zeilen auf die Rückseite der Frühstückskarte, die unter dem Telefon liegt, streicht sie wieder durch, setzt nochmals an, der Anfang … Aus dem Anfang liesse sich was machen … Um halb acht ruft er seine Frau an.

«Hab ich dich geweckt?»

Lores Stimme kommt verschlafen, aus den Kissen heraus, etwas rau, wie immer am Morgen, ein bisschen Schmirgelpapier, aber gut gelaunt.

«Ja, aber macht nichts, wie geht's dir denn, bist du schon auf?»

«Mmmhh …»

«Wie war denn die Lesung, war's gut?»

«Ooch … Es ging. Langweilig.»

«Langweilig …?»

«Ja, die Leute eben, nichts los …»

«Keine Fragen aus dem Publikum? Nichts Besonderes?»

«Och ... Nee ...»

«Besonders gesprächig bist du wohl nicht heute Morgen ...»

Er spürt, wie sich Lore in ihren Kissen aufrichtet, sie tönt besorgt, aber liebevoll. Sehr liebevoll.

«Du, ich will nach Hause, das ist alles, was ich will, nach Hause, am liebsten jetzt gleich.»

«Ach du, du Ärmster. Soll ich dich abholen, am Flughafen? Wann geht denn ein Flug? ... Weisst du nicht? Ruf mich an, sobald du's weisst, dann hol ich dich ab, ja ...?»

Seufzend legt er den Hörer auf. Seine Lore. Lorchen, wenn ich dich nicht hätte, dann drückt er nochmals auf den Knopf und lässt sich via Rezeption mit Margarethe Pichelsteiner verbinden.

Doch bei Margarethe Pichelsteiner meldet sich keiner.

Kapitel 24
Schlimmes Erwachen II

Johnny liegt auf dem Rücken und horcht auf die regelmässigen Atemzüge neben ihm. Ganz nah an seiner Schulter ihr Atem, wie ein Streicheln seiner Haut. Ein warmer Hauch, unter dem es ihm die Härchen auf seinem Oberarm aufrichtet. Ein Schauer zieht sich durch seinen Körper, er fröstelt und wagt nicht, sich zu rühren, aus Angst, sie könnte erwachen. Vorsichtig zieht er das Leintuch bis über die Hälfte seiner Brust, er ist nackt, keine schützende Hülle, irritierende Nacktheit, die Bettdecke ist auf den Boden geglitten, suchend bewegt er seine Zehen, doch es gelingt ihm nicht, die Decke mit dem Fuss heraufzufischen. Reglos verharrt er, starrt in den Spiegel vor ihm, den ein kupplerischer Hotelier am Fussende des Betts angebracht hat. Das Obszöne des eigenen Anblicks, hastig wendet er den Blick ab, ein Zögern, seitwärts, aus den Augenwinkeln, da liegt sie. Das dunkle Haar, das in wirren Strähnen über das Weiss des Kopfkissens fliesst, ihre Wange hat sie fest in das Kissen gegraben, sie schläft, wie ein Kind, flach auf dem Bauch, einen Arm über dem Kopf angewinkelt, vertrauensvoll, ihr leicht geöffneter Mund seiner Schulter so nah. Sie bewegt leise stöhnend den Kopf, sie träumt, über der Nasenwurzel hat sich eine feine Falte eingegraben. Er hält einen Moment lang den Atem an, streckt plötzlich die Hand aus, will die

Furche mit dem Daumen glätten, dann nimmt er die Hand zurück. Was ist, wenn sie erwacht? Eine Unruhe geht durch ihren Körper, dann wirft sie den Kopf herum, er lauert, doch bald geht ihr Atem ruhig wie zuvor. Er richtet sich auf, stützt sich auf seinen Ellbogen, sieht auf sie herab, dieses Bild, das er so lange in sich getragen hat, Mathilde, La Fornarina, dieses Bild, das sich verflüchtigt, dessen Patina wie weggewaschen ist, verwundert sieht er auf sie nieder, die Fremde, ihr nackter brauner Rücken, das Leintuch, das, als hätte es jemand kunstvoll so drapiert, bis zum Grübchen ihrer Pobacken geglitten ist. Wie in den Anblick einer Weltkarte versenkt er sich in diesen Rücken, jede Linie verfolgt er, die Abzeichnung eines Muskels, das Korn ihrer Haut, eine Erregung erfasst ihn, eine unsinnige, nichts Sexuelles, nicht einmal ein erotisches Gefühl, Erregung über das Widerfahrene, das Unsägliche, Unaussprechliche, er, er hat das getan, seine Hände zittern, wenn er daran denkt, Scham, Verwirrung, Stolz, doch, auch Stolz empfindet er, an IL muss er denken und ob er ihm davon erzählen wird oder es für sich behalten, es verstauen wird, versenken, ES, im tiefsten Innern seiner Selbst, und wie IL reagieren würde, wenn er davon berichtet, selbstverständlich, ganz nebenbei, in die Stille der Praxis geworfen, geschleudert, in ILs Gesicht hinein, ILs Gesicht schiebt sich über diesen in gleichmässigem Rhythmus sich hebenden und senkenden Rücken, sein Erstaunen, seine Anteilnahme, ein Lächeln vielleicht. Johnny verharrt, was bleibt ihm nun, da sich Mathilde über seine geliebte Ikone geschoben hat, sie weggewischt hat, und hätte er je gedacht, dass es so einfach sein würde, diese glatte Selbstverständlichkeit,

Panik, die sich unter Mathildes wissenden Händen verflüchtigt hatte?

Wer ist sie überhaupt, die Fremde neben ihm, die so seelenruhig schläft, als ob überhaupt nichts vorgefallen wäre? Er nimmt seinen Arm zurück. Als sei er um etwas betrogen worden, fühlt er sich jetzt, Leere, die ihn umfängt, ein Verlust, er schnappt nach seinem Traum, der sich unter Mathildes Händen davongemacht hat, ekelerregend fast diese nackte braunhäutige Leiblichkeit neben ihm, Mathilde, wie oft schon hat er sie nackt gesehen, ihre unschuldige Nacktheit, für die er blind gewesen war, wenn sie aus seiner Badewanne stieg und er ihr das Badetuch hinhielt, bedecke deine Blösse, Fornarina, die Welt ist voller Gefahr, und wie sie es lächelnd und ohne Scham ergriffen hatte. La Fornarina, die er begehrte, oh, wie hatte er sie begehrt, nach ihrer Seele hatte es ihn verlangt, ihrem Geheimnis, das ihm immer weiter entglitten war, je näher er ihr zu kommen glaubte, in unendliche Ferne entrückt, La Fornarina, sein Traum, sein unendlich süsser, unerfüllbarer Traum, wie einen Kometenschweif hatte sie das Begehren um ihn gelegt, ihn eingekreist, ihn damit eingehüllt, seine Glieder umschlungen, ihn zur Untätigkeit verführt, verführt hatte sie ihn, wie mit einem lockeren Band hatte sie ihm mit ihrer Unantastbarkeit Hände und Füsse gefesselt, ihm die Hände gebunden, süsse, quälende Sehnsucht, und jetzt, missbilligend geradezu sieht er auf Mathilde nieder, die ihm seine Ikone entzogen hat, zerstört, was bleibt ihm nun, ein Bild, nicht Fleisch geworden, sondern tot, ein Stück Materie, Stoff, Papier, Abbild eines Porträts eines Mädchens aus dem 16. Jahrhundert, Mathilde stöhnt leise auf, ein kaum hörbares Stöhnen, ein Seufzer nur, was soll er tun, wenn sie jetzt erwacht, ihre Augen aufschlägt und ihn anschaut, den Sünder, das hat er nicht gewollt, nicht diesen Schweiss und diesen Geruch und diese Lust, das nicht, Mutter, deren Blick ihn streifte, morgens, am Frühstückstisch, nächtliche Verwirrung aufdeckte mit ihrem Blick, Schuld, die an seinen Fingern klebte, Sünde war das, das wusste er auch ohne ihren Blick, wenn sie die Lippen zusammenpresste, ein schmaler Strich, Lippen, die Nein sagten, ohne Laut zu geben, wie ein ihm vorgeschobener Riegel die scharfe Linie ihres Mundes, «Nein!», das wusste er, aber was Sünde war, das hatte sie ihm nicht gesagt, das Wort Gott hatte Mutter nie in den Mund genommen, wortlos hatte sie ihm den Weg gewiesen, was recht war und was nicht, das wusste man, hatte es zu wissen, Johnny lässt sich auf den Rücken fallen, ihr schlafwarmer Atem dicht an seinem Gesicht, er starrt zur Decke hoch, seine Ruhe will er haben, sein Kopf schmerzt, die Schuld dröhnt in seinem Kopf, er will nicht an die Mutter denken, an ihre in den Teppich verkrallten Finger, blasse Fingerspitzen, die sich vergraben in den dunkelroten Flor und zum Herz schnellen, krallen, das Stöhnen tief aus ihrer Brust, kein menschlicher Laut mehr, ein Tier, unbekanntes, fremdes Tier.

Und dass Mathilde jetzt schlafen kann, jetzt, ein Schlaf, der durch nichts zu erschüttern ist, von ihm abgewandt, der sich nie mit dem seinen treffen wird, woran wird er sich nun halten können, nun, da ihm alles genommen ist, jeder Mensch braucht ein Du, hatte IL gesagt, diese Fremde, die ausgestreckt neben ihm ihre eigenen Welten austräumt, wegträumt, sie hat ihm sein Du genommen, einsam fühlt sich Johnny, der einem Menschen noch nie so nahe gewesen ist wie jetzt, wie in dieser Nacht, eine Angst ergreift ihn, eine Angst, die ihm die Brust zuschnürt, so elend allein ist er, als segle er durch nachtschwarzes All, das schwarze Loch, in das er fällt.

Im Nebenzimmer rauscht eine Klosettspülung, Schritte geben Laut, er hört das Knarren einer Bettstatt, unbeweglich, steif liegt Johnny auf dem Rücken, ihn graust vor den Geräuschen, die die Anwesenheit von anderen Menschen verkünden, von Menschen, die sich, die ihr armseliges Leben in die Welt hinausrauschen, hinaustrommeln, rufen, stocksteif liegt Johnny, frierend, bloss, ein dünnes Laken, das ihn vor dieser Welt schützt, ihn von ihr trennt, im Halbdunkel tasten seine Augen den Umfang des Zimmers ab, ein Tisch, zwei Stühle, eine Stehlampe, Vorhänge, die durch einen Spalt die Morgendämmerung ins Zimmer lassen, es ist still im Zimmer, mit einem Mal vollkommen still, etwas fehlt, der Atem neben ihm, das Atmen hat aufgehört, Johnny fühlt eine Kälte in sich heraufkriechen, er wendet den Kopf und sieht in ihre weit geöffneten Augen. Wie ein Geschoss ihr Blick, auf ihn abgezielt. Mathilde, die lächelt.

Kapitel 25
Mathilde liebt Johnny

Sie lächelt.

«Hallo du ... Schon wach?»

Ihre Stimme kommt weich, leise, fordert keine Antwort, die zärtlichste Vertrautheit. Wohlig bewegt sie ihre Glieder, streckt die Beine aus. Gähnt. Schiebt sich das Kissen bequem in den Nacken. Lässt den Blick durchs Zimmer wandern, dieses Zimmer, das zur Höhle geworden ist, Liebeshöhle, dessen Anonymität wie durch die Berührung mit einem Zauberstab weggeschnippt ist, wundersam verändert ist, wie ihr Körper, den die Lust träge gemacht hat und satt. Wie eine Glückswelle überrollt sie die Vollkommenheit dieses Erwachens an der Seite des geliebten Menschen, ja, sie liebt ihn, das weiss sie jetzt, wie hatte sie nur so blind sein können, sie fährt ihm mit einer Hand durchs Haar, streicht es ihm aus der Stirn, spürt sein Zurückweichen nicht.

Einfach blind muss sie gewesen sein, all die Jahre über, diese Nacht hat ihr die Augen geöffnet. Eine ganze Zukunft liegt vor ihr. *Mr. Right.* Sie kostet die Silben aus, lässt sie auf der Zunge zergehen, *right, right* ... Hatte sie es nicht schon immer gewusst? Insgeheim? Vom ersten Augenblick an? Seit diesem Telefongespräch, als ein wahnwitziger Zufall sie mit der Nase auf seine Nummer stossen liess?

Sie dreht sich auf den Bauch, starrt ihn an, wie ein Wunder erscheint er ihr jetzt, wie hatte sie nur so viele Stunden neben ihm verbringen können, ohne von seiner Männlichkeit nicht absolut hingerissen zu sein? Obwohl er die Augen wieder geschlossen hat, lächelt sie ihn an, prickelnd schiesst ihr die Erinnerung an diese Nacht durchs Blut, Johnny, ob sie ihn jetzt Johannes nennen soll? Etwas muss anders werden, jetzt, wo alles verändert ist, das ist nicht mehr ihr Johnny, den sie als Bruder, als Vater, als was weiss ich, nur nicht als Mann wahrgenommen hat, «Johannes», flüstert sie und schmiegt ihre Wange an seine Brust. Johannes. *Mr. Right*. Dann nimmt sie es wieder zurück. Quatsch, denkt sie, Johnny. Johnny, nur anders.

Später, sie muss wieder eingeschlafen sein, zerreisst das Klingeln des Telefons die Stille des Zimmers und die unruhige Schwere ihres Traums. Erschrocken fährt sie hoch und versucht den Hörer zu fassen zu bekommen. Ihre Hände zittern, noch dröhnt der Traum in ihr nach.

«Ja, hallo ...?»

«Guten Morgen, Sie wünschten, um diese Zeit geweckt zu werden, wir wünschen einen schönen Tag. Guten Morgen, Sie wünschten ...»

«Was?»

Verständnislos starrt sie den Hörer an, bis sie merkt, dass sie es mit einer Automatenstimme zu tun hat, und legt wieder auf. Warum ... Warum wollte sie je geweckt werden? Sie tastet nach ihrer Uhr, es ist halb neun, dann, ganz schwach, kehrt die Erinnerung zurück, gestern Abend, als sie an der Rezeption ihren Zimmerschlüssel verlangt hatte ... Gestern Abend! Elektrisiert setzt sie sich im Bett auf. Johnny! Der Platz neben ihr ist leer.

Sie versucht aufzustehen, setzt sich wieder. Ein schaler Geschmack im Mund, ein Puls, der rast. Dieser Traum, aus dem mich dieser idiotische Weckdienst gerissen hat, als ich im Schlafwagenabteil eines russischen Zuges nackt zwischen wildfremden Menschen gesessen bin und aus Leibeskräften russische Volkslieder gesungen habe, dieses Gefühl, als Einzige nackt zwischen korrekt gekleideten Menschen zu sitzen, einige Gesichter sind mir vage bekannt vorgekommen, doch bereits zieht sich jedes einzelne zurück, und dass ich mich bereits im Traum für meine Blösse geschämt habe, ich weiss, dass ich, noch während ich träumte, ungläubig suchend meinen Körper abgetastet habe und dass da tatsächlich nichts war ausser Haut, und ich sitze und singe, und kein Mensch scheint sich daran zu stören ... Und mit weichen Knien, und tatsächlich splitternackt, sitze ich jetzt auf meiner Bettkante, neben mir die zerwühlten Laken, die Bettdecke, die am Boden liegt, und daneben, zerknüllt, mein grünes Kleid ...

Mit einer Hand streicht sie verloren über die Stelle, an der sein Körper eine Kuhle gegraben hat, die Leere des Zimmers, sie spürt sie, kann sie förmlich riechen, ohne dass sie im Badezimmer nachsehen müsste.

Johnny ist fort.

Langsam stiehlt sich der Traum davon, bald wird sie auch seine letzten Bruchstücke vergessen haben. Sie steht auf und zieht die Vorhänge auf, die Helligkeit holt die Realität zurück. Ein Hotelzimmer, entseelt und verwaist wirkt es jetzt, ohne ihn, sicherheitshalber stösst sie noch die Tür zum Badezimmer auf, aber natürlich ist da nichts, keine Spur, nichts, was auch nur an ihn erinnern würde. Einen Moment lang zögert sie, sie sieht ihn verstört durch Münchens Strassen irren, die alte Fürsorglichkeit, die aufblitzt, oder wie er sich mit einer Tasse Tee in die hinterste Ecke des Speisesaals verkriecht, oder vielleicht sitzt er bereits in der ersten Maschine, die ihn nach Hause bringt …? Doch eigentlich ist sie nicht wirklich beunruhigt durch seine Abwesenheit, er wird schon wieder auftauchen, sagt sie sich, so, wie er immer aufgetaucht ist, nicht einmal für eine leise Enttäuschung bleibt Raum, viel zu aufgewühlt ist sie von ihrem jeden anderen Gedanken niederwalzenden Glück, ob es Glück war, erkennst du am Nachgeschmack, diesen Satz, den sie irgendwo aufgeschnappt hat und der sich jetzt mit spöttischem Nachdruck durch ihr Hirn schiebt, der alle Bedenken wegfegt, ehe sie auftauchen, gefangen ist Mathilde in ihrer seligen Verwirrung, wenn sie an die Ereignisse dieser Nacht denkt.

Ich habe nicht geträumt, nein. Während ich die Dusche zu angenehmster Temperatur aufdrehe und das warme Wasser auf meinen Nacken prasselt, lasse ich diese Nacht wie einen Film an mir vorbeiziehen, sehe jedes Detail, so, als erzählte ich mir die Geschichte selbst, als überzeugte ich mich, dass ich, ich selbst, wirklich daran teilgenommen habe. Weil mir das Ganze schon sehr wundersam vorkommt. Und zwar vom Moment an, da wir in diesem Kellerlokal sassen und am Nebentisch diese bayerische Trachtengruppe aufspielte. Am Anfang war alles noch normal gewesen, wir redeten, über das Museum und die Museen in München, über mein Interview mit G. und diesen Professor L. und über Johnnys Flug, wobei im Grunde schon das nicht mehr normal war, aber dann, die Veränderung trat ein, als wir wegen der Trachtengruppe zu lachen anfingen. Ich könnte nicht mehr sagen, was es eigentlich war, es war einfach, als ob zwischen uns ein Schleier weggerissen würde, und zwar einer, der immer zwischen uns gewesen war. Ich spürte, wie sich zwischen uns eine Nähe einstellte, eine Nähe, eine, die so noch nie gewesen war, und wie mir, je länger diese Nähe andauerte und sich vertiefte, die ganze Person Johnny, als sähe ich ihn zum allerersten Mal, bewusst wurde. Wie mir seine Augen immer unergründlicher erschienen und seine Lippen und seine Stimme und seine schmalen Hände, und wie ich das alles wahrnahm und die Aufregung in mir wuchs und alles in mir zu ihm drängte, da war so eine erotische Spannung gewesen und gleichzeitig die Verwunderung darüber und eine Ehrfurcht und das Wissen, dass ich das Richtige tat, das einzig Richtige. Hand in Hand waren wir ins Hotel zurückgekehrt, wie auf Wolken, ich weiss noch, wie ich dachte, ich müsse mich kneifen, weil mir so unwirklich und fantastisch war, und wie ich das im Hotelzimmer augenblicklich wieder vergass, weil ich dort, im Dunkeln stehend, nur noch eines wollte, ihn spüren, ihn streicheln, seine Haut, und die war so unwahrscheinlich zart gewesen, und dass seine Hände zitterten und dass ich ihn führen musste und dass sich sein Körper so erstaunlich jung angefühlt hatte, so rührend fest und prall und unverbraucht, und dass ich, kaum dass ich ihn in mir spürte, auf der Stelle das Gefühl hatte zu zerspringen und zu zerfliessen, und dass das einerseits einfach purer Sex war und doch ein völlig neues, geradezu heiliges Gefühl dabei war, so, als würde ich eine Schwelle nehmen, die ich noch nie überschritten hatte. Ich weiss noch, dass ich genau das dachte und dass seine Haut schimmerte im fahlen Licht des Zimmers, und ich glaube, dass ich beim zweiten Mal sogar geweint habe, und das ist mir mit Sicherheit noch nie passiert, auch wenn man jetzt einwenden könnte, dass ich nach dem vielen Wein einfach betrunken gewesen war, nein, da war etwas gewesen, etwas Unbeschreibliches, auch für ihn, vielleicht ist er auch davor davongelaufen, was weiss ich, und als ich einmal kurz aufgewacht bin, gegen Morgen, und ihn neben mir liegen sah, da wusste ich, dass er der ist, nach dem ich so lange gesucht habe, und dass ich ihn liebe, und das einzig Merkwürdige daran ist, dass wir so lange gebraucht haben, bis wir das begriffen haben.

So hegt und tätschelt Mathilde ihr Glück, wendet es und besieht es sich von allen Seiten, saugt es in sich hinein und lässt es durch ihre Adern strömen, Mathilde, die spöttische, klarsichtige, hellhörige. Der alles revolutionierende, alle Zweifel und Sorgen wegfegende eigene kleine Höhenflug lässt sie den angestammten Scharfsinn, das Ganze betreffend, in irgendeine dunkle Ecke ihres Verstandes verstauen. Sozusagen mit einem Fusstritt befördert Mathilde ihre Erfahrung und Weisheit aus ihrem Empfinden, damit nur noch Raum bleibt für Genuss, Gemüt und Gefühl. Liebe macht nicht etwa blind, wird sie noch feststellen müssen, sondern naiv.

Und während sie trällert und sich die Zähne putzt und die Haare glatt kämmt und sich beeilt, möglichst schnell zu einer Tasse Kaffee und, möglicherweise, in die Nähe des Geliebten zu kommen, rettet sich dieser just mit einem gewaltigen Satz auf den Bordstein vor den herannahenden und nun gefährlich aufkreischenden Rädern eines Personenwagens, aus purer Gewohnheit und dank dieses auch ihm angeborenen Selbsterhaltungstriebs, weil es ihm, während das wütende Hupkonzert sich legt und der Verkehr auf der Strasse wieder wie gewohnt in seinem Rücken weiterzieht, auch vollkommen gleichgültig gewesen wäre, sinnloses Opfer desselbigen zu werden.

So irren sie beide, Johnny, wie vorauszusehen war, durch Münchens Strassen und Mathilde, was weniger auf der Hand lag, in der vermeintlichen Zweisamkeit ihres Glücks.

Kapitel 26

Psychiatrieprofessor L. liebt Mathilde auf gar keinen Fall

Psychiatrieprofessor L. ist schon seit Längerem auf den Beinen. Er hat ziemlich schlecht geschlafen, für seine Verhältnisse lausig schlecht, zwei, drei Stunden vielleicht, gegen Morgen. Der Verkehrslärm auf der Strasse – offenbar befindet sich sein Zimmer direkt über einer Verkehrsampel, denn die Monotonie des Geräuschpegels ist unangenehm durchsetzt von Bremsgeräuschen und anschliessendem Aufheulen der Motoren – hat ihn, neben allen sonstigen quälenden Gedanken, keine Ruhe finden lassen. Mit der Zeit hat sich die Wut über sich selbst – wie hat er sich nur auf eine solch furchtbare Geschichte wie diejenige mit dieser Mathilde samt seinem Patienten Johnny Lachmann einlassen können? –, geschürt durch den immer wieder aufflackernden und niederschmetternden Einfall, dass er mit Johnnys Erscheinen für das Verwerfliche seines Tuns umgehend bestraft worden sei – wobei er sich den kindischen «Gott straft sofort»-Spruch verbietet, wie ihn seine Mutter, Gott hab sie selig, nicht selten auf den Lippen trug, denn über solches ist er nun doch wahrlich hinaus –, seine Wut also über sich selbst hat sich, je länger die Schlaflosigkeit dauerte, in einen heillosen Zorn auf diesen alten Kasten von einem Hotel gekehrt samt seinem unterwürfig sich so sehr um sein leibliches Wohl besorgt gebenden Personal, Zimmerpreise, dass die sich schämen müssten, und nicht mal Doppelverglasung in den Fenstern! Nachdem er sich erhoben hat, um nachzusehen, wo sich diese Ampel, Quelle seines Ärgernisses, befindet, hat er allerdings feststellen müssen, dass das Zimmermädchen den Fensterflügel angelehnt gelassen hatte, jedenfalls, nachdem er das Fenster ordentlich geschlossen hatte, drang kein Laut mehr ins Zimmer. Die Verzweiflung darüber, dass er sich somit einige Stunden umsonst und aufgrund eigener Nachlässigkeit um den Schlaf gebracht hat, raubte ihm noch für längere Zeit die Ruhe, und an Mathilde und Johnny durfte er gar nicht erst denken. Was hilft das Wissen, dass sich im Dunkel der Nacht Probleme noch um einiges schwärzer darstellen als bei Tage? Er wälzte sich, Gott straft sofort und Eid des Hippokrates und sein Versagen und die Machtlosigkeit seiner Kunst und Marianne und wäre er nur mit Masha-Belle durchgebrannt, in ihre Heimat, irgendwohin in den Busch, Träume von südlicher Sonne und weichhäutigen, braun gebrannten Mädchen, und er, Gefangener der Wissenschaft und eines insgesamt freudlosen Daseins, irgendwann, wie gesagt, gegen Morgen, muss er dann doch noch geschlafen haben, allerdings wachte er dann Punkt sieben wieder auf. Pünktlich wie eine Uhr, Macht der Gewohnheit, die Zeiten, da er wie in seiner Jugend bis Mittag durchschlafen konnte, wenn ihm danach war, sind längst vorbei.

Und dennoch, der Trost, dass Sorgen bei Tageslicht tatsächlich nicht ganz so erdrückend sind, der wirkt auch bei ihm. Sobald er die Vorhänge aufgezogen hat und den Morgen hereinlassen kann, er einen Radiosender gefunden hat, der ihm, als hätte er es sich wünschen können, Bartóks «Divertimento» spielt – die Freude ist nur dadurch leicht getrübt, dass er den Einsatz, der ihm jedes Mal fast so etwas wie Glück verschafft, verpasst hat –, fühlt er sich wohler in der Haut, identischer zumindest mit sich selbst. Er dreht das Radio auf, duscht, rasiert sich, pflegt seine Zähne mit Zahnseide, kappt mit der Nagelschere das eine Härchen, das ihm aus der Nase wächst, bürstet die Nägel, frischt sein Haar mit etwas Gel auf, befeuchtet seine Wangen mit dem in seiner Drogerie eigens für ihn zusammengemischten Hautöl, Hamamelis mit Arnika und Zitrus, cremt die Hände mit Sorgfalt, gibt zwei Tropfen Duftwasser auf sein Hemd und einen auf das frische Taschentuch, wartet unter der Tür die Ansage der Radiosprecherin ab … natürlich, die Münchner Philharmoniker unter der Leitung von Sergiu Celibidache … und verlässt nun, nicht mal schlecht gestimmt, das Zimmer. Neugierig, ob die Zeitungen bereits etwas über den Kongress zu berichten haben.

Er lächelt dem munteren Fräulein am Hotelkiosk zu – erstaunlich grosser Busen unter dem hellen Wollpullover –, während er die infrage kommenden Blätter zusammensucht, und begibt sich in den Frühstücksraum. Unter der Schwelle verharrt er einen Moment, der Saal ist gut besetzt, er späht nach einer freien Ecke, umschifft grüssend die paar Kolleginnen und Kollegen, die sich an zwei benachbarten Tischen zusammengefunden haben, und steuert den Zweiertisch am Fenster an. Konversation am frühen Morgen ist ihm ein Gräuel, er schlägt die Zeitung auf, hebt den Blick nochmals kurz an, um dem Kellner seine Bestellung durchzugeben, wird von diesem darauf hingewiesen, dass er sich am Büffet selbst bedienen möge, stellt sich daselbst, einer nach ihm hinzutretenden Dame elegant den Vortritt lassend, ein appetitliches Plättchen zusammen und kehrt damit an seinen Platz zurück.

So etwas wie Wohlbehagen umfängt ihn, nun, da er sein Frühstück einnimmt, in der gepflegten Atmosphäre eines gepflegten Hotels, gedämpftes Licht und gedämpftes Stimmengemurmel, die leise Enttäuschung darüber, dass der Kongress im *Bayernkurier* nicht, in der *Süddeutschen* nur als kurze Meldung vermerkt ist, wird gemildert durch den Umstand, dass sein Name in der Letzteren immerhin unter der Reihe der erwähnenswerten Referenten genannt wird, dann vertieft er sich in einen Bericht über eine Gruppe randalierender Neonazis in Cottbus, was ihn, in der Hälfte des Artikels angelangt, zu einem kurzen Kopfschütteln und zum Weiterblättern in der Zeitung veranlasst. Börsennotizen, Wetterbericht, Habermas ins Italienische übersetzt, wie ein Schutzschild hält Professor L. seine Zeitung der Aussenwelt entgegen, nichts, was sein Interesse wirklich zu fesseln vermöchte, bis ihm, über den Zeitungsrand hinweg, in unverstellter Sicht, das wohlbekannte Gesicht des Schriftstellers G. ins Auge sticht.

Mal abgesehen davon, dass ihn G. unweigerlich an Mathilde erinnert, erinnern muss, missfällt Professor L. die Idee, dass er beim Frühstück einer so bedeutenden Persönlichkeit gegenübersitzt, nicht. Selbstverständlich verwirft er den Impuls, sich zu erheben und sich dem Mann spontan vorzustellen, ihn eventuell in ein kurzes Gespräch über Literatur zu verwickeln, umgehend. Professor L. mag Künstler, er hat auch durchaus eine feine Nase für Kunst, wovon seine immerhin ansehnliche Sammlung früher Beuys-Werke bei sich zu Hause zeugt, der *frühe* Beuys, betont er immer wieder gern, er ist nicht etwa, wie alle anderen, erst heute auf den Beuys-Zug aufgesprungen. Er verwirft ihn, weil er weiss, was sich gehört, und weil ganz offensichtlich ist, dass der Mann seine Ruhe haben möchte. Etwas zerknittert wirkt G., wie er gedankenverloren in seinem Kaffee rührt und vor sich hinstarrt, älter, findet Professor L., als auf dem letzten Bild, das er von ihm gesehen hat, aber das mag schon Jahre her sein, das Gesicht faltiger, der Schnurrbart weniger stolz, als er ihn in Erinnerung hat. Aber dennoch, ein angenehmes Gefühl, ihm gegenüberzusitzen, fast privatim übrigens, haben sie sich doch beide im vom Hauptsaal etwas versetzt liegenden Fenstererker niedergelassen.

Grossstädte haben doch etwas für sich, denkt Professor L., dem das Miefige seiner Heimatstadt, von Angesicht zu Angesicht mit G., mit dem er nun sozusagen gemeinsam frühstückt, noch um einiges aufdringlicher erscheint, er hat schon des Öfteren bereut, damals, vor rund zehn Jahren, dem Ruf an die FU Berlin nicht gefolgt zu sein, was seinem Naturell ohne Zweifel weitaus mehr entsprochen hätte. Marianne zuliebe, die gerade im Aufbau ihrer Praxis steckte, auch wegen der kleinen Monika, bei der man aufgrund eines Wohnsitzwechsels schulische Schwierigkeiten befürchtet hatte. Wenn er auch die Freuden und die Geborgenheit seines Familienlebens nicht missen möchte, denkt Professor L., so hat es ihm doch einiges an Einschränkung und Verzicht auferlegt, während ihm gleichzeitig durch den Kopf schiesst, dass G. just in Berlin seinen Wohnort hat, und wer weiss, vielleicht hätte es der Zufall gewollt, dass man gut bekannt geworden wäre, das universitäre Leben bringt doch einiges an Kontakten mit sich. Während so, in seiner eigenen kleinen Stadt, die paar Ärzte seiner Klinik …

Gedemütigt fühlt sich Professor L. plötzlich, dem in den letzten Stunden, objektiv besehen, doch eine Menge an Zweifeln aufgestiegen sind, sich dem grossen Schriftsteller G. nicht nähern zu dürfen, weil seine Annäherung sichtlich nicht erwünscht wäre, gedemütigt und in seinen zahlreichen schöpferischen und intellektuellen Möglichkeiten eingeschränkt. Familie, Beruf, Kleinstadt, jeder einzelne Faktor hat ihm die Hände gebunden, gesamthaft hat man ihn zurückgebunden, gehindert in der freien Entfaltung seiner Persönlichkeit, die, wäre er doch nur frei gewesen, unter anderen Voraussetzungen also, noch ganz andere Leistungen zu erbringen imstande gewesen wäre. Dabei hatte sich seine Karriere so vielversprechend angelassen. Mit achtzehn Abitur, mit dreiundzwanzig bereits promoviert, persönlich gefördert von keinem Geringerem als seinem hochverehrten Lehrer Karl Jaspers, der ihn ermutigt hatte, die persönlichen Fesseln zu sprengen, sich der Welt zu öffnen, den Möglichkeiten der Philosophie, später Medizin und Psychiatrie fundamental auf den Grund zu gehen, sich nicht im Brotberuf zu beschränken, sondern sich seinen Studien, der Forschung ganz und gar hinzugeben. Sicher hätte der alte Jaspers seine Freude daran gehabt, dass er sich dann doch noch, und dies ziemlich früh, habilitiert hatte, und das war, neben Frau und Kind, kein Leichtes gewesen, aber wenn er ehrlich war zu sich selbst, und das ist er im Moment, so war doch weniger das Streben nach der vollkommenen Wahrheit, die vom Meister so unerbittlich geforderte Öffnung allen Seins- und Wissensbereichen gegenüber der innere Motor gewesen als vielmehr sein nicht zu unterschätzender Ehrgeiz, es irgendwann doch noch zu Amt und Würden zu bringen.

Nun.

Eine Weile sinnt er so vor sich hin, dann ruft er sich zur Ordnung auf: Was ist er so streng zu sich selbst! Jeder Mensch hat bei der Geburt seine Karten gemischt bekommen, und er hätte, alles in allem, die seinen auch schlechter nutzen können, denkt er, umso mehr, als er in diesem Moment gewahr wird, dass G. in seine Richtung schaut, ihre Blicke kreuzen sich, verschränken sich für den Bruchteil einer Sekunde, schon schickt sich Professor L. zu einer würdigen Verbeugung an, zu einem Lächeln, als er kurz und heftig einen Hieb in den Rücken versetzt bekommt, aufgefangen von der gemurmelten Entschuldigung eines Kellners, der achtlos an seinem Stuhl vorbeieilt, um der richtig verstandenen Aufforderung in G.s Blick nachzukommen. Der Kellner nimmt eine Bestellung entgegen, ein Trinkgeld, rückt seinem Gast den Stuhl, und G. steht auf. Verlässt den Speisesaal, keinen Blick für niemanden.

Braucht betont zu werden, dass sich Professor L. durch diese wenn auch gewiss in aller Unschuld erteilte Abfuhr in seinem Stolz gekränkt fühlt? Entschlossen vertieft er sich in den Wirtschaftsteil des vor ihm liegenden Blattes. Und wohin ist dieses Wohlbehagen, das die Einnahme seines Frühstücks begleitet hatte …

Hätte er doch seinem Missmut rechtzeitig nachgegeben! Als er die endgültig ausgelesene Zeitung zur

Seite schieben will und beschliesst, vor Tagungsbeginn – das erste Referat ist für zehn Uhr angesetzt – noch ein paar Schritte an der frischen Luft zu tun, sieht er Mathilde (!) den Saal betreten, sich suchend in ihm (nach ihm?) umsehen, Mathilde, lindgrünes Kleid, dunkles, offen fallendes Haar, Mathilde, die, nach ihm Ausschau haltend, den Saal in seiner Länge durchmisst und nun, da sie ihn erblickt hat, geradewegs auf ihn zusteuert.

Blitzschnell, in panischem Entsetzen erwägt er sämtliche Möglichkeiten der Flucht: sich rückwärts seitlich davonmachen oder vorpreschen, wie blind an ihr vorbei, sich die Zeitung vors Gesicht schlagen, doch in unerbittlicher Beharrlichkeit kommt die lindgrüne Quelle seiner Qual auf ihn zu, auch wenn er nun sämtliche Würde und Konvention ausser Acht liesse und einfach in entgegengesetzter Richtung zu rennen anfinge, ihr geradliniges Auf-ihn-Zukommen hält ihn zurück, noch vier Tische, drei, nagelt ihn auf seinem Stuhl fest, sie lächelt, er lächelt schwach zurück.

«Das ist schön, dass ich Sie treffe», sie ist vor seinem Tisch stehen geblieben, «wie geht's, haben Sie gut geschlafen?» Sie bleibt abwartend stehen, als ob es auf diese Frage eine Antwort gäbe, er nickt, «Was ich noch sagen wollte ... Aber entschuldigen Sie, ich möchte Sie nicht bei der Lektüre stören ...», er verneint, wortlos, «Wegen gestern Abend, es tut mir leid, aber ich habe ganz unerwartet einen Freund getroffen und ...», er winkt ab, heftig, weil er auf diesen Abend insgesamt und auf diesen Freund im Besonderen nie wieder angesprochen werden möchte, und zwar so heftig, dass ihr Blick einen Moment lang an ihm hängen bleibt, nachdem sie vorhin, als sie mit ihm sprach, unauffällig den Saal mit ihren Augen abgetastet hatte. Natürlich hatte die Suche vorhin nicht ihm gegolten, warum auch, hat sie etwa noch immer diesen G. im Visier? Zudem verletzt ihn die Tatsache, dass sie ihn heute Morgen wieder siezt, auch wenn er das, da er nun beschlossen hat, Abstand von dieser ganzen Geschichte zu nehmen, durchaus begrüsst.

Er beschliesst – *marche en avant* oder, wie es so schön heisst, alle Kraft voraus –, zu höflichen und insgesamt normalen Verhältnissen zurückzufinden. Er lehnt sich in seinem Stuhl zurück: «Ja, Frau Maas, konnten Sie Ihr Interview gestern noch zu einem guten Ende bringen?», und eigentlich bricht ihm das das Herz.

Sie hat den Hauch von dunklen Ringen unter den Augen, wozu zarthäutige dunkle Frauen besonders neigen, überhaupt hat sie etwas ungemein Zartes heute Morgen, als käme sie direkt aus dem Bett und müsse sich erst wie eine Katze in alle Richtungen dehnen und strecken, sich das Fell putzen, gekrault werden, was ihren Reiz nicht mindert, im Gegenteil, plötzlich weiss er, wozu er die ganze Zeit Lust hat, während sie vor ihm steht, er möchte sie mit Kakao und Croissants füttern, bis sie wieder zu ihren Lebensgeistern findet, wobei, trotz der Spuren von Müdigkeit wirkt sie äusserst vital, ihre Kraft schlummert direkt unter der Oberfläche.

«Guter Gott, nein», sie stützt sich mit einer Hand auf seinem Tisch ab, «um ehrlich zu sein, ich habe ihn noch nicht einmal aus der Nähe gesichtet.»

«Tatsächlich? Ich schon. Bis vor fünf Minuten sass er mir genau gegenüber, dort ...», er deutet auf das Tischchen vis-à-vis.

Doch sie zeigt sich nicht etwa erstaunt und reisst die Augen auf, wie er es erwartet hätte, sondern nickt, gelassen und ohne sich nach dem Tisch, auf den er mit dem Kinn weist, umzudrehen.

«Irgendwo muss auch er frühstücken, nicht wahr. Apropos», sie sieht sich nach einem freien Tisch um, «ich brauche dringend einen Kaffee.»

Hätte er nun nicht einfach aufstehen, seine Zeitung ergreifen, ihr einen guten Appetit und einen erfolgreichen Tag wünschen können? Nein, er muss mit der Hand auf den freien Stuhl an seinem Tisch weisen und, und dabei muss es sich schon um eine Art Selbsthass handeln, hinzufügen: «Bitte, wenn es Sie nicht stört, dabei einem alten Knaben wie mir gegenüberzusitzen ...»

Dass sie darauf charmant lächelt und «Im Gegenteil» sagt, entkräftet den alten Knaben nicht.

Marche en avant. Selbstverständlich schiesst ihm, noch während sie sich setzt, durch den Kopf, dass sie sich vorhin nach Patient Lachmann umgesehen hat, und selbstverständlich bereitet die Vorstellung, ihn plötzlich linkisch und entsetzt in diesem Saal auftauchen zu sehen, das grösste Unbehagen. Aber Psychiatrieprofessor L. ist noch mit ganz anderem fertig geworden. So behält er seine abwartende, in seinen Stuhl zurückgelehnte Haltung bei, schlägt elegant die Beine übereinander, während er mit der Zeitung in seiner Rechten nach dem Kellner winkt.

«Bringen Sie der jungen Dame Kaffee und», zu Mathilde gewandt, «ein paar Croissants?» Mathilde isst nichts, so früh am Morgen. «Also nur Kaffee ... und mir auch ... zwei!»

Das mit den Croissants ist ihm so rausgerutscht, auch wenn er sie lieber in einer anderen Situation ins Spiel gebracht hätte, Mathilde verschlafen gähnend in einem weichen, grossen Bett, und er schiebt ihr ein dickes Kissen in den Rücken, damit sie den Kakao trinken kann, und jedes Mal, wenn er mit dem Croissant ihre Lippen kitzelt, öffnet sie folgsam den Mund und beisst ein Stück davon ab.

«Muss unangenehm sein, wenn man von seinem Interviewpartner versetzt wird», sagt er stattdessen. «Wie wollen Sie es denn heute anstellen?»

«Weiss nicht», sie gähnt in eine Hand, «daran habe ich noch gar nicht gedacht.»

Woran hat sie dann gedacht, um Himmelswillen, sie ist doch eigens deswegen nach München gekommen? Gleichgültig dreht sie die vor ihm liegende Zeitung zu sich herum und wirft einen Blick auf die Schlagzeilen, dann schiebt sie sie wieder zu ihm zurück.

«Schade, dass ich nicht fünf Minuten früher heruntergekommen bin, sonst hätte ich ihn gleich am Kragen packen können.» Jetzt lächelt sie, sie lachen beide, und beide führen sie die Kaffeetasse, die der Kellner soeben vor sie hingestellt hat, zum Mund.

Kapitel 27

Das ganz sicher nicht

Sie sieht sehr jung aus, wie sie die Tasse gierig, praktisch in einem Zug leert und sich, kaum hat sie sie abgesetzt, bereits nach der nächsten umsieht, sich blitzschnell mit der Zungenspitze über die Oberlippe fährt und ihn befriedigt anlächelt, in ihrem Alter genügt eine Tasse Kaffee, um sich morgens ins Lot zu bringen. Dass sie seine Tochter sein könnte, dieser gewiss banale Satz schiesst ihm durch den Kopf, und dass er noch keinen Mann davon abgehalten hat, Verrücktheiten zu begehen, im Gegenteil. Dass sie geradezu elektrisierend wirkt, die Aussicht, ein Stück dieser Jugend für sich einzufangen.

Er hat sich in dieser Beziehung nie besonders gefährdet gefühlt, vielmehr diesbezügliche Ausbrüche im Bekanntenkreis mit milder Strenge begleitet und kommentiert, erst kürzlich, als er das Drama im Nachbarshaus sozusagen hautnah mitbekommen hatte, wie der Mann, auf Mitte Sechzig zugehend, nach fünfunddreissig Ehejahren Knall auf Fall ausgezogen war, um mit einer jungen Malerin zusammenzuziehen. Die Fassungslosigkeit der verlassenen Ehefrau war ihnen beiden, Marianne wie ihm, an die Nieren gegangen, und wie sie sich gemeinsam über den alten Deppen mokiert hatten, der mit diesem fatalen Schritt glaubte, ein Stück seines Lebens zurück- und wiederholen zu können. Sie hatten ihn einmal in der Stadt getroffen, Hand in Hand mit dieser Malerin, und beide hatten sie befunden, dass er sich lächerlich machte, er mit seinem schlohweissen Haar und Bauchansatz und neben ihm dieses frische, junge Ding mit flammend roter Stoppelfrisur und knallengen Jeans. Natürlich war die Vorstellung reizvoller, die Rothaarige aus ihren kleinen Jeans zu schälen, als sich neben die angegraute Nachbarin, die mit den Jahren ziemlich Speck angesetzt hatte, ins Bett zu legen, aber war das wirklich Grund genug, die seelische Vertrautheit, das über die Jahre aufgebaute Verständnis, Haus, Garten, Ansehen, einfach alles aufzugeben? Ganz abgesehen von der Grausamkeit, die Ehefrau, mit der man gemeinsam Kinder aufgezogen und mit der man jahrzehntelang Freud und Leid geteilt hatte, ihrem gnadenlosen Schicksal zu überlassen, nur weil sie reizlos und grau geworden war, was schliesslich ihr gutes Recht war.

Im Übrigen weiss keiner besser als er, wie viel Unglück ein solcher Schritt über sämtliche Beteiligten bringt. Nicht nur über die verlassene Ehefrau, über die sogar am wenigsten, weil sie sich nicht selten, nach dem ersten Schock, zu neuem, eigenem Leben aufrappelt, die Freiheit geniesst, nur noch für sich selbst sorgen zu müssen, keiner da, dem sie die schmutzigen Socken zu waschen und Sonntagmittag das Leibgericht zu kochen hat, der bestimmt, welches Fernsehprogramm abends eingeschaltet wird, die Ehefrau, die unter dem weissen Haar und Bauchansatz des Gatten genauso gelitten hatte wie umgekehrt, nicht selten hat er in seiner Praxis am Boden zerstörte Ehemänner erlebt, die aufgrund der Vitalität der jugendlichen

Geliebten weder zu neuer Jugend gefunden noch die Ängste des Alters überwunden haben, vielmehr schmerzlich auf die eigenen Jahre zurückgeworfen worden sind, auf das durchaus legitime Bedürfnis nach Ruhe und den lieb gewordenen Gewohnheiten, die psychosomatisch leiden unter dem Stress, mit der jugendlichen Energie an ihrer Seite mithalten zu müssen. Wie nach der ersten Zeit des Glücks und Stolzes die Sehnsucht nach der Frau durchschlägt, die klag- und fraglos die Hemden geplättet hat, statt auf bügelfreie T-Shirts auszuweichen, die einem den elsässischen Sauerbraten vorsetzte, um den man gebeten hatte, und die ganz zufrieden war, wenn ein Abend vor dem Fernseher ausklang statt in einer Dichterlesung oder einem Restaurant oder in der Diskussionsgruppe über die Schaffung von kindergerechten Spielplätzen und autofreien Quartierstrassen. Und wie oft hat er geschildert bekommen, wie die Ehefrau dem reumütig zurückfindenden Gatten die Haustür vor der Nase zuschlägt, weil sie nicht im Traum daran denkt, die Koffer, die bereits reisefertig im Gang stehen und mit denen sie, gemeinsam mit einer Freundin, nach Formentera verreisen will, wieder auszupacken. Nicht selten stösst man beim Blättern in Krankengeschichten auf solche Szenen, die am Ursprung nur schwer therapierbarer Altersdepressionen stehen.

Die wirklich Leidtragenden dieser Neustartgeschichten aber sind die Kinder, die einer solchen späten Verbindung entstammen. Genügend von ihnen haben in seiner Praxis gesessen, um unter seiner Anleitung mit den Spätfolgen einer total verkorksten Erziehung fertigzuwerden.

Sechzigjährige Väter, die sich mit Hingabe und Entzücken neben den neuen rosa Sprössling auf den Wohnzimmerteppich werfen, ihm die Windeln wechseln und das Fläschchen geben (was sie bei der ersten Runde, vor dreissig Jahren, nie getan hatten) und ihn voller Stolz im Kinderwagen durch die Strassen führen, den sichtbaren Beweis ihrer Manneskraft und Vitalität, und dann, zehn Jahre später, von den Schulsorgen des Drittklässlers, seinem Fussball in der Fensterscheibe, vom Menstruationsschock der Dreizehnjährigen so hoffnungslos überfordert sind, dass sie entweder in völliges Desinteresse und Apathie verfallen, was das Leben des einst mit so viel Freude begrüssten Kindes betrifft, in Eifersuchtswahn (Töchter), körperliche Aggressivität (Söhne) oder, bestenfalls, in liebevolle Gleichgültigkeit.

Dies kann, aber muss natürlich nicht so sein, denkt Professor L., während er feststellt, dass er zur nötigen Distanz, was Mathilde betrifft, die ihm übrigens ungeschminkt fast noch besser gefällt, weil diese Nacktheit ihrem Gesicht etwas Intimes verleiht, gefunden hat. Und so kann er sich mit, ja, väterlichem Wohlwollen nach ihren Plänen für diesen Tag erkundigen. Er selbst muss ohnehin in Bälde aufbrechen, will er rechtzeitig im Kongresszentrum sein.

Es darf davon ausgegangen werden, dass Professor L., um im Jargon der Jugend zu bleiben, die Sache voll im Griff hat. Er plaudert charmant mit einer jüngeren Journalistin, die zufälligerweise die Bekannte eines seiner Patienten ist, leistet ihr bei ihrem morgendlichen Kaffee Gesellschaft, bevor für beide der Arbeitstag losgeht. Man streift dies und das, man lacht, die Tatsache, dass allein seine Anwesenheit, die Natürlichkeit seiner Konversation ihre Augen zum Leuchten bringen, ihren Teint zum Glühen, dass sie sich gegenseitig mit Lebensfreude anstecken, nun, dies darf er ohne Hintergedanken als schlichtes und schönes Kompliment annehmen. Wie der Genuss eines Glases Champagner wirkt ihr Anblick auf ihn und der seine sichtlich auf sie, und was sollte daran Schlechtes sein? Und als sie feststellt, dass dieser G. ein Fall für den Psychiater sei, weil … Und sich dann, über die Bedeutung ihrer Feststellung erheitert, da er, Professor L., ja selbst …, die Hand vor den Mund schlägt und losprustet, ja da lacht er begeistert mit. Um sofort zum gewohnten Ernst zurückzufinden:

«Das mag wohl stimmen», sagt er, «aber das könnte doch in diesem Sinne auf fast jeden Künstler zutreffen, nicht wahr? Insbesondere aber auf Schriftsteller, die sich mit ihren Texten in fremde Wort- und Gedankenwelten hineinschreiben, sich spalten, die über den Umweg ihrer Kunst in andere Wesen und Denkweisen hineinschlüpfen, sich in diese einfühlen, mit ihnen verschmelzen … Das birgt selbstverständlich eine gewisse Gefahr in sich! Ganz abgesehen davon, dass die Fähigkeit, überhaupt seine Gedanken und Gefühle formulieren zu können, und dies auch zu wollen, schon eine gewisse Konstellation voraussetzt. Ich jedenfalls würde jeden ernsthaften Schriftsteller als einen gefährdeten Menschen bezeichnen, und selbstverständlich ist es dann individuell sehr verschieden, wie er mit dieser Gefährdung umgeht. Drogen, Alkohol, Wahnvorstellungen, Phobien, wir kennen genügend Beispiele, nicht? Nehmen Sie Rilke! Wie dringend ist ihm von seiner Umgebung empfohlen worden, einen Psychiater aufzusuchen, und wie sehr hat er sich geweigert, einen solchen zu beanspruchen, weil er befürchtete, seine Kreativität ginge ihm verloren, wenn er sich in die Hände eines Quacksalbers begäbe. Ja, das ist ein weites Feld. Ein hochinteressantes. Ich hatte in meiner Klinik schon häufiger mit Künstlern zu tun …»

Das erinnert Professor L. mit Macht daran, dass er sich auf den Weg machen müsste, und ein Blick auf die Uhr zeigt, dass es dafür höchste Zeit ist. So leid es ihm tut, aber er muss jetzt Mathilde hier sitzen lassen. Er setzt sich seine Goldrandbrille auf, sucht nach seiner Aktenmappe, die er unter den Tisch gelegt hat, und tätschelt, während er den Stuhl rückt, ermunternd ihre Hand: «Ihnen wünsche ich, dass Sie heute noch zu Ihrem Termin kommen …»

In diesem Moment sieht er dem Gnazi seine massige Gestalt im Türrahmen erscheinen. Schleunigst zieht er seine Hand zurück. Ausgerechnet. Der Gnazi. Und ausgerechnet in der Sekunde, da er Mathildes Hand berührt hat, und das im Frühstücksraum eines Hotels! Mit einem Ruck schiebt er seinen Stuhl zurück und hält Mathilde seine Hand hin: «Also, Frau Maas, ich wünsche Ihnen einen erfolgreichen Tag, ich sehe gerade, dass das Empfangskomitee bereitsteht.» Er deutet verzweifelt scherzhaft auf den Gnazi, der ausnahmsweise nicht polternd und rufend, sondern mit etwas betretener Miene auf sie zukommt.

«Ich komme gleich, Ignaz, grüss dich, mein Alter, holst mich ab?» Professor L. winkt, obwohl der Gnazi bereits kurz vor ihrem Tisch stehen geblieben ist und sich etwas ungelenk in Richtung Mathilde verbeugt: «Moing beinand. Hob i ma denkt, machst an Umweg übers Hotel und holst den Igor ab, aber wenndst liaba no a bisserl sitzen magst, geh i scho amoi voraus…»

«Nein, überhaupt nicht, ich wollte gerade aufbrechen, du kommst wie gerufen, nicht wahr, Frau Maas?» Und nochmals wünscht er viel Erfolg und reicht ihr nochmals die Hand und geht dann, in der Haltung sehr gerade, Dr. Ignaz Graf voran, der sich von Mathilde mit einem «Habe die Ehre, Frollein…» verabschiedet, worin vielleicht eine Spur Geringschätzung mitschwingt, durch den Speisesaal, dem Ausgang entgegen.

In der Halle dreht er sich zum Gnazi um: «Nicht dass du jetzt denkst…», und der zuckt die Achseln: «I denk überhaupt nix, muast selber wissen, was d'duast!»

Kapitel 28
Johnny marschiert

Johnny hat das Hotel, hat Mathilde weit hinter sich gelassen. Seit den frühen Morgenstunden geht er durch Strassen, die sich seinem Tritt auftun, nimmt die Ecken, die sich ihm in den Weg stellen, lässt sich leiten von Wegkurven, Uferpfaden, aufsaugen von Alleen. Bäume säumen seinen Schritt, Gartenhecken, farbige Häuserzeilen, das monotone Grau von Verkehrsschluchten, deren unendliche Geraden er mit seinem Gang ausmisst, enge Gassen füllt er mit seinem Körper, Kathedralen umschifft er, Bretterbuden, Verkaufsstände, sein Blick findet sich mit dem Ganzen ab und stösst an Details, hält sich an ihnen fest, die tote Taube im Rinnstein sieht er, ihren von Wagenrädern zerfetzten, blutig gefiederten Leib, die abbröckelnde Nase einer Gipsbüste am vorspringenden Erker eines Patrizierhauses, er sieht die sich türmenden Artischockenberge im Fenster eines Früchtemarkts, die Gummistiefel eines Strassenkehrers, die zitternde rote Quaste am Schulranzen eines vor ihm gehenden Kindes, wie sie sich hebt und senkt im Rhythmus des ausschreitenden Knaben.

Gefahrlos, wie sein Finger einst den Linien eines Stadtplans gefolgt ist, lotet nun sein Körper den Asphalt aus, die Farben, die Gerüche einer Stadt. Ihre Geräusche dringen an sein Ohr, hüllen ihn ein, der Verkehr, die Rufe, Stimmen, das Gelächter. Das Hallen seiner eigenen

Schritte treibt ihn voran, ihr stetes Stakkato drängt der Weite, die sich ihnen auftut, entgegen. Er eilt den sich öffnenden Armen der Stadt zu, lässt sich von ihr umfangen, sich an ihr unruhiges Herz pressen. Sein eigenes pochendes Herz nimmt ihren Puls auf, die Stadt breitet ihre Schwingen aus, unter die er sich duckt, in deren Schutz er sich begibt, er gibt sich ihr hin, der wilden, gefährlichen Unbekannten, während er marschiert, Johnny der Marschierer, der ein neues, ein absurd neues Gefühl entdeckt, einen Körper, der ihm gehorcht, der ihn trägt, sein eigener, der Seine, vollkommenstes Neuland betritt er, ausschreitend, gehend, und wie weit entfernt ist er von Mathilde, deren Signalton ihn freigegeben hat, ausgestossen, ausgespien, das Wort «Johannes», ihr letztes, geflüstertes. Gezischtes «Johannes», Mutters Stimme, von der er sich entfernt, die Distanz, die er zwischen sich und ihre Stimme bringt, Mathildes Glieder, ihren leuchtenden Leib, den er nicht begehrt, seine eigenen Schritte, die ihn vorwärtsstossen. Ohne zu stolpern drängt er hinein in den Schoss der Stadt.

An einer Strassenecke kauft er den Stadtplan. Gebäude, Gärten, Strassen, seine Finger ertasten die kühle Glätte des Umschlags, fahren über die Ränder und Kanten, fächern die sorgsam gefalteten Seiten, wie ein Akkordeon, das er öffnen wird, er wird sie aufspielen lassen, die Musik, die seine Schritte begleiten soll, ihre Richtung lenken wird. Fuss wird er fassen, in den Strassen dieser Stadt, ungeöffnet verstaut er den Plan in der Innentasche seines Mantels, knisternde Verheissung, aufgespartes Glück.

Kapitel 29

Mathildes dritter Versuch

Merkwürdiges Gespann, denkt Mathilde, während sie ungeniert den Abgang der beiden Herren durch den Mittelgang des Speisesaals mit ihrem Blick verfolgt. Der lange, dünne Professor L. stocksteif voran und hinter ihm, mit etwas Abstand, der Stiernackige von gestern Abend: der Auszug der Kapazitäten, deren Sachverstand an einem internationalen Kongress gefordert wird.

Wie viel Wissen um die menschliche Psyche, um ihre Irrungen und Wirrungen, wandelt da einher, denkt sie plötzlich amüsiert, und wie wenig Lust sie hätte – notfalls – sich einem von ihnen anzuvertrauen. Weder diesem gemütvollen Bayern noch Professor L., der, bei aller Liebenswürdigkeit, doch etwas ungemein Gespreiztes und Gestelztes an sich hat. Allein wie er vorhin mit der Zeitung in der Hand einen Kellner herbeigewedelt hat, als gelte es, eine Fliege aufzuscheuchen ... Oder dieses leicht gönnerhafte Tätscheln ihrer Hand (was ihre AuMa zu einem Redeschwall veranlasst hätte: «Würdest du dem Herrn Professor die Hand tätscheln? Und warum nicht? Und warum darf er das?»); sein Interesse für seine Patienten muss wohl eher ein theoretisches sein! Doch Mathilde ist milde gestimmt an diesem Morgen. Noch zehrt sie vom Glück ihrer aufregenden Nacht, vom Gedanken an Mr. Right, was schert sie sich um professorale Zwänge und Fesseln, die ihrem weiblichen und journalistisch gewetzten Scharfsinn im Übrigen genauso wenig entgehen wie die allzu offenen Blicke, die diesen Schutzwall aus Würde und Konvention durchbrechen. Letztere erinnern sie an pikante Details dieser Nacht, lassen den Geliebten noch inniger Gestalt annehmen, stacheln ihre geweckte Frivolität, sodass sie ihm, Professor L., geradezu dankbar ist für diese anregend verbrachte Frühstücksstunde.

Mit Mühe versucht sie, nachdem auch er sich für sein Symposium losgerissen hat, sich von ihren amourösen Gedanken freizumachen, sie versucht den Kopf freizuschaufeln für die Pflicht: G. und dieses verdammte Interview.

Nicht dass die Fragen, wieso Johnny überhaupt nach München gekommen ist, wie er das geschafft hat, warum er sie heute Morgen verlassen hat und woher er diese plötzliche Furchtlosigkeit nimmt, diese Bewegungsfreiheit und Selbständigkeit, diese Entschlusskraft, all diese durchaus berechtigten Fragen sich nicht, während sie nunmehr allein, zurückgeworfen auf sich selbst, an ihrem Fenstertisch sitzen bleibt, sich in einer Ecke ihres Hirns einzunisten begännen. Angetippt nur, unausgesprochen, denn noch lässt sich Mathilde mit dieser Decke des Zweifels ihr Glück nicht ersticken. Die Glut ist stark und die Decke leicht, federleicht, aus Tüll sozusagen.

Sie ist die Letzte im Speisesaal. An den Nebentischen räumt ein ganzer Stab von Kellnerinnen die Frühstücksgedecke ab, Gläser klirren, in der Küche klappert Geschirr, Fenster werden aufgerissen, Servietten gefaltet, die Tische für das Mittagessen hergerichtet.

Seufzend schiebt Mathilde ihren Stuhl zurück: Auf zu G.!

Mathilde Maas, MM, Reporterin mit Aufträgen, um die sie nicht selten beneidet wird, begibt sich in die Hotelhalle. Ein paar ältere Damen beim Tee, vielleicht dieselben wie gestern, vereinzelt Geschäftsleute hinter Tageszeitungen und in einer Ecke eine japanische Reisegruppe, die, mit Kameras und Stadtplänen bewaffnet, geschlossen zur Besichtigungstour ansteht, und hinter dieser Ansammlung in erregter Bewegung auf und ab wogender dunkler Köpfe die Rezeption, der Portier.

Mathilde bleibt einen Moment lang stehen, wie soll sie jetzt vorgehen?, als sie ihren Augen nicht traut, weil da drüben, ihr schräg vis-à-vis, unter der Schwelle des Durchgangs, der zu den diversen Nebenräumen des Hotels führt, neben einem Schaufenster mit Porzellantellern und Seidenfoulards, G. steht, G., in seinem khakibraunen Cordanzug, und sich suchend in der Halle umsieht.

Diesmal greift sie sofort zu. Der Himmel hat ihr diese Chance geschickt, sie stürmt quer durch die Halle, ihr Herz hämmert, jetzt oder nie, und kurz vor ihm federt sie ihren Schwung ab, «Entschuldigen Sie», und sie meint es so, denn G. sieht müde aus und niedergeschlagen, und sie stellt sich vor ihn hin, die Routine, Prominenz anzuhauen, wenn es nötig ist, kommt ihr zu Hilfe, sie stellt sich ihm vor, so, wie sie es vor einem Jahr getan hatte, nur ruhiger diesmal und präziser, er blickt gelassen an ihr auf – sie ist um einiges grösser als er –, ein etwas abwesender, abwartender Blick aus seelenvollen, schwimmenden Augen, der Alkohol, denkt sie, die Lider sind rotgerieben, sie sieht die unverwechselbaren hohen Backenknochen, den dichten, weit über die Lippen hängenden Schnurrbart, dessen dunkle Fülle etwas Grau zugelegt hat, das noch immer schwarze Haar, das ihm kurz und strähnig in die Stirn hängt, sie spürt diese Ergriffenheit wieder, vor ihm zu stehen, wie beim ersten Mal, wie gut sie ihn kennt, sein Gesicht, Allgemeingut ist dieses Gesicht, einen Augenblick lang ein verfremdendes Gefühl von Absurdität, es tatsächlich und leibhaftig so nahe vor sich zu sehen, und sie bringt ihre Bitte vor.

Er nickt, kratzt nachdenklich seinen Nacken: «Ja, wissen Sie, das würde ich gerne tun …», er fährt sich mit einer Hand übers Gesicht, als streiche er seine Erschöpfung weg, «Sie sind ja für ein Gespräch nach München bestellt worden, nicht wahr …?», er blickt kurz zu ihr auf, sie nickt, bewegt dabei leichthin den Kopf, als ob dies nun wirklich ohne Bedeutung wäre, «Aber soviel ich weiss, bin ich heute praktisch die ganze Zeit belegt … Ein Termin jagt den anderen!» Nun lächelt er, ganz kurz. «Sie müssten sich mit meiner Mitarbeiterin, Frau Pichelsteiner … Sind Sie ihr schon begegnet?», Mathilde bejaht, «… in Verbindung setzen, sie ist es, die über meinen Zeitplan wacht … Sie wird jeden Moment …» In ihrem Rücken, aus der Tiefe des Korridors nahen Pichelsteiners kleine eilige Schritte heran, beide drehen sie sich um, und Pichelsteiner bleibt stehen, winkt von Weitem mit einem Blatt Papier: «Kommst du? Ich konnte den Blauen Salon für uns reservieren!», und G. nickt, seufzt, verzieht, mit einem kurzen Blick zu Mathilde, das Gesicht, macht sich wortlos, ein zweiter Seufzer, auf den Weg, schleppt sich zu Margarethe Pichelsteiner, die ihm schwungvoll und mit einem aufmunternden Lächeln eine der zahlreichen Türen aufhält, schleppt sich seinem mörderischen Tag entgegen. Herr Kronhuber vom Abendblatt, das Aufnahmegerät auf Empfang, hat am Tisch im Blauen Salon bereits Platz genommen.

So nah bin ich meinem Ziel noch nie gewesen. Erregt, das Gefühl, eine Schlacht gewonnen zu haben, bleibe ich im Gang stehen, vor der Auslage mit Porzellan (Meissen) und Foulards (Pierre Cardin), starre in das Fenster, ohne einen Gegenstand wahrzunehmen, jeden Moment wird Margarethe Pichelsteiner herauskommen, ich werde mich mit ihr absprechen, und in einer Stunde, so schätze ich, werde ich das Gespräch mit G. hinter mich gebracht haben, auf das ich mich wieder zu freuen beginne, dieses Privileg, mit G. an einem Tisch zu sitzen, wie zugänglich er schien, sehr offen, nichts von dieser *bête sacrée*, vor der mich einige Kollegen gewarnt hatten (entweder mit einem schlichten «Na dann, viel Glück!» oder, wie der von der Kulturredaktion: «Wenn du den Ton triffst, kann er durchaus gesprächig werden», womit er zum einen andeutete, dass ich den Ton vermutlich nicht treffen würde, und was ihm andererseits erlaubte, auf sein eigenes, zwanzig Jahre zurückliegendes, an einer Frankfurter Buchmesse geführtes Zwiegespräch anzuspielen), das Komplizenhafte, mit dem mich G. an seinem Verdruss teilhaben liess, ich spüre förmlich, wie meine AuMa mir den Daumen senkrecht und anerkennend entgegenreckt. War es nicht einer ihrer Sätze, dass Hunde immer an denselben Baum zu pissen pflegen? Womit sie in der ihr eigenen Weise das biblische Prinzip zum Ausdruck brachte, wonach ein Erfolg den nächsten anzieht und der Glücklichen das nächste Glück winkt: Nach dieser Nacht, die mich mit so viel Glück und Optimismus erfüllt hat, kann der nächste Tag nur ein Erfolg sein. Johnny, mein Glücksbringer, mein Maskottchen du, in einer Stunde bin ich frei, frei für dich!

Strahlend dreht sich Mathilde um, strahlt Margarethe Pichelsteiner entgegen, die auf Zehenspitzen, weil hinter der Tür in ihrem Rücken zu den Fragen des *Abendblatts* ausgeholt wird, aber nicht minder eilig als sonst auf sie zukommt.

Frau Pichelsteiner, im kleinen braunen Kostüm, das Haar sauber verknotet, strahlt nicht. Sie wirkt angegriffen heute Morgen. Ohne ein Lächeln, aber durchaus nicht unfreundlich streckt sie Mathilde die Hand hin, hält Mathildes Hand eine Weile in der ihren fest, bevor sie sie ihr wieder zurückgibt: «Ja, meine Teuerste, was machen wir jetzt mit Ihnen?»

«Wieso?» Mathilde lächelt noch immer, ihr scheint der Fall klar zu sein: Sie bleibt hier stehen, bis G. sein Gespräch beendet hat, dann ist sie an der Reihe.

«Wir sind doch total ausgebucht heute! Sehen Sie ...», sie holt ihre Liste hervor, mit der sie vorhin G. herbeigewinkt hat, und liest, für Mathilde, «zehn Uhr dreissig die Inge Odenthal von der *Brigitte*, dann elf Uhr fünfundvierzig das Münchner Lokalradio, das heisst nein, um elf müssen wir den Herrn vom *Stern* einbauen, weil der», Seitenblick zu Mathilde, «gestern vergeblich hier angerannt ist, dann isst Herr G. zu Mittag mit», wieder Seitenblick, «dem Verlag, dann müssen wir eine Pause zwischenschalten, weil er mir sonst noch zusammenbricht, und für sechzehn Uhr hat sich das ZDF angesagt mit dem *Kulturreport*, um siebzehn Uhr dann die Pressekonferenz, und», sie hält ihr, als bedürfe es noch eines Beweises, die Liste unter die Nase, «ich weiss ohnehin nicht, wie er mir das durchsteht», sie sieht Mathilde an, während sie die Liste faltet und in ihre Handtasche zurücksteckt, «der Ärmste leidet schrecklich unter solchen Tagen!»

Doch nicht etwa wieder die Mitleidstour? Mathilde schaut Margarethe Pichelsteiner, die ihr wie ein Erzengel vor dem Glück stehen will, ungerührt in die Augen und bemerkt, sehr ruhig jetzt, sehr gelassen, dass sie, soviel sie wisse, gestern ebenfalls «angerannt» sei und, soweit sie sich erinnern könne, ihr ein Interview in München vom Verlag, «von Ihnen, Frau Pichelsteiner», angeboten worden sei, weswegen sie sich auch auf den Weg gemacht habe, einen Weg, der nicht etwa die Überwindung einiger Hausecken bedeutet habe, sondern eine Flugstunde hin und eine Flugstunde zurück, und dass sie eigens wegen dieses Interviews im Hotel habe nächtigen müssen, worauf sie auch liebend gern verzichtet hätte (was nicht stimmt), und sie erwarte nun von ihr, «von Ihnen, Frau Pichelsteiner», dass sie ihr eine Lösung aus diesem Dilemma anbiete, und zwar jetzt und auf jeden Fall heute noch, und dass sie jedenfalls, sie für ihren Teil, nicht daran denke, dieses Hotel oder diese Stadt zu verlassen, ohne zu ihrem versprochenen Gespräch gekommen zu sein, «Das kann ich mir schon wegen meiner Redaktion nicht leisten!», und damit lächelt sie Frau Pichelsteiner wieder verbindlich an.

So leicht gibt Mathilde Maas, MM, bekannt und geliebt für ihre respektlose Schreibe und ihre Fähigkeit, am Ball zu bleiben, nicht auf. Wobei, vielleicht hätte sie für dieses eine Mal, wie gesagt, Mathilde ist milde gestimmt an diesem Morgen, mit ihren Grundsätzen gebrochen und vor diesem den Schriftsteller G. belastenden und auslaugenden Marathon die Waffen gestreckt. Weil sie es ohnehin nicht ausstehen kann, eine von vielen zu sein, und noch viel weniger, als eine dieser vielen ganz am Ende der Liste zu rangieren. Aber sie hat – danke AuMa! – ihre Lektion gelernt, Bescheidenheit ist eine Zier, aber nicht die ihre, nicht die von Mathilde Maas.

Kapitel 30
Da hilft alles nichts

Es ist Margarethe Pichelsteiner, die aufgibt. Ihr Schädel brummt und hämmert, der Puls klopft in ihren Schläfen, einen solchen Kater wie heute hat sie seit ihrem Scheidungstag nicht mehr erlebt, und der liegt immerhin beinahe zehn Jahre zurück, sie, die doch sonst so vernünftig mit Alkohol umgeht, und die Sorge, wie dieser Tag durchzustehen ist, gilt – entgegen anderslautenden Beteuerungen – für einmal nicht ihrem Schützling, sondern, und sehr viel dringlicher, sich selbst.

Mit dem einen Auge bewacht sie die Tür, aus der jeden Moment der Kronhuber vom *Abendblatt* heraustreten wird, mit dem anderen sieht sie die Odenthal von der *Brigitte* – sie kennen sich seit bald zwanzig Jahren – sich in der Halle nach ihr umsehen, und vor ihr steht diese Schweizerin, die wild entschlossen scheint, ihr auf den Nerven herumzutrampeln. Schmeissfliegen allesamt, denkt sie, sie hasst sämtliche Journalistinnen und Journalisten dieser Welt und noch viel inbrünstiger ihren Job. Was sie daran erinnert, dass sie die Unterlagen für die Pressekonferenz heute Abend in einer freien Minute nochmals wird durchkopieren müssen, weil sie gestern Nacht ein volles Rotweinglas umgestossen hat, und weiss der Himmel, wo sie in diesem Hotel fotokopieren kann, jedenfalls, vielleicht eine

Spur blasser geworden, gibt sie Mathilde ihr Wort: «Ich will sehen, was sich machen lässt, vielleicht kann ich Sie in einer Zwischenstunde unterbringen. Es wird sich schon eine Gelegenheit finden lassen. Am besten bleiben Sie in der Nähe, ich ruf Sie dann, aber jetzt entschuldigen Sie mich bitte», und sie geht auf Inge Odenthal zu, die ihr mit ausgestreckten Armen, Küsschen rechts, Küsschen links, quer durch die Halle entgegensteuert.

Merde, denkt Mathilde und bleibt genau an der Stelle stehen, an der Margarethe Pichelsteiner sie zurückgelassen hat: *Merde! Merde!!* Am liebsten würde sie, in einem ihrer befreienden Wutanfälle, mit beiden Füssen abwechslungsweise auf den Boden stampfen oder mit der Faust auf die Scheibe dieses idiotischen Schaufensters *(Credit cards are welcome)* vor ihr eintrommeln: Den ganzen Tag «in der Nähe bleiben», das kann ja heiter werden!

Mit ihren Sätzen vorhin hat sie sich selbst hier festgenagelt, was ihre Wut noch steigert, denn sie hätte im Moment nicht übel Lust, diesem Hotel samt G. und seiner Pichelsteiner den Rücken zu kehren und einfach abzureisen, die können ihr allmählich den Buckel runterrutschen, allesamt, Scheissjob, denkt sie, so wie Pichelsteiner einige Minuten vor ihr, Scheissjob!

Mit einer Welle guter Laune, das blühende Leben, ausgeruht und von ihrem kurzen Marsch durch Münchens Morgenluft erfrischt, bricht Inge Odenthal, eine korpulente Dame mittleren Alters, rötlich onduliertes Haar, schickes Kostüm über hohen Hacken, in die Stille des Seitengangs ein. Neben ihr Frau Pichelsteiner, die freundlich in den Redeschwall an ihrer Seite nickt, die Odenthal, von der Mathilde schon einige Reportagen gelesen hat – und sich die Verfasserin dabei selbstverständlich ganz anders vorgestellt hat, Namen lösen immer Assoziationen aus, und immer falsche – und die sie vor Jahren schon, als blutige Anfängerin sozusagen, für ihre Professionalität, ihre Weltläufigkeit bewundert hat. An ein Gespräch mit Thailands Königin Sirikit kann sie sich erinnern oder an die Reportage, für die sich die Odenthal, als Bettlerin verkleidet, in Hamburgs Strassenstaub gekniet hat, um die Welt von unten kennenzulernen, und ein paar Monate später an ihren Bericht aus dem «Ritz» in Paris, so was wie ein Vorbild war die Odenthal für die junge Mathilde gewesen, die heute nur noch wenige Vorbilder hat und jetzt, vorübergehend, einzig aufgrund der Tatsache, die einst Bewunderte vor sich zu haben, etwas versöhnlicher gestimmt ist. Sie lächelt deshalb, als Frau Pichelsteiner bekannt macht: «Inge Odenthal … Mathilde Maas aus der Schweiz …», ein Lächeln, das jedoch augenblicklich erstirbt und sozusagen ins Gegenteil umschlägt, weil Frau Odenthal «Was? Aus der Schwiiz? Wie nett!» ruft.

Nett! Schwiiz!!

«Ach, Sie sprechen unseren Dialekt?»

Und die Odenthal spitzt unbeirrt das Mündchen, «Aber klar doch!», und bringt ihn tatsächlich, den Witz, ohne den offenbar eine Begegnung mit der ulkigen kleinen Schweiz und ihren vielen lustigen Bewohnern nicht denkbar ist, «Chu … chi … chäscht … li», formt sie kokett, rollt die Augäpfel dazu und kreischt heiter, in unbekümmerter Jovialität los.

Gut, öffnet sich in diesem Moment in ihrem Rücken eine Tür. Mathilde dreht sich um und sieht Herrn Kronhuber vom *Abendblatt* aus dem Blauen Salon kommen. Für eine Sekunde taucht hinter ihm G.s verzweifeltes Gesicht im Türrahmen auf, mehr eine Vision, weil er sich augenblicklich wieder zurückzieht, als er der Versammlung im Gang ansichtig wird, doch da hilft alles nichts: Pichelsteiner macht sich, Kollegin Odenthal im Schlepptau, auf den Weg, lässt diese vorgehen, ein kurzer Aufschrei weiblicher Stimmen, und hinter ihrem Rücken schliesst sich, mit kleinem dezidierten Knall, die Tür.

Herr Kronhuber knöpft seine Aktenmappe zu, packt sie unter den Arm, bleibt erst wie versonnen so stehen, dann gibt er sich einen Ruck und geht selbstbewussten lockeren Schrittes an Mathilde vorbei, auf halber Höhe sein «Guten Tag», dann biegt die unauffällige Gestalt im blauen Regenmantel um die Ecke.

Kapitel 31
ICH LIEBE!!

Sagen wir es mal so: Viel mehr als seine äussere Hülle hat Psychiatrieprofessor Igor L. zu dieser Stunde der Aussenwelt nicht zu bieten. Einen Körper, sitzend in der zweiten Reihe Mitte links eines lichten Saals, in stiller Aufmerksamkeit zusammengekrümmt, rechter Ellbogen ruht auf rechter Armlehne, Handfläche stützt Kinn, linkes Bein über das rechte geschlagen, und vor ihm, auf dem seinem Stuhl zugehörigen Klapptischchen fein säuberlich ausgelegt, Notizblock und Stift.

Der Blick ist ordnungsgemäss auf Prof. Dr. Ludwig Backe geheftet, der den zweiten Symposiumstag (Thema: «Wenn die Krise des Patienten die des Therapeuten wird») mit ein paar Worten eröffnet und damit das Rednerpult freigibt.

Igors Kopf, sein Herz vielmehr ist an diesem wundervollen Frühstückstisch sitzen geblieben, seine Gedanken, oder zumindest ein grosser Teil davon, denn mit einem Ohr ist er dank jahrzehntelanger Routine durchaus fähig, dem gesprochenen Wort im Saal zuzuhören, kreisen um die Geliebte (oder so gut wie), um die braunäugige, samthäutige Mathilde, um dieses zauberhafte Einvernehmen, das zwischen ihnen geherrscht hat. Dieser Gleichklang von Intellekt und Gefühl, Kopf und Bauch, auf einen wunderbaren Nenner gebracht ... Mit herrlicher Kraft strömt das Blut durch seine Adern, so nah fühlt er sich Mathilde, so inniglich mit ihr verwandt, die Ähnlichkeit der Charaktere, die ihn verblüfft, zwei Wesensverwandte, die sich gefunden haben, er und sie, sie und er, sich ergänzen zu einem harmonischen Ganzen, Gefühle, allzu lange auf Eis gelegt, die endlich lodern dürfen: *You make me feel like eighteen!* Gedanke, der den Körper sich unwillkürlich straffen lässt, ein Lächeln, das die Gesichtszüge belebt, was den unvoreingenommenen Beobachter der äusseren Hülle vielleicht stutzig werden liesse, denn am Rednerpult verliest Dr. Gunnar Lundström mit monotoner Stimme den demnächst in Buchform erscheinenden und nun stark gekürzten Bericht seiner eigenen Depression, Stationen der Hölle, die er, nach zwei Klinikaufenthalten innerhalb von mehreren Jahren, überwunden hat und mit deren Schilderung er heute erstmals an die Öffentlichkeit tritt. Ein mutiger Schritt, indem er an das Tabuthema rührt, dass Psychiater von den Krankheiten ihrer Patienten erfasst und überrollt werden können, diese Schuldhölle, in der er sich bewegt hat, im Saal wird es so still, dass man die berühmte Stecknadel hätte fallen hören können, und Professor L. wird von seinen erotischen Gedankenspaziergängen zurückgeholt. Obwohl sein Interesse an dieser Veranstaltung bis zu diesem Moment, gelinde gesagt, gering war, ist sein trainierter Geist fähig, und sei die innere Verstrickung noch so gross, veränderte Schwingungen in einem Raum wahrzunehmen, sein Kopf kehrt zum Körper zurück, und – ein Idiot ist er nicht – er lässt sich, wie die Kollegen, von der emotionslosen Stimme in Bann schlagen. Mehr noch, er lauscht mit wachsender Erregung. Die qualvollste, die schrecklichste aller

Krankheiten von einem geschildert, der dank seiner geschulten Beobachtungsgabe fähig ist, die Panik, den Abgrund in präzisen und differenzierten Worten wiederzugeben, in ihrer Sprache? Mit der Kollegenschaft zieht er sozusagen vor dem schildernden, fast literarisch bekennenden Kollegen den Hut. Einer, der von Berufs wegen mit menschlichen Schwächen, den Schwächen anderer umgeht, sie kraft seiner Professionalität beherrscht, beherrschen muss, und sich nun selbst als Opfer der entsetzlichsten seelischen Not preisgibt? Mit Wärme, enthusiastisch gar stimmt Professor L. ein in den Applaus, der Dr. Gunnar Lundströms Vortrag abschliesst. Von hinten im Saal würdigen vereinzelte Bravorufe das Coming-out eines Psychiaters, ein in dieser Berufsgattung eher seltenes Ereignis, und Professor L., er, sucht den Augenkontakt mit seinem schräg hinter ihm sitzenden Freund Ignaz Graf und nickt ihm mehrmals anerkennend zu. Dann setzt er sich wieder gerade hin und geleitet Kollege Lundström mit seinem Blick liebevoll, beinahe gerührt bis an seinen Platz zurück. Lundström bedankt sich mit einem leisen, nach innen gekehrten Lächeln bei seinen Anhängern, und das sind, mit Ausnahme von vereinzelten Skeptikern, die um die Unantastbarkeit des Berufsstandes fürchten, nicht wenige in diesem Saal.

Der Grund seiner Bewegung ist der, dass Professor L. plötzlich erkennt, dass er, vielleicht, unter anderen Umständen, vor seiner schicksalhaften Begegnung mit Mathilde und damit sich selbst, bis vor Kurzem, normalerweise also, sich instinktiv der natürlichen Abwehrhaltung der Neinsager angeschlossen hätte. Nicht weil er ein Anhänger der Unfehlbarkeitstheorie wäre, nein, Professor L. geht auch diesbezüglich mit der Zeit. Aber gerade weil er um die Erkrankungen der Seele weiss, um ihre Gefährdungen, die Abwehrmechanismen, all die Sackgassen, Trugschlüsse, Zweifel und Selbstlügen, sehr viel weiss, hat er sich ganz selbstverständlich, und zwar aufgrund dieses Wissens, selbst davon ausnehmen müssen. Mit anderen Worten: Professor L. hat sich stets für einen stabilen, gefestigten Menschen gehalten und aus diesem Wissen heraus, auf diesem gesunden Fundament, die Kraft für seinen beruflichen Einsatz schöpfen können. Das theoretische Wissen um die Gefahr hat ihn für Selbstzweifel immun gemacht, weil ihm diese Immunität erlaubt, als Arzt mit der Gefahr konfrontiert zu werden, ohne selbst Gefahr zu laufen. Selbstzweifel, weiss Professor L., sind der Anfang vom Ende, es sei denn, es sei denn …

Nach diesem sämtliche Anwesenden ohne Zweifel aufwühlenden und bewegenden Beitrag des verehrten dänischen Kollegen beschliesst Tagungsleiter Backe, das Mikrofon ergreifend und wie ein Showmaster auf der Bühne auf und ab gehend (was er, zumindest für die Dauer dieses Symposiums, noch nie getan hatte), *ex improviso*, ausserprogrammmässig also, eine Diskussionsrunde einzuschalten und das Mikrofon für das erste Votum zur Verfügung zu stellen. Backe nickt aufmunternd in die Reihen, und es ist Professor L., der, einem emotionalen Sturm in seinem Innern gehorchend, einem Drang, seinem Innern Luft zu machen, dem Stau seiner wild um sich schlagenden Gefühle nachzugeben, auf die Füsse springt und sich unter den abwartenden und interessierten Blicken der Umsitzenden aus seiner Bank schält, den Mittelgang bezwingt und mit grossen Schritten nach vorne eilt. «Coming-out», hämmert es in ihm, «Ich liebe!», möchte er rufen, «ICH LIEBE!!», es der Welt bekannt geben, es hinausschreien, sich öffnen möchte er, dem mutigen Beispiel des Vorredners folgend, «NEHMT MICH, WIE ICH BIN!», ruft es in ihm, «ICH LIEBE! ICH LIEBE DIE GELIEBTE MEINES PATIENTEN! ICH LIEBE MEINEN PATIENTEN!!», hallt, dröhnt, tobt es in seinem Herzen, von der Bekennerlust verwirrt, wilde, entfesselte Offenbarungslust, Coming-out, in die selbstgefälligen Gesichter der Kollegenschar hinein, gerufen, gebrüllt, «ICH BIN!», schreit es, «ICH LIEBE!!», und er reisst das Mikrofon dem verdutzten, aber aufgrund des positiven Echos auf seine Worte erfreut auflächelnden Backe förmlich aus der Hand, reisst es an sich, holt Luft, sieht die hundert auf sich gerichteten Augenpaare und hebt zu einer flamboyanten Rede an.

Nicht von der Liebe spricht er, im letzten Moment das Gewicht dieser hundert auf sich gerichteten Augenpaare wägend, sondern von den Wagnissen des Berufsstandes an sich. Von ihrer aller täglichen Konfrontation mit den grundlegendsten Bedürfnissen und Krisen des Menschseins und dem dieser Konfrontation innewohnenden Risiko der Problemaktivierung. Denn sind sie nicht alle Gefährdete? Von der Motivation, diesen Beruf überhaupt zu ergreifen, spricht er, von der Affinität zur Schwäche der Ich-Struktur, der kontraphobischen Flucht in das Konflikthafte, Angsterregende, die manche, bei derselben charakterlichen Konstellation wohlgemerkt, mit dem entgegengesetzten Mechanismus gelöst hätten, mit der phobischen Flucht nämlich vor Berufen und Spezialisierungen wie den ihren, die Nahkontakte mit Menschen voraussetzen. Sie aber, sie alle, und er zwingt sämtliche Anwesenden in seinen Blick, sie alle im Saal hätten sich der Aufgabe gestellt. Viel zu oft, ja geradezu mit Regelmässigkeit würden die spezifischen Probleme des Therapeuten negiert, die Kräfte, die im psychotherapeutischen Nahkontakt zwischen Menschen spielen und nicht nur den Patienten oder die Patientin, sondern auch den Therapeuten erfassen, ausser Acht gelassen. Diese Rückwirkung von Krisen und Not, von schwersten emotionalen Problemen auf den Helfenden.

«Können wir bestehen, ohne einige derselben Ebenen und Abgründe in uns selbst akzeptiert zu haben?», fragt er. «Können wir es, ohne in einem gewissen Grade eine partielle und temporäre Regression – im Dienste der Psychotherapie, versteht sich – selber durchzumachen?»

Professor L. spricht lange. Über Überidentifikation und Verschiebung von Grenzen, über Provokation und Trennungsängste, über symbiotische Abhängigkeiten zwischen Therapeut und Patient und umgekehrt, er spricht von der Projektion eigener Sehnsüchte, von der Konfrontation mit verdrängter Affektivität, von Aggression und Regression, kurz, seine Worte abrundend, er fordert nichts weniger als eine Erweiterung des Verständnisses für die Psychodynamik und damit eine Bereicherung der therapeutischen Beziehung an sich.

Dann gibt er das Mikrofon zurück. Kehrt zurück an seinen Platz. Doch im Gegensatz zum Beitrag Lundströms bleibt die Reaktion im Saal merkwürdig schal. Kaum ein paar Hände, die höflich Applaus spenden, der eine oder andere diskrete Blick auf die Uhr am

Handgelenk. Gelangweilt gehen die Blicke über ihn hinweg, bleiben weder zustimmend noch ablehnend an ihm hängen, die Diskussion im Kongresszentrum wird ganz einfach so weitergeführt, als hätte er, Professor L., sich überhaupt nie zu Wort gemeldet. Eine halbe Stunde lang hat er ihnen mit seinen Plattitüden und Gemeinplätzen wertvolle Zeit gestohlen: Die versammelte Ärzteschaft reagiert so gnädig sie kann, sie reagiert nicht.

Als hätte man ihn mit einem Besen von der Bühne gekehrt, hängt sich Professor L. in seinen Stuhl, zweite Reihe Mitte links, er schlägt die Beine übereinander und leidet.

Hätte er wirklich getan, wozu es ihn vorhin, wenn auch unbedachterweise, gedrängt hatte, hätte er tatsächlich öffentlich bekannt, *je m'accuse*, in welchen Konflikt ihn die Geliebte seines Patienten gestürzt hat, hätte er all die zutage getretenen Zweifel an seinem Beruf preisgegeben, an seinen Fähigkeiten und Möglichkeiten, hätte er das Gefühl in Worte zu kleiden versucht, dass er bangt, im Lauf der Konzentration auf das Leben anderer das eigene Leben verpasst zu haben, hätte er von all dem gesprochen, wenn auch in einem Rahmen, der für solche Bekenntnisse eigentlich nicht geschaffen ist, denn wer reist schon eigens aus Connecticut an, um nur ein Beispiel zu nennen, oder aus Manchester, um die Lebensbeichte eines Kollegen zu vernehmen, doch wie dem auch sei, die Ehrlichkeit wäre vielleicht honoriert worden. Aber so? Ein alter Esel, der sich mit Weisheiten, die in jedem Schulbuch nachzulesen sind, wichtigmacht? Seine Stellvertreterrede hat ihm nichts als Schmach eingebracht. Weder eine Klärung seines Konflikts noch eine Befreiung, nur den, beschämenderweise auch noch flüchtigen, Gedanken seitens der Hörerschaft, dass man sich von diesem L. aus der Schweiz, immerhin anerkannter Kopf auf seinem Gebiet, doch mehr versprochen hätte.

Professor L. wünscht sich weit fort. Wünscht sich nach Hause, an die vertraute Stätte seiner Macht.

Kapitel 32

Alle Welt leidet

Und so leiden sie alle. Jeder auf seine Weise, ein jeder nach seinem Temperament, seinen Fähigkeiten und seinem Können entsprechend. Selbstverständlich ist bei dem einen die Schmerzgrenze schneller erreicht, die Leidensfähigkeit mehr oder weniger ausgeprägt, je nachdem, wie das Leben bisher mit ihm umgesprungen ist. Auch die Art und Weise, wie diesem Leiden Ausdruck verliehen wird, ist von ausgesuchter Individualität.

Margarethe Pichelsteiner beispielsweise leidet eher still. Sie ist es gewohnt, Gefühle wie Frust und Unlust, aber auch Ärger, Nervosität oder so schlichte Dinge wie Kopfschmerzen, Müdigkeit, Abgespannt-Sein, pures Sich-überfordert-Fühlen durch eine Situation als eine rein persönliche Angelegenheit anzusehen, mit der sie selbst und niemand sonst fertigzuwerden hat. Nie würde sie andere unter ihrer momentanen Stimmung, wie sie das nennen würde, leiden lassen. Sie ist diesbezüglich mehr der Typus Mensch – übrigens öfters im Femininum anzutreffen –, der alles in sich hineinfrisst und dafür eines Tages mit einem ausgewachsenen Krebsgeschwür belohnt wird. Jedenfalls, sie weiss gar nicht mehr, wie oft sie die Tür zum Blauen Salon bereits geöffnet hat, um einen Journalisten oder eine Journalistin anzumelden, abzuholen, im Gang draussen zu vertrösten, ihrem Schützling Aspirin zu holen oder ein Selters zu bringen (keines der italienischen Wasser, die er so mag, ist in diesem Hotel aufzutreiben), sie hat Anrufe aus verschiedenen Redaktionen in der Telefonkabine in der Halle entgegengenommen und den zuständigen Redakteur beim ZDF, der dringend um Rückruf gebeten hatte, mehrmals zu erreichen versucht, doch die Sekretärin hat ihn im ganzen Haus nicht finden können, sie hat sich, trotz der gedrängten zeitlichen Verhältnisse, mit Inge Odenthal eine halbe Stunde lang in die Bar gesetzt, weil es unmöglich ist, dieses erprobte Sprachrohr auch des übrigen gesamten Verlagsprogramms, zumal man sich schon seit Jahren kennt und weiss, was man aneinander hat, so kurzerhand abzufertigen und ohne ein persönliches Gespräch ziehen zu lassen, sie hat, zwischendurch, versucht, die Sache mit den rotweinbekleckerten Presseunterlagen in Ordnung zu bringen, doch ist das einzige Fotokopiergerät des Hotels, das des Geschäftsführers, derzeit ausser Betrieb und man wartet auf den Monteur, sie hat ... Und die kurzen eiligen Schritte Margarethe Pichelsteiners hallen unermüdlich durch Flur und Gänge des Hotels, als seien sie ein nicht mehr wegzudenkendes akustisches Accessoire.

G. leidet. Leidet sogar sehr, und nicht nur darin ist er mehr ein Typ, der aus sich herausgehen kann. Auch wenn ihm diesbezüglich die Schuldgefühle, was den vorangegangenen Tag insgesamt, die versäumte Lesung und das Callgirl im Besonderen aber betrifft, eine gewisse Mässigung auferlegen. Er leidet somit – entgegen seiner Natur – höflich und still, dafür mit einem so verzweifelten, das Leiden sozusagen in aller Stille hinausschreienden Gesichtsausdruck, dass es eines härteren Herzens als das der armen Margarethe Pichelsteiner bedurft hätte, darüber einfach hinwegzugehen. Seine ganze physische Erscheinung sendet Leidenssignale aus, die Augen schleudern Verzweiflung, der Schnurrbart hängt, die Schultern hängen noch mehr, die ganze Person G. hängt in einem Stuhl, aus dem er sich nur dann mühsam hochrappelt, wenn ein Journalist oder eine Journalistin den Raum betritt und ihm freudig die Hand hinstreckt. Gottergeben schildert er den Inhalt seines neuen Buchs (für diejenigen, die es leider noch nicht gelesen haben, dies aber selbstverständlich nach dem Interview nachholen wollen), er beantwortet Fragen nach seinem Privatleben, immer dieselben mit immer denselben Sätzen, schildert seinen Tagesablauf («Eigentlich sehr normal, wissen Sie, am Morgen wird gearbeitet, nachmittags Briefe beantwortet, spazieren gegangen und so weiter»), wundert sich schon lange nicht mehr über die Frage, warum er schreibe («Weil ich's kann»), er listet seine literarischen Vorbilder auf, schildert, wenn's denn wirklich sein muss, die Not der frühen Jahre, hat gegen die Gleichrangigkeit der Talente Malen und Schreiben nichts einzuwenden, bringt auch politische und moralische Geisteshaltung mit der Aussagekraft der eigenen Literatur durchaus zusammen, in Lyrik, Prosa und Essay, kurz: G., aufgrund seines schlechten Gewissens an Ort gehalten, weil er ohne dieses den Ort schon längst verlassen hätte, zählt die Stunden, da er in die Ruhe seiner Berliner Wohnung, in die verständnisvolle Nachsicht und Liebe seiner Frau Lore sinken kann, ausgestreckt – endlich – auf seiner Ottomane am Fenster, ein Gläschen Whisky in der Hand.

Stunden bis dahin, und G. erhebt sich, schüttelt dem Herrn vom *Stern* die Hand, der seinerseits dabei kein bisschen lächelt, weil er entschlossen ist, diesen Bonzen des Literaturbetriebs mal ordentlich und kritisch ranzunehmen.

Dass AuMa leidet, ist möglich, aber eher unwahrscheinlich. Denn AuMa, deren Leben so lange währt, als sie ihren Platz in der Erinnerung ihrer Enkelin hat, weiss, dass Leiden nichts bringt. Trauer ja, jeder Mensch trauert. Tode, Krankheiten, das Leiden anderer, aber vom Dulden hält sie nichts. Ein jeder nehme sein Schicksal in seine beiden Hände, ändere, was sich ändern lässt, nehme das Unvermeidliche hin und geniesse ansonsten, was das Leben hergibt. Koste aus bis zur Neige, und dann weg damit.

Johnny leidet nicht mehr als sonst, eher weniger.

Es leidet Marianne L., die der Gedanke an den in wenigen Stunden von seinem Kongress rückkehrenden Gatten in ihrem Gedankenfluss lähmt. Sitzend an ihrem Arbeitstisch im ersten Stock eines geräumigen, inmitten eines hübschen, etwas verwilderten Gartens am Stadtrand gelegenen Einfamilienhauses, kämpft sie sich durch das wattene Nichts eines schöpferischen Blackouts, das zeitlich präzis mit der Vorstellung einer sich öffnenden Haustür und dem üblichen Ruf «Ist jemand da-aa?» einhergeht.

Es leidet der Portier, mehr ein verinnerlichtes Leiden, mehr ein Leiden, das weder Anfang noch Ende kennt, der mit schmerzenden Füssen seit sieben Uhr in der Früh hinter der Rezeption steht und wie mit einer fixen Idee mit dem Gedanken kämpft, dem oder der Nächsten, der oder die ihm mit einer belämmerten

Frage nach dem besten Restaurant, dem empfehlenswertesten Kleidergeschäft, Schuhladen, den Öffnungszeiten der Kinos, der Erhältlichkeit von Theaterkarten oder dem schlichten Hinweis auf den tropfenden Wasserhahn im Badezimmer kommt, eins in die Fresse zu hauen.

Inge Odenthal leidet, weil sie die Sache mit G. wie einen langersehnten Beischlaf hinter sich gebracht hat und nun mit einem merkwürdigen Gefühl der Leere den Heimweg unter die Füsse nehmen muss. *Post coitum triste.*

In dem Zusammenhang übrigens, nicht uninteressant, das Leiden des Kronhuber vom *Abendblatt*: Er hat beim Vergleich seines eigenen, unmittelbar nach Gesprächsende seinem PC anvertrauten und nun korrekt ausgedruckt vor ihm liegenden Elaborats mit den gesammelten Interviews aus zehn Jahren – der Verlag beziehungsweise die Pichelsteiner hat ihm die Pressemappe eine Woche vor Termin zugeschickt – feststellen müssen, dass sich G.s Antworten auf seine mühsam ersonnenen Fragen nicht nennenswert von früheren Sätzen unterscheiden, mehr noch, dass gewisse Formulierungen als geradezu identisch bezeichnet werden müssen, was Kronhuber, der sich während des Gesprächs so sicher gefühlt hatte, zu einem sozusagen zeitlich verschobenen und insofern verspäteten Schweissausbruch veranlasst und – und nun kommt das Leiden zur Sprache, in der Handhabung desselbigen Kronhuber in Gesellschaft mehr zum introvertierten, zu Hause, privat also, mehr zum extrovertierten Typus zählt, mit dem Kronhuber im Moment zu kämpfen hat – zu einem Misston in einer sonst intakten Beziehung zu seinem jungen Freund Fritzi geführt hat, mit dem er bereits seit vier Monaten zusammenlebt und mit dem er sich, nicht nur im Bett, dort auch, prächtig versteht. Zum Eklat kam es, weil – Fritzi ist Koch und ihm, dem Starreporter, einem ganz natürlichen Gefühl der Hierarchie gehorchend, mit Bewunderung ergeben – weil Fritzi also, von seiner Mittagsschicht im «Schiefen Eck» nach Hause gekehrt, die Tür zu seinem Arbeitszimmer einen Spalt weit öffnet, um sich mit diesem bewundernden Leuchten in den Augen zu erkundigen, wie denn das Interview mit G. gelaufen sei, und weil Kronhuber dann (extro) losbrüllt und aufsteht und vor dem Fritzi seinem bewundernden Blick die Tür zuschlägt und weil dann der Fritzi, der nicht nur hübsch, sondern auch sehr sensibel ist, sich heulend im Schlafzimmer einschliesst und Kronhuber, dem nun das Herz aus zweifachem Grund blutet, das heisst, Gründe gibt es natürlich zuhauf, da müsste man nur ein paar Jährchen zurückgehen, und noch ein paar Jahre, und dann wäre man bei Kronhubers Kindheit angelangt, aber das führt nun wirklich zu weit, bleibt also noch einige Minuten im Trotz so sitzen, vor sich das unselige Interview und hinter sich dem Fritzi sein herzzerreissendes Schluchzen, der Kronhuber steht dann, nach ein paar Minuten, auf und klopft mit einem Knöchel an die verschlossene Schlafzimmertür, was aber nichts nützt, eher noch das Schluchzen hinter der Tür anschwellen lässt, wiewohl es mittlerweile durch ein dämpfendes Kopfkissen zeitweise erstickt wird, schon längst kniet Kronhuber vor dieser schrecklichen Tür und fleht, weil in dem Fritzi, der dieses Diminutiv ohnehin längst leid ist und Fritz genannt werden möchte oder Friedrich, wie es seinem Taufnamen entspricht, nun endlich alles aufbricht, was zwischen ihnen unausgesprochen geblieben ist, bleiben muss ... Gelitten wird, kurz gesagt, dies- und jenseits der Tür, und das nicht zu knapp, und, und das ist vielleicht das Grausamste, es hat sich noch längst nicht ausgelitten.

Nebenbei bemerkt: Auch der Herr vom *Stern* leidet. Dabei hatte sich alles so gut angelassen. Er hatte bereits bei der Begrüssung – mehr nonverbal – seine Devise durchgegeben: Nicht immer derselbe Schmus, mein Alter, mit mir nicht! Denn ohne dass er sich etwas darauf einbildet, ihm kann man den Kaiser von China vor die Nase setzen, Ehre, wem Ehre gebührt, aber er zieht seine Story durch, stellt die Fragen, wie es ihm passt, und dann wird auch eine ordentliche Sache daraus. Ein paar scharfe Bilder dazu und ex und hopp, jedenfalls hatte er an der letzten Redaktionssitzung bekannt gegeben, dass man für die G.-Story so zwo, drei Seiten einplanen könne, und er hat sich gründlich auf die Chose vorbereitet, und als die Pressetante gestern angerufen und ihn ausgeladen hat, so mir nichts, dir nichts, mit ein paar fadenscheinigen Gründen, hat er sich ganz schön auf die Hinterbeine gestellt, und selbstverständlich hat er dann anderntags seinen Termin bekommen, ja und dann hat er seine ersten Fragen gestellt, und der G. ist so merkwürdig zusammengesackt in seinem Rokoko-Stühlchen, nicht dass ihm das entgangen wäre, auch nicht, dass in dem Mann durchaus was steckt, aber irgendwie war da noch zu wenig Drive drin im Ganzen, und er hat noch einen Gang zugelegt, und, ihm muss da etwas entgangen sein, plötzlich hat ihn G., der zuvor ziemlich unbeteiligt geradeaus gestarrt hatte, so eigentümlich zu mustern begonnen (Was will eigentlich dieser kleine Stinker hier?), aber er hat, obwohl ihm da bereits etwas mulmig geworden war, weitergemacht, warum hätte er es sich nehmen sollen, diesen Punkt mit den letzten Verrissen etwas deutlicher zur Sprache zu bringen? Oder den notorischen Schürzenjäger? Da war doch Fleisch dran am Knochen, das ist es, was die Leserschaft interessiert, die will doch keine literarischen Abhandlungen lesen ... Jedenfalls hat es ihm gar nicht gefallen, als G. was von einem «Sie sind mir aber ein Schlaumeier, Sie ...» sagte, so mit einer kleinen, scharfen Stimme, und danach, ehrlich gesagt, hatte er kein Wort mehr verstanden, dann ging alles plötzlich so hart und schnell und ohne Luftholen sozusagen, Dinge wurden da erwähnt, von denen er, unter Freunden, noch nie etwas gehört hatte, und alles so präzis und logisch und ohne Unterbruch, dass er kein einziges Wort mehr zwischen diese Sätze pflanzen konnte, ganz abgesehen davon, dass er auch beim besten Willen nicht gewusst hätte, welches, und ja, irgendwann hat er sich selbst stottern hören, wie er sich bedankte für dieses Gespräch, und er hat ihm noch die Hand hingestreckt und sich, ohne dass G. diese Hand beachtet hätte, auf dem Gang wiedergefunden und, ziemlich perplex, einige Minuten später in dieser Kneipe ... Der Herr vom *Stern* besieht sich daraufhin die Möglichkeit, statt mit dem angekündigten Exklusivinterview mit einem Vorschlag für ein Porträt, einen Stimmungsbericht sozusagen über G.s Anwesenheit in München, in der Redaktion aufzutauchen, wobei ihn die Vorstellung quält, dass, wenn er hierin nicht in etwa bei der Wahrheit bliebe, ihm dieser G. ganz schön ein Messer in den Rücken knallen könnte.

Es leidet die Fotografin Kerstin Kaa (unter Kollegen kurz Kaka), die, unverhofft von der Zeitschrift *Paris Match* mit einer Exklusivreportage betraut, bereits zum dritten Mal, von Altötting kommend, angereist ist, um den Schriftsteller G. vor ihre Kamera zu bannen. Schwer atmend sitzt sie, das Gepäck zu ihren Füssen, in einem Fauteuil in der Halle und verdaut die Nachricht, die an der Rezeption für sie hinterlegt worden ist, dass ihr ein Fototermin von fünfzehn Minuten nach dem Mittagessen, circa vierzehn Uhr, eingeräumt werden kann. Fünfzehn Minuten für drei Farbporträts und mehrere Schwarz-Weiss-Aufnahmen *in action*? Kaka hat ihrer Empörung gegenüber dem Portier, der ihr die Nachricht ausgehändigt hat, mit einem hysterischen Gelächter Luft gemacht, obwohl der sich für ihre Sorgen als schlicht nicht zuständig erklärte. Weiss er, was es bedeutet, sich mit einer kompletten Fotoausrüstung, einem Koffer (enthaltend eine Blitzanlage, zwei Lampen, zwei Generatoren, Verlängerungskabel, Synchronkabel, Spiegel, Puderdose – falls die Nase des Modells glänzen sollte –, Adapter für Softbox, Pola-Adapter, Blitzbelichtungsmesser) in einer Hand, unter dem Arm ein mit Gummistrippe umwickeltes Schnürpaket, umfassend zwei Stative, zwei Faltreflektoren plus Faltschirme – falls die räumlichen Verhältnisse dies erforderten –, sowie, umgehängt, einer Fototasche mit Mittelformatkamera (Hasselblad), zwei Objektiven (ein Achtziger und ein Sechziger), Kleinbildkamera (dazu gehörig vier Objektive), total also, über den Daumen gepeilt, fünfundzwanzig Kilogramm Gewicht, wenn auch auf zwei

Schulterhälften und dazugehörige Arme und Hände verteilt, in Altötting in ein Taxi zu verpacken, am Bahnhof auszusteigen, sich zum Zug zu schleppen, alles in den Zug zu packen, in München anzukommen, das Ganze bis zum Taxistand zu hieven, und, in der Hoteleinfahrt angelangt, die kostbare Fracht vor dem Zugriff ungeschickter Hände zu retten, eigenhändig durch die Schwingtür zu bugsieren, um sich zum dritten Mal innerhalb von zwei Tagen an dieselbe Rezeption desselben Hotels zu schleppen und sich dort sagen lassen zu müssen ..., ganz abgesehen davon, dass einem in der Wartezeit zwischen erstem und zweitem Termin beinahe die Fototasche mit mehreren tausend Mark teurem Inhalt gestohlen worden wäre (das heisst, streng genommen war sie schon gestohlen, weil sich Kaka, die Zeit bis zum zweiten, ein paar Stunden später angesetzten Termin vertreibend, in einem Restaurant niedergelassen hatte – ihr war keine andere Wahl geblieben, als das mörderische Gepäck bei der Eingangstür zu deponieren –, und sich, nach einigen Sekunden der Unaufmerksamkeit, daselbst mit ansehen musste, wie ein junger Mann, die Kameratasche bereits geschultert, sich auf und davon machen wollte, und nur ihr gellender Schrei, aufgrund dessen sich sämtliche Restaurantgäste, und das waren, zur Mittagszeit, nicht wenige, nach ihr umdrehten, ihn von seinem Vorhaben abhielt, er liess die Tasche fallen, was um ein Haar auch hätte bedeuten können, dass die teuren Kameras und Objektive zerbrochen wären, wobei das gottlob ausgeblieben war), ... um sich also sagen lassen zu müssen, dass einem ein Termin von fünfzehn Minuten für die Erfüllung eines Auftrags gewährt wird, der einem, erteilt von prestigeträchtigster Seite, die Eroberung des französischen Sprachraums in Aussicht stellte, womit man schon immer geliebäugelt hat und worüber man sich auch entsprechend gefreut hat, weiss er das? Weiss er natürlich nicht, ist ihm auch egal, nur hat er, nach der Art und Weise des Gelächters zu schliessen, befürchten müssen, dass die hysterische Tante vor ihm gleich in Tränen ausbrechen würde, und er kann nun mal keine Frau weinen sehen, was ihn veranlasste, ihr das Angebot eines freien Zimmers zu machen, worin sie schon mal, bis zu ihrem Termin hin, ihre Ausrüstung in aller Ruhe aufstellen und einrichten könne, Kerstin Kaa also, null Bock auf gar nichts mehr, sitzt in ihrem Fauteuil und leidet.

Der Gnazi leidet. Was ihm keiner glauben würde. Denn «Hoppla, jetz kim i»: Mit einem donnernden Gelächter wird das Leiden in den Körper zurückgestopft.

Die drei Geschäftsherren leiden, die am Vortag in der Bar ihres Hotels so frohgemut auf einen sturmfreien Abend in der Grossstadt angestossen haben und nun, jeder am Steuer seines Wagens, den Vertreterkoffer auf dem Rücksitz, verdriesslich und ohne um ein nennenswertes, die Sinne erweiterndes Erlebnis reicher zu sein, heimwärts zuckeln.

Alle Welt leidet. Und ich? Ich beginne mir ernsthaft Sorgen zu machen.

Kapitel 33

Mehr Ahnung als Leiden und Mathilde macht eine Entdeckung

Ich habe zwar Johnnys Nummer zu Hause angewählt, jedoch so, wie ich am Morgen im Zimmer oben auch die Tür zum leeren Badezimmer aufgestossen habe, mit dem Wissen, dass ich das Nichts, die Leere vorfinden würde. Das winzige Fünkchen Hoffnung, das den Moment der Erkenntnis hinauszögert. Was hatte ich erwartet? Dass sich Johnny mit seiner gewohnten Stimme am anderen Ende der Leitung melden würde? Oder auf ein Besetztzeichen gehofft, das die Wahrheit noch für die Dauer einer zeitlich messbaren Ungewissheit hinauszögern würde? Die Wahrheit ist, dass Johnny der Geliebte, Johnny der Freund, der Gefährte, der Getreue sich in Luft aufgelöst hat, oder die *Idee*, die ich mir von Johnny dem Geliebten, dem Freund, dem Getreuen, dem Gefährten gemacht habe. Johnny hat mich verlassen, entschwunden ist er, wie eine Fantasie, die die Realität nicht erträgt. All die Jahre, da ich mich von der Idee Johnny hatte faszinieren lassen, mich von Johnny, ihm selbst, Gregory Peck mit Stimme, hatte faszinieren lassen, ich nichts gewusst hatte von ihm, nichts hatte wissen wollen, dass ich mich hatte fallen lassen in einen Schein, der mich spiegelte, mich selbst, mich allein, sie sind zu Ende gegangen. Heute Morgen, da Johnny aufgestanden ist, um die Welt anzugehen, ihr entgegenzutreten, auf sie zuzumarschieren, Johnny der Marschierer, haben sich die Jahre zu ihrer Bestimmung gerundet.

Noch weiss Mathilde nicht, was auf sie zukommen wird, sie ahnt die Schwelle, die Hürde, die sie nehmen wird. Noch hält sie an der Idee Johnny für sich fest. Hält sich fest an dem Rettungsring, den ihr diese Nacht zugespielt hat, sie klammert sich an die Illusion. Die Liebe. Die Liebe, die Leid, Schrecken, Enttäuschung erklärbar macht, Ahnungen betäubt, Unsicherheiten erschlägt, die Liebe, von der es heisst, dass sie den Verstand ausschalte, weil er, eingeschaltet, dem Empfinden widersprechen müsste.

Wie ein Schmuckstück hat Mathilde Johnny den Freund, den Gefährten, den Getreuen in ihr Leben aufgenommen, Woche für Woche, jahrelang, sie hat aus ihm den ganzen Glanz hervorgeholt und sich darin wiedergefunden, wie viele Sätze haben sie getauscht, ohne Gedanken zu tauschen, wie glücklich waren sie, ein jeder für sich, viel, unendlich viel glücklicher als in dieser Nacht, da sie aufeinandergeprallt sind, ein Irrtum war diese Nacht, ein Versehen – ein Irrtum, der den Irrtum aufgedeckt hat.

Mathilde ahnt.

Und Johnny marschiert, entschwindet in den Strassen der Stadt. Wie eine Idee. Kein Phantom, kein Geist, Fuss setzt er vor Fuss. Fuss vor Fuss.

Im Vorbeigehen winkt ihr Margarethe Pichelsteiner zu, ganz kurz, dann bleibt sie an einem der hinteren Tische im Foyer stehen, beugt sich zu einem dort sitzenden Herrn herab, gibt ihm die Hand: das Lokalradio. Die beiden kommen zurück, diesmal sieht Pichelsteiner geradeaus, gemeinsam biegen sie in den Gang ein, der zum Blauen Salon führt, eine Tür geht auf, schliesst sich wieder.

Mathilde rückt tiefer in die Polster, macht es sich in ihrem Fauteuil so bequem wie es eben geht, richtet sich auf die Warterei ein, das Einzige, was ihr jetzt übrig bleibt: in der Nähe bleiben, wie es ihr Frau Pichelsteiner empfohlen hat. Ihr Zimmer hat sie vor Mittag räumen müssen, Rückzugsmöglichkeiten hat sie keine mehr, wobei sie hier ihre Ruhe hat, die Hotelhalle ist um diese Zeit nahezu leer. Einzelne Köpfe ragen aus den diversen Sitzecken heraus, die Glastische sind blank poliert, saubere Aschenbecher, ein Page, der sich mit einem Staubwedel an den verschiedenen Topfpflanzen zu schaffen macht, ein Portier, der kerzengerade hinter der Rezeption steht, die hüfthohe mahagoniverschalte Wand wie einen Schutzwall vor sich, der sein Reich mit exaktem Winkel abzirkelt.

Mathilde steht auf, markiert ihren Sitzplatz mit ihrem pinkfarbenen Aktenköfferchen, fügt dem noch ihren gefalteten Regenmantel hinzu, auf dem Glastisch ein silbernes Kännchen lauwarmen Kaffees, daneben die Zigaretten, sucht die Toilettenräume auf, um sich frisch zu machen, setzt sich im angrenzenden Boudoir (Mahagoni, rosafarbene Lampenschirme und rosafarbene Sitzkissen) vor die raumfüllenden und zu diesem Zwecke angebrachten Spiegel, schminkt sich, wäscht sich die Hände, ein paar Spritzer ihres Parfüms, alles, was die Zeit verstreichen lässt.

Es spielt jetzt keine Rolle mehr, dass ich nicht weiss, weswegen Johnny hier, in diesem Hotel aufgetaucht ist, so wenig, wie es gestern Abend eine Rolle gespielt hat, und so sicher ich bin, dass er nicht zu mir zurückkehren wird. Hier nicht, zu Hause nicht. Das Verrückteste an diesem Gedanken ist jedoch nicht diese Tatsache an sich, sondern dass ich nicht weiss, was ich davon halten soll. Denn eine Zukunft ohne Johnny hört sich für mich, da ich plötzlich weiss, dass dies die Zukunft sein wird, nicht wesentlich schlechter an, aber auch nicht besser als eine mit Johnny, das Verrückte ist, dass ich nicht weiss, in welche Richtung das Pendel ausschlägt. Und dass die seltsame Ruhe, mit der ich über diesen Verlust nachdenken kann, dem unbändigen Glücksgefühl, das ich in der Nacht und noch im Morgengrauen empfand, nicht widerspricht. Ich denke, es ist, als hätten wir uns dieses Glück zum Abschied geschenkt. Damit er leichter fällt. Damit die Krücke, auf die wir uns beide verlassen und gestützt haben, während Jahren, damit ein jeder sie für sich und ohne Bitterkeit beiseitelegen kann.

Vorschläge und Möglichkeiten streift Mathilde, suchend tippt sie sie an, probiert sie für sich aus, nur eines ist gewiss, die wilde Trauer, die nach dem nächtlichen Glück logischerweise empfunden werden müsste, erfasst sie nicht, Fremde sind sie gewesen, sind sie geblieben, ein jeder den anderen für seine Projektionen nutzend.

Mathilde kehrt durch die öde Stille der Halle zurück, geht an ihrem Platz vorbei, am Portier, der blitzschnell aufschaut und sich sogleich wieder in die vor ihm liegenden Papiere vertieft, weil Mathilde ihm bekannt und somit uninteressant ist, der Page mit seinem Staubwedel tritt beflissen einen Schritt zurück, Mathilde lächelt, mechanisch, sie gäbe Gott weiss was drum, von hier verschwinden zu können, sie kann diese Hotelatmosphäre nicht mehr sehen, ein paar Atemzüge frischer Luft, vor der Schwingtür bleibt sie stehen, wartet, bis eine junge Frau ihre Taschen und ein sperriges Unding von einem Koffer vor sich her und in die Halle hinein geschoben hat (die unglückliche Kaka, die das grosszügige Angebot des Hauses, ihr für ihre Zwecke kostenfrei ein Zimmer zur Verfügung zu stellen, erst spontan abgelehnt und stattdessen beschlossen hatte, unverrichteter Dinge nach Hause zu fahren, nun aber reumütig zurückkehrt), tritt vor das Haus und schaudert in ihrem leichten Kleid, weil sich der Himmel, die Sonne von heute Morgen verdrängend, mit dramatischer Schwärze überzogen hat. Sie atmet ein paar Züge tief ein, ob es, zu allem Überfluss, auch noch regnen wird?, und kehrt in das Hotel zurück. Am Zeitungstisch bleibt sie stehen, sammelt, was sie interessieren könnte, und geht zurück zu ihrem Platz.

Von dort aus beobachtet sie die Szene an der Rezeption, Kaka und der Portier, ihr geübter Journalistinnenblick erkennt ziemlich schnell, worum es sich bei Fototasche und Koffer handelt, auch dass sie beide ein ähnliches Ziel verfolgen dürften, G. und der Blaue Salon, sie vertippt sich nur insofern, als sie Kaka zur Vorhut des angekündigten Fernsehteams zählt, dem Umfang des Gepäcks nach zu schliessen, gespannt wartet sie, was aus der kleinen Unterredung wird, falls irgendjemand glaubt, ihr, Mathilde, die die Warterei so satt hat, zuvorkommen zu können, so hat er nicht mit ihr, Mathilde, gerechnet, doch als sie sieht, dass sich die junge Frau, dem ausgestreckten Arm des Portiers folgend, ihren Koffer schiebend und zerrend in Richtung Lifttür aufmacht, wendet sie den Blick beruhigt wieder ab. Bei einem vorbeieilenden Kellner bestellt sie einen Tomatensaft und sortiert die vor ihr liegenden Zeitungen aus. Instinktiv greift sie als Erstes zur *Neuen Zürcher Zeitung*, weil deren vertraute Aufmachung in der Fremde so etwas wie heimatliche Gefühle erlaubt, überfliegt zuerst, wie es ihre Gewohnheit ist, den Kulturteil, blättert dann zur Frontseite, überfliegt die Schlagzeilen, um sich – endlich – in die Seite «Vermischtes» zu vertiefen, stutzt: «Mutter wegen Kindstötung verurteilt. Zwei Monate Gefängnis bedingt.»

Kapitel 34
Wir rekapitulieren

Ein Flugzeug bohrt seine Nase in den Himmel, das Rauchverbotszeichen erlischt, Frühstückstabletts werden gereicht, und ein Psychiatrieprofessor, auf dem Weg zu einem internationalen Kongress, ringt um Fassung und Gelassenheit. Aufgestört von einer Wolke zimtigen Orangenblütendufts an seiner Seite, die seinen Sinn verwirrt.

Eine Journalistin in ihrem Kleid von Sonia Rykiel schickt sich an, ihrem Ruf als gewiefte Interviewerin bedeutender Gesprächspartner – und nur noch solche können für sie infrage kommen – um einen Klacks gerechter zu werden. Alles in allem optimistisch gestimmt.

Bereits in Landung begriffen ein zweites Flugzeug, mit, an Bord, einem Schriftsteller von beträchtlichem Renommee, dessen Laune, um der Sache gerecht zu werden, nur mit einem Wort – beschissen! – umschrieben werden kann, weil er, entgegen seinem Prinzip, Besprechungen eigener Bücher grundsätzlich nicht zu lesen, die *Süddeutsche* konsultiert hat, in der ihm dieser Schleimscheisser, der ihn vor ein paar Tagen noch wortreich seiner umfassenden Bewunderung versichert hatte, einen wahren Tritt in die Eier versetzt.

Für sie alle ist, Zufall oder nicht, im selben Hotel ein Zimmer reserviert.

In einem luxuriösen Hotel werden anreisende Gäste willkommen geheissen, Pagen fallen wie Klappmesser zum Bückling zusammen, Lifttüren werden aufgerissen, Salontische zurechtgerückt.

In einem der Zimmer wirft sich ein Schriftsteller mit den Schuhen aufs Bett, nicht ohne zuvor den Blumenstrauss samt Visitenkarte des Direktors sowie die Schale mit exotischen Früchten und zellophanverpackten Pralinen (was er alles nicht mag) vom Clubtisch gefegt zu haben.

Ein Etagenkellner waltet seines Amtes, eine Verlagsdame ringt die Hände, ein Psychiatrieprofessor rennt einer frischen Hose hinterher, als renne er um sein Leben, und es ist doch nichts als die Verwirrung in seinem Innern, die ihm Beine macht, und eine Journalistin, voller Zuversicht, sammelt sich.

Pichelsteiner kümmert sich um ihren Spielplan, G. sich um seinen Schnaps, Professor L. denkt an Mathilde, Mathilde an Johnny, Johnny an die Fornarina.

Hundertsieben Seelenärzte aus dreizehn Ländern und zwei Kontinenten beugen sich im Saal «San Francisco» eines mit allen Schikanen ausgestatteten Kongresszentrums über die verschiedenen Aspekte ihres Tagungsthemas «Traum und Trauma – Ästhetik und Therapie». Fantasie und Sachverstand, Schulmeinungen und neueste Forschungsergebnisse ergänzen sich aufs Fruchtbarste, die Diskussion darf allgemein als rege und auf hohem Niveau geführt bezeichnet werden. Die Referate werden simultan übersetzt, Manuskripte liegen zur freien Verfügung auf. Von den hundertsieben Anwesenden haben einundvierzig Prozent das fünfzigste, neunzehn Prozent das sechzigste Altersjahr überschritten. Dreiundzwanzig Teilnehmende sind weiblichen Geschlechts. Insbesondere dem Teilaspekt «Identitätsverlust und Selbstaufgabe im praktizierten Dialog» wird grösste Beachtung geschenkt.

In einer Hotelbar wird der Champagner kühlgestellt.

Ein Schriftsteller erleidet eine Herzattacke, ein Psychiatrieprofessor spielt auf der Klaviatur seiner erotischen Vorstellungskraft, ein eingefleischter Schöngeist liebt ein fünfhundertjähriges Ölgemälde, eine Journalistin langweilt sich.

Kapitel 35
Alles beim Alten, oder?

Mathilde Maas, zurückgekehrt von einem kurzen Spaziergang an der frischen, wenn auch betont unfreundlichen, weil nieseldurchsetzten Luft, passiert zum tausendsten Mal, so scheint ihr, die pagenbesetzte Schwingtür und lässt sich in der Hotelhalle erschöpft in einen der Sessel fallen.

Das Schlafmanko macht sich bemerkbar, die nicht mehr wegzuleugnende Enttäuschung, die Entzauberung nach einer vermeintlich glückhaften Nacht, ein Verlust, der noch längst keine Zeit hatte, von ihrem Hirn aufgenommen zu werden, die Ernüchterung auch, was den Grund ihres Ausharrens betrifft, diese sinnlose und demütigende Warterei, eine schleichende Unruhe, ein Unbehagen, das vorerst nur ungenau in Worte gefasst werden könnte.

Sie schliesst die Augen. Johnny, das Hotel, der prominente Interviewpartner, das dumpf-luxuriöse Ambiente, die Hotelgäste: Sie hat das Gefühl, die falsche Besetzung in einem mehr als falschen Stück zu sein.

Dann gibt sie sich einen Ruck, setzt sich wieder gerade hin, greift, zum wievielten Mal heute, nach einer Zigarette, zündet sie sich an, als plötzlich Bewegung in die Halle kommt. Laute Rufe, ein Gelächter, eine Seitentür wird aufgerissen, aus der nun eisige, lärmige Strassenluft hereinbricht, Kameras werden hereingeschoben, Lederkisten und Koffer, ein fahrbares Stativ, Kabel werden nachgeworfen ... Männer, die mit selbstbewusstem Schritt die Halle durchqueren, sich von Weitem zurufen, «Gerd ... Wo ist jetzt wieder die Sabine abgeblieben?» – «Hier!», eine Frauenstimme, einer, der entschlossen an der Rezeption ansteht: das ZDF-Team. Um Etliches zu früh (der Termin musste vorgezogen werden, weil der Aufnahmeleiter um sechzehn Uhr nicht kann), nach Frau – wie heisst sie schon wieder? – Pichelsteiner wird verlangt, der Portier ersucht die Herrschaften um etwas Ruhe, weil sich aus den Sitzecken bereits vereinzelt fragende, durch die Störung irritierte Gästegesichter schälen, Frau Pichelsteiner wird von einem Pagen herbeigerufen, und wenig später taucht sie mit erschrockenem Gesicht im Seitengang auf. Das Lokalradio ist vor kaum zehn Minuten verabschiedet worden, Zeit, die genutzt wurde, um G. wieder aufzurichten und ihm Mut zu machen, dem Niedergeschlagenen, der erklärt, dass er beim besten Willen keine einzige Frage mehr beantworten könne und dies auch nicht wolle, weil er hierzu nicht auf der Welt sei, und nur noch einen Wunsch habe, nach Hause, und wann denn nun sein Flug vorgesehen sei: Fast ein wenig streng hat sie werden müssen.

Hinter ihrem Rücken übrigens drückt sich G., vom Blauen Salon her kommend, unauffällig der Wand entlang, von der Verzweiflung, der Müdigkeit, dem Überdruss beinahe zur Unkenntlichkeit entstellt, als hätte er sich eine Tarnkappe übergezogen, wobei er dennoch vom zuständigen Redakteur auf Anhieb erkannt und mit einer zum Grusse ausgestreckten Hand angegangen wird, doch G. weist wortlos, mit ausgestrecktem Daumen hinter sich, auf die Mitarbeiterin Pichelsteiner – G. muss aufs Klo.

Margarethe Pichelsteiner – der Kopfschmerz inzwischen gebärdet sich, als sei er toll geworden – beschliesst in einem Anfall von Selbsterhaltungstrieb, die Damen und Herren vom ZDF umgehend wieder nach Hause zu schicken, sechzehn Uhr war ausgemacht, und dabei bleibt's, wird aber von G., noch vor seinem Gang zum Klo, am Ärmel gezupft und beiseitegezogen. Er gehe jetzt. Essen mit Bert, dem Verleger. Allein. Keine Tafelrunde und kein fremdes Gesicht mehr. Gegen vierzehn Uhr sei er spätestens zurück, «zur freien Verfügung». Pichelsteiner, der langsam alles wurscht ist, nickt, wobei ihr noch während des Nickens durch den Kopf schiesst: «Dass er mir nur nicht mit Bert absäuft …», und fragt: «Aber du kommst doch wieder, nicht?», und G. lächelt, da ist es wieder, dieses Gewinnende, streichelt ihr flüchtig und nicht ohne Zärtlichkeit den Rücken, «Mach dir keine Sorgen, Margarethchen», und, zum ZDF-Team, das sich in einer Reihe aufgestellt hat und gespannt herübergneisst: «Bis später dann», selbst für Mathilde hat er, im Vorbeigehen, ein Lächeln übrig, durch die Aussicht, diesem Hotel wenigstens für ein paar Stunden zu entkommen, vorübergehend etwas grosszügiger gestimmt.

Kapitel 36

Wir rekapitulieren weiter

Ein Tag im März, das Wetter neblig trüb, ein paar zuversichtlich stimmende Sonnenstrahlen haben die graue Suppe durchbohrt, die Zeit: 11 Uhr 45 Minuten 13 Sekunden, exakt der Moment, da in der Champagnerbar der erste Korken fällt.

Schriftsteller (auf dem Bett liegend): War das nun ein Herzkrampf oder war es keiner?

Psychiatrieprofessor: Was tue ich eigentlich hier?

Journalistin: Habe ich Lust auf Würstchen mit Meerrettichschaum?

Pressebeauftragte eines deutschen Grossverlags: Sitzt mein Haarknoten schief?

Die Erde ist ein Jammertal, eine Feststellung heute so aktuell wie gestern. Werbinich, Woherkommich, Wohingehich. Fragen von aufwühlender existenzieller Kraft, die bei den Betroffenen jeweils auf Unruhe des Herzens, seelische Not und quälende Orientierungslosigkeit schliessen lassen.

Ein jeder fühlt sich von Gott und der Welt verlassen. Und dieses Ringen nach Lösungen!

Der Schriftsteller zum Beispiel brüllt nach etwas zum Ficken.

Der Psychiatrieprofessor sehnt sich nach einem erlösenden, den Gefühls- und Identitätsstau in seinem Innern klärenden Gespräch mit zu Hause, mit Gattin oder Therapeutin, je nachdem, muss aber dieses Trostkissen augenblicklich fahren lassen, weil er sich jäh und unverhofft mit einer Person konfrontiert sieht, die sich mit der Therapeutin vielleicht, mit der Gattin aber ganz gewiss nicht hätte vereinbaren lassen. Übrigens, ganz unter uns: Woher nimmt der Mann eigentlich die Gewissheit, dass diese Irrungen und Wirrungen, zumindest was die gefühlsmässige Komponente des Problems angeht, nicht so sehr die Therapeutin (die muss jeden seelischen Konflikt allein schon aus beruflichem Ethos heraus ernst nehmen), aber doch die Gattin nicht ziemlich kühl liessen? Sei's drum.

Der Journalistin wäre, ausgestreckt auf ihrem einsamen Hotelbett, bereits mit der Rückkehr ihrer Oma unter die Lebenden oder einer sinnvolleren beruflichen Mission oder, wahlweise, der augenblicklichen Erfüllung derselben gedient.

Der verlassene Prinz, der das Glück fürchtet wie sonst nichts auf der Welt, greift, solche Qualen gewohnt, zum bewährten Mittel: Er fasst Raphaels Geliebte bei der Hand, der Glückliche, und geht mit ihr in Rom spazieren.

Am bedauernswertesten, weil so selbstlos, ist wie immer die Verlagsdame: Sie schlägt ihre Zähne in die vom Meister verschmähten Hotelpralinen, was im ersten Moment beruhigt, im zweiten nur noch dick macht.

Ein Nachmittag so still und sanft, so zeitlos, fliessend, vor sich hinplätschernd. Eine Hotelbar. Schummriges Licht, im Hintergrund seufzt ein Saxofon.

Ein Psychiatrieprofessor, mit wachen Sinnen die Lieblichkeit seines Gegenübers in sich aufnehmend, erkennt die Notwendigkeit, Konsequenzen zu ziehen.

Was also beschliesst er, der seit Jahrzehnten Hunderten von Patientinnen und Patienten mit Fachwissen und Güte zu Selbstfindung und Erkenntnis, zu neuem Leben verholfen hat? Er beschliesst, sein Glas (Four Roses, *on the rocks*) eisklirrend mit dem der Journalistin vermählend:

1. dass er streng genommen keinen einzigen Patienten mehr sehen, geschweige denn irgendeine der gestammelten Lebensgeschichten mehr hören kann. (Gedanke, für den er sich schämt.)

2. dass es am besten wäre, am besten gleich übermorgen, gleich nach seiner Rückkehr, seine Ehefrau klipp und klar mit der Tatsache zu konfrontieren, dass man sich auseinandergelebt habe mit den Jahren und dass es, bei aller Freundschaft und gegenseitiger Achtung, somit an der Zeit sei, die Fesseln des Ehebandes auf Gegenseitigkeit zu lockern. (Wie das genau aussehen soll, weiss er noch nicht.)

3. sich jetzt und sofort, und zwar ohne Umwege und ohne zu fackeln, seinem Gegenüber zu erklären, Gefühl und Leidenschaft und Sinnlichkeit und … Und dass es zum dritten Punkt nicht mehr kommen kann, wissen wir, weil die Journalistin plötzlich auf die Füsse springen muss, sich entsinnend, dass sie sich in Kürze mit dem Schriftsteller zum vereinbarten Interview treffen wird.

Kapitel 37

Nur eine optische Täuschung

Vorhin, als ich von meinem Mittagessen in einem kleinen, überfüllten, eigentlich ziemlich schlechten Restaurant ganz in der Nähe des Hotels (vielleicht war es deshalb so teuer und schlecht) zurückkehrte, ist mir etwas Seltsames passiert: Ich stiess auf Johnny. Beziehungsweise auf einen Mann, von dem ich überzeugt war, dass er Johnny sein musste. Ich wartete in einer kleinen Ansammlung von Fussgängern, dass eine Ampel auf Grün schaltete, ich befand mich, wie gesagt, auf dem Rückweg zum Hotel, in einer, unter uns, ziemlichen Stinklaune, denn man kann sich unschwer vorstellen, wie wenig es mich zurückzog, ich stand also, missmutig und eingekeilt inmitten eines guten Dutzends Passanten, als ich von hinten seinen Kopf sah. Selbstverständlich kann man nachträglich sagen, ich hätte mir einfach *gewünscht*, seinen Kopf aus einer Passantenmenge herausragen zu sehen. Jedenfalls war das sein Haar, dieselbe Frisur, Grösse stimmte, Körperhaltung, soweit ich das von meiner Position, umringt von Angestellten, die zu ihren Arbeitsplätzen strebten, erkennen konnte, und mir schien auch, dass er meinen roten Kaschmirschal trug, den, den ich ihm im Herbst geschenkt hatte und der ihm so gut zu Gesicht steht, und zwar genauso zweifach um den Hals geschlungen, wie ihn Johnny zu tragen pflegt, jedenfalls, erfreut und mit beinahe klopfendem Herzen, das heisst, eigentlich mehr *erleichtert*, dass alles offenbar ein schlechter Scherz gewesen ist und mich Johnny jetzt im Hotel abholen will, zwängte ich mich durch die wartenden Reihen und tippte Johnny auf die Schulter. Es war übrigens, tut mir leid, auch Johnnys Mantel, auf den ich tippte, und den habe ich nun wirklich genügend oft am Kleiderhaken im Entree hängen sehen. Nun, ich weiss nicht, irgendwie bin ich über Gebühr erschrocken, als ich das Gesicht des Mannes sah, der sich fragend nach mir umwandte, nicht so sehr, weil er, von vorne besehen, nicht die geringste Ähnlichkeit mit Johnny besass, sondern weil es war, als ob mir Johnny selbst eine Ohrfeige verpasst hätte. Ich weiss, das mag jetzt übertrieben klingen, aber es war genau das, was ich empfand: Johnny haut mir lächelnd eine runter. Weil es Johnny nicht gibt, nicht gegeben hat, nie geben wird. Man mag mich für verrückt erklären oder von der Übernächtigung, dem ganzen Affentheater in diesem Hotel überspannt, jedenfalls, ich bin richtig erschrocken, und zwar so einer dieser pfeilschnell durch den ganzen Körper schiessenden Schrecken, als ich in dieses fremde, überraschte Männergesicht starrte. Und wäre nicht die körperliche Erinnerung an diese Nacht, ich denke, allmählich liesse sich der Gedanke nicht mehr vermeiden, ich hätte die ganze Sache nur geträumt. Doch wie gesagt, noch hallt dieses physische Echo in mir, und der Körper, ganz im Gegensatz zum Geist oder zur Seele oder wie immer man das zu nennen beliebt, täuscht sich nie.

Aber diese Ahnung in mir, dass ich noch öfters Johnny zu sehen meinen werde, und es wird nie wieder Johnny sein.

So kehrt Mathilde, die mal wieder sicher nichts dagegen gehabt hätte, mit gewissen Leuten (mit denen beispielsweise, die sie um ihre schillernden Jobs in aller Welt so sehr beneiden) zu tauschen – wehe allerdings, der Tausch müsste tatsächlich stattfinden – und an ihrer statt in einem ruhigen Büro zu sitzen, eines, das man abends sorgenfrei verlässt, weil man genau das geleistet hat, was von einem erwartet wird, nicht mehr, aber auch nicht weniger, um gemütlich nach Hause zu gehen, sich dort an den vertrauten Esstisch zu knallen, vielleicht noch ein trauliches Gespräch mit dem Partner (ein ganz wunder Punkt, das), Mathilde also, von der noch immer etwas erwartet wird, die noch längst nicht erfüllt hat, was ihr aufgetragen wurde, kehrt an den Ort zurück, der ihr zum Verhängnis und Verdruss geworden ist.

Selbstverständlich erwartet sie, das bis zur Übersäuerung vertraute Bild vorzufinden. Gedämpfte Stille über Gesprächsfetzen, unendliche Langeweile, goldgrün-samtene Polsterecken, das ganze Inventar an älteren Damen, Geschäftsleuten, Aktenkoffern, Louis-Vuitton-Taschen, die Portier-Lakaien-Pagen-Besetzung, sie trottet mit gesenktem Kopf, Füsse als seien sie aus Blei, Richtung Hoteleingang, sieht auch kaum mehr auf, wie ihr dort ein Türsteher elegant die Schwingtür bereithält. Erstaunt allerdings bleibt sie stehen, als sie das Foyer in grelles Licht getaucht sieht, eine Beleuchtung, als seien Filmarbeiten im Gange, auch eine ganz andere Stille als sonst schlägt ihr entgegen, eine Welle von Anspannung und Konzentration, am Eingang die unvermeidlichen paar Gaffer. Was ist denn hier los? Ein bayerisches Remake von *Menschen im Hotel*? Oder ist G. an der Reihe? Mathilde, auf Zehenspitzen, sieht Kameras und Lampen und schiebt sich zwischen den sichtversperrenden Leibern durch.

Das Fernsehteam von heute Morgen hat die Halle in Beschlag genommen, wiewohl Hotelangestellte sich in ihren gewohnten Rollen und mit Mienen bewegen, als gehe sie das alles nichts an, quer über den Boden verlaufen Kabel, Stative, aufgestellt in der Mitte des Raums, jede Menge Technik, Kameras, im Hintergrund haben sich ein paar Gäste zusammengefunden, die dem Geschehen mit amüsierter Miene und ab und an einem kleinen Kommentar folgen. Im Bogen des Seitengangs hat sich einer mit schwarzer Lederjacke postiert, offenbar der Aufnahmeleiter, jedenfalls der Chef der Truppe, der das Ganze, als hätte er ein Bild von Monet vor sich, mit einem halb zugekniffenen Auge aus der Ferne auf sich wirken lässt. Er nickt, dann winkt er, winkt nach einem Horst, «Kommen wir mit dem Ton klar …?» – «Moment noch!» (Horst), und Mathilde, die nun dem Blick des Lederjackigen folgt, hätte beinahe einen kleinen Schrei ausgestossen: Mann!! Auch das noch!

Die Sitzecke, in der sie einen guten Teil ihres Vormittags verbracht hat, ist zum Fernsehstudio umgemodelt worden, drei gleissend helle Spots sind auf den Fauteuil vor dem grossen Ölbild an der Wand gerichtet, der Clubtisch wurde zur Seite gerückt, an dessen Stelle eine enorme Vase mit Blumenarrangement, was einen Hauch Stillleben in die Sache bringt, und im Fauteuil sitzt: Margarethe Pichelsteiner! Mit einem Gesicht, als würde sie jeden Moment in Tränen ausbrechen. Hochrot, ein paar feuchte Löckchen kringeln sich auf der Stirn – die Spots müssen eine beträchtliche Hitze ausstrahlen –, die Füsse sind gekreuzt, die Hände, als seien sie tot, ruhen beidseits des Körpers auf Armlehnen. Besagter Horst kniet jetzt zu ihren Füssen, nestelt an einem Mikrofon am Revers ihres Jacketts, zupft beide Revers zurecht, ein anderer rückt an ihrem Fauteuil, um dessen Position optimal auf den Lichteinfall der Studiolampen abzustimmen, sodass sie erschreckt die Füsse in die Höhe zieht.

Der Aufnahmeleiter, der jetzt dazugetreten ist und das Ganze leicht gebückt, weil hinter der Kamera stehend, durchs Objektiv verfolgt, winkt, ohne aufzusehen, mit dem Arm:

«Jetzt bitte einen Satz, Frau ... Pichler ...»

«Pichelsteiner!» Ein kleiner Anflug von Trotz, ohne dass das ihren Gesichtsausdruck wesentlich verändern würde.

«Wie?» Der Aufnahmeleiter sieht kurz von seiner Kamera hoch.

«Ich heisse Frau Pichelsteiner», sagt sie mit Würde. Und hat damit das Geforderte bereits gebracht, denn der Aufnahmeleiter, der mit dem Auge wieder an der Linse klebt, hebt jetzt den Arm, lässt ihn scharf nach unten sausen: «Danke, das genügt!»

Sie erhebt sich erleichtert vom Sessel, streicht ihren Rock glatt, wird jedoch von einem jüngeren Herrn in kamelfarbenem Pullover und Krawatte (der Redakteur?), der die ganze Zeit schweigend daneben gestanden hat, sanft beim Arm gefasst und gebeten, doch nochmals kurz Platz zu nehmen. Der Kameramann hat ein Problem mit der Einstellung. Mit einem gequälten Lächeln setzt sie sich wieder: «Wie lange soll denn das noch dauern, ich habe noch eine Menge ...»

«Ich weiss, Frau Pichelsteiner, ich weiss», verständnisvolles Nicken, dann wendet er sich schnell nach hinten: «Gerd, hast du's?», und wieder zu Pichelsteiner: «Dafür geht es dann nachher umso schneller, nicht? Herr G. kann dann gleich Platz nehmen, und los geht's!» Dann sieht er wieder nach Gerd. Eine Weile geschieht überhaupt nichts, Margarethe Pichelsteiner sitzt, dann, unverhofft, das heisst ohne ersichtlichen Grund, hilft ihr der Redakteur galant aus dem Sessel. «Soo ... Das hätten wir», als hätte er ihr gerade erfolgreich einen Zahn gezogen, «Sie sind erlöst!»

Mathilde hat sich die Szene kopfschüttelnd, ja mit wachsendem Ärger, was sich durchaus mit ihrer derzeitigen Gesamtbefindlichkeit trifft, angesehen: Was lässt die Frau eigentlich noch mit sich machen? Oder gehört es zu den erklärten Aufgaben einer Pressebeauftragten, sich wie eine Pappkameradin für die technischen Nöte eines Fernsehteams zur Verfügung zu stellen, damit der verehrte Autor, Künstler, der er ist, von derlei lästigem Kleinkram unbehelligt, anschliessend seine Statements in die Kamera geben kann? Pappkameradin Pichler, die so unwichtig und uninteressant ist, dass man sich nicht einmal ihren Namen zu merken braucht? Während anschliessend mindestens eine halbe Million Fernsehzuschauer an den Lippen des Bedeutenden hängen wird, um sich keine Silbe seiner kostbaren Sätze entgehen zu lassen? Ruhe!, es spricht die literarische Autorität (was er zweifellos ist), das politische Gewissen einer Nation (von ihr aus auch das)! AuMa zwinkert ihr zu, nicht etwa triumphierend, mehr mit dieser wissenden Güte, diesem Schuss Fatalismus drin: «So isses!»

Und mit einem Pathos, das ihr sonst fremd ist, geht Mathilde auf Frau Pichelsteiner zu, die sich im Fernsehstudio nach ihrer Handtasche umsieht, die sie irgendwo hingestellt hat, aber wo?, will sie irgendwas, ihrer Sympathie versichern oder so, oder sie in die Arme schliessen, stellvertretend für alle geschundene Kreatur dieser Welt, was, wie gesagt, sonst nicht ihre Art ist, aber ihr ist, seit sie Johnny gesehen beziehungsweise nicht gesehen hat, so eigen zumute. Glücklicherweise kann es zu nichts dergleichen kommen, weil Margarethe Pichelsteiner, entschlossen, jetzt endlich etwas zwischen die Zähne zu kriegen – sie hat seit dem Buttergipfel heute Morgen, den ihr mit Alkohol malträtierter Magen umgehend wieder hatte von sich geben müssen, nichts gegessen – und Mathilde Maas auf sich zusteuern sehend, von Weitem abwinkt: «G. ist noch nicht vom Mittagessen zurück, tut mir herzlich leid, kann ich auch nichts machen.»

Übrigens, Pichelsteiner soll nicht unterschätzt werden: Sie hat sich gegen das Ansinnen des Fernsehteams aufs Entschiedenste verwahrt, aber da nun mal die Sabine, die Assistentin («-in», macht AuMa, «die Assistent*in*, Nachtigall, ick hör dir trapsen!»), die diese Rolle sonst innehat, im Redaktionsbüro etwas vergessen hatte und schnell mal wegmusste, hat sie eben nachgegeben. Gut, es stimmt schon, das mit dem Neinsagen im richtigen Moment, es ist ihr einfach nicht gegeben. Aber für diese Journalistin da, die mit breitem Lächeln auf sie zukommt, ist sie jetzt wirklich nicht mehr zu sprechen, *so sorry*, «Ich bin in einer halben Stunde zurück», ruft sie ihr deshalb von Weitem zu, packt ihre Handtasche und strebt der Schwingtür am Ausgang zu.

Kapitel 38

Etwas hakt sich fest

Weiss einer, was im Kopf des anderen vorgeht? Werden die besten Absichten wahrgenommen, solange ihnen nicht lautstark Ausdruck verliehen wird? Hat je ein Mensch auch nur einen einzigen Gedanken des anderen lesen können, wiewohl das unablässig behauptet wird? Von wegen!

Hirnwindungen laufen heiss wie Motoren, die mit Vorstellungskraft gespeist werden, Illusionen, Fantasien, die dem Getriebe Zunder geben. Mathilde sieht Pichelsteiners entschwindendem Rücken eine Weile lang nach, greift nach ihrem pinkfarbenen Aktenköfferchen, das sie wie ein Talisman begleitet, packt seinen kühlen Griff, gehorcht dem Augenblick. Der Zeitpunkt, da sie unverrichteter Dinge hätte nach Hause kehren können – und den hat es durchaus gegeben –, ist längst überschritten, sie sucht mit den Augen einen vom ZDF verschonten Winkel im Foyer, sie wird ihre Stunde abwarten müssen. Ihr Weg quer durch die Halle führt sie an Kerstin Kaa vorbei, die mit wilden Blicken, die teuren Kameras zu ihren Füssen, das Leben am Eingang beobachtet, bereit, sollte sie auch nur der kleinsten Faser eines Schriftstellers namens G. ansichtig werden, auf ihre Rechte zu pochen: «Vierzehn Uhr, nicht wahr?»

Mathilde grüsst im Vorbeigehen, verspürt aber nicht die geringste Lust, auf den Hoffnungsschimmer, den ihr Gruss augenblicklich in Kakas dunkle Augen wirft, einzugehen. Zwei im selben Boot? Nein danke.

Sie setzt sich in eine Ecke, klappt ihr Köfferchen auf, will einen Blick auf ihre Unterlagen werfen – vor lauter Warterei hat sie vergessen, was sie G. eigentlich fragen wollte – und nimmt, kurzes Zögern, die Zeitungsseite, die sie heute Morgen bei ihrer Lektüre herausgerissen und, ohne genau zu wissen, warum, eingepackt hat, in die Hand:

(lp.) Das Strafgericht des Seebezirks in M. hat gestern eine einundzwanzigjährige Mutter wegen Kindstötung zu zwei Monaten Gefängnis bedingt verurteilt. Die Frau hatte am 3. April 1992 auf der primitiven Toilette eines Bauernhofs einen Knaben geboren, der anschliessend in die Jauchegrube fiel und starb. Das Gericht trug dabei der leicht verminderten Zurechnungsfähigkeit der Frau Rechnung, die Bewährungsfrist wurde auf ein Jahr angesetzt.

Beim Prozess antwortete die Frau meist einsilbig mit Ja oder Nein. Lange Zeit hatte die Frau selbst nicht bemerkt, dass sie schwanger war. In der Familie mit zahlreichen Kindern waren Empfängnisverhütung und Schwangerschaft nie ein Thema. So war sie sich auch nicht bewusst, dass sie schwanger werden könnte, als sie von einem der Polizei bekannten Trinker im Anschluss an ein Fest zum Geschlechtsverkehr genötigt worden war. Niemand in der Verwandtschaft ahnte, dass sie schwanger war. Als die Geburtswehen unerwartet früh einsetzten, glaubte sie an eine Verstopfung und begab sich auf die Toilette. Hier brachte sie alleine den Knaben zur Welt. Sie zerriss die Nabelschnur, worauf das Neu-

geborene in die Jauchegrube fiel. Die Frau hatte dabei viel Blut verloren und musste ins Spital verbracht werden. «Wir haben darüber später nie ein Wort verloren», sagten ihre Eltern, die als Zeugen im Prozess geladen waren, «solche Dinge können vorkommen.»

«Wir haben darüber später nie ein Wort verloren.» Dieser Satz ist mir schon bei der ersten Lektüre dieser Notiz, eingebettet zwischen Wetterbericht, dem neuesten Klatsch aus dem britischen Königshaus und dem Flugzeugabsturz in Bangladesch, bei dem sämtliche Insassen ums Leben gekommen sind, ins Auge gesprungen. Diese Mauer aus Schweigen, die das Entsetzliche umgibt, verschliesst, überhaupt erst möglich macht, nie ein Wort verloren, darüber, vorher nicht und nachher nicht, es ist besser so, das Schweigen, es hat mich, aus dem ganzen Grauen herausgefiltert, geradezu als der Inbegriff des Grauens getroffen.

Auf derselben Zeitungsseite kann, eine Spalte weiter, das Bild von zwischen Flugzeugtrümmern verstreut herumliegenden Leichen und Leichenteilen heraufbeschworen werden, das Bild von abgetrennten Armen und Beinen zwischen rauchenden Wrackteilen – als hätten wir uns an solche Bilder gewöhnt, berührt es mich kaum. Ein Aufzucken von Bedauern, die armen Menschen, denkt man – bestenfalls – vor dem Umblättern der Seite oder, wie ein Aufblitzen, dass man bei der nächsten Reise vielleicht besser den Zug nimmt, doch schon schiebt sich die Erinnerung an den scheusslichen Unfall des Intercity Amsterdam–Hannover dazwischen, erst neulich, dreizehn Tote und siebenundvierzig Schwerverletzte, und dass man sich auch im

Zug seines Lebens nicht mehr sicher ist, merkwürdig, bereits jetzt hat der Gedanke an die eigene Sicherheit die Sicht auf die Leichen getrübt, wie viele waren es noch, fünfunddreissig, dreiundfünfzig?, oder dass man als Fussgänger noch immer die grösste Chance hat, beispielsweise beim Überqueren eines Sicherheitsstreifens, tödlich erwischt zu werden, und schon ist man beim Blumentopf, der einem auf den Kopf fällt, nur weil man das Pech hatte, just in diesem Moment unter dem falschen Balkonsims spazieren gegangen zu sein. Dieses ganze Arsenal von Weisheiten, aus dem man sich wahlweise den passenden Gedanken herauspickt, um den einen, den störenden zu verdrängen: dass einem die Leichen in Bangladesch völlig gleichgültig sind. Nicht völlig, wir verstehen uns, aber eben doch viel zu weit weg alles, zu abstrakt. Wie war das vorhin? Fünfundsiebzig Menschen bei Rebellenübergriff in Uganda niedergemetzelt? Schrecklich!

Ich schweife ab, denn vorhin, beim Lesen dieses kurzen Gerichtsberichts, hat sich bei mir genau das Gegenteil eingestellt. Nicht abschütteln, nicht verdrängen möchte ich, sondern wissen, die Umstände, die Details, ich möchte die Gedanken der Frau kennen, die ihre Schwangerschaft selbst nicht wahrgenommen hat, die Gedanken der Familie, die von all dem nichts bemerkt hat. Das Zerreissen der Nabelschnur, ein Kind fällt in die Jauchegrube, die Angeklagte möge sich erheben. Gestern hat sie ihr Urteil entgegengenommen, stehend vor ihrem Richter. Eltern, die als Zeugen geladen sind, «solche Dinge können vorkommen», die Eltern der Kindsmörderin. Der Fatalismus, das Schreckliche hinzunehmen, das Schreckliche als Selbstverständlichkeit. Eine Frau, die schweigt, die von Schweigen umringt ist und sich nicht aus meinen Gedanken drängen lässt. Dieses Schweigen, das zurückversetzt um Jahrhunderte, Mittelalter, Mägde, die ihr Kind in einer Dachkammer zur Welt bringen, Heimlichkeit und Schweiss und Blut, ein Schrei in die Stille, der erstickt wird, die Verzweiflung, die den Hals des Neugeborenen wie den eines Vögelchens abdrehen lässt, Schande, Scham und Unwissenheit, unseliges Leben, und heute fiel ein Knabe in die Jauchegrube. Dinge, die vorkommen können. Ein Vater, eine Mutter, ihr Kind, im Gerichtssaal, warum sollte man über Dinge sprechen, die geschehen sind? Und ein Richter, dem die Ausweglosigkeit die Kehle schnürt, «Mir waren die Hände gebunden», wird er sagen, später, Mindeststrafmass, zwei Monate Gefängnis bedingt, Kindstötung nach Artikel 116 des Schweizerischen Strafgesetzbuches, ein Offizialdelikt, von Amtes wegen zu verfolgen, der leicht verminderten Zurechnungsfähigkeit der Angeklagten wurde Rechnung getragen, Bewährungsfrist ein Jahr.

Eine Geschichte, die sich zuträgt, keine hundert Kilometer von meinem Wohnort entfernt, ein junges Mädchen wird von einem der Polizei bekannten Trinker zum Geschlechtsverkehr genötigt, ein Kind wird ausgetragen, zu Hause hat es keiner bemerkt.

Und ich? Reporterin? Ich sitze in einer Hotelhalle, harre auf ein Gespräch mit einem der sozialen Frage verpflichteten Autor, das Fernsehen ist dabei, und vor mir eine Notiz, aus der mich das Leben anspringt, das pure, nackte Leben, Schicksal in seiner wildesten Reduktion. Das Schweigen der Kindsmörderin wie ein Stachel in meinem Hirn.

Ich falte die Zeitungsseite, vierfach, streiche mit dem Daumennagel sorgsam die Kanten glatt, öffne mein Aktenköfferchen, lege sie zuoberst auf die Unterlagen, das Schweigen der Kindsmörderin liegt quer über meinen sinnlos gewordenen Fragen an den Schriftsteller G., ich klappe den Deckel zu, pinkfarbenes Leder, wie ein Hohn plötzlich, die heitere Koketterie seiner Leuchtkraft. An wie viele Orte hat es mich schon begleitet, vor wie vielen Interviews ist es aufgeklappt worden, von mir, der professionellen Fragestellerin, die ich die Antworten der Schillernden, der Beredten wieder nach Hause trage, immer mit dem Ziel, der Wahrheit näher zu kommen, der Wirklichkeit auf der Spur zu sein? Über die surreale Kulisse eines weltläufigen Hotelfoyers schieben sich die Umrisse eines Bauernhofs, darin die junge Frau, die mit ihrem Schweigen ihr Kind zu Grabe trägt, ein Kind wie Exkrement in die Exkremente geworfen. Das Schweigen der Eltern. «Das sind Dinge, die vorkommen können. Wir haben darüber später nie ein Wort verloren.»

Kapitel 39:
Mathilde schliesst ab

Bei der Drehtür am Eingang ist ein kleiner Aufruhr entstanden, G. hat die Halle betreten, G., in seinem Anzug aus khakibraunem Cord, G., der, kaum sind sie seiner ansichtig geworden, vom Team rund um den Pullover und Krawatte tragenden Fernsehredakteur umringt wird, was mir, gerade jetzt, so lächerlich vorkommt, Journalistinnen und Journalisten, die um ein Statement kämpfen, um einen Platz in ihrer Zeitung, in ihrer Sendung – um Bedeutung. Der Versuch, mithilfe des klingenden Namens dem eigenen etwas Glanz zu verleihen, die Fotografin, die die ganze Zeit über in fünf Metern Distanz von mir gesessen hat, springt auf die Füsse, Gesichter schälen sich aus den samtenen Polsterecken, rein interessehalber, «Wer ist das, sagst du? G.? Aber natürlich, ich habe ihn gleich erkannt ...», der Portier hinter seinem mahagoniverschalten Wall nimmt Haltung an. Nach einer kurzen Diskussion bricht G. aus dem Ring der Fernsehleute aus, setzt seinen Gang durch die Hotelhalle fort, hinter ihm das lächelnde Gesicht des Redakteurs, noch immer selbstbewusst, vielleicht eine kleine Spur der Verunsicherung jetzt, doch G. winkt ab, ohne sich umzudrehen, schräg nach hinten, «Die Dame da vorn wartet schon länger», kommt auf mich zu, bleibt vor mir stehen: «Sie wollten mich sprechen?»

Ein ganz zarter Hauch von Rotweinduft, der auf mich fällt, die Andeutung eines kleinen Lächelns, sein Gesicht wieder im Lot, die Mittagspause scheint ihm gutgetan zu haben, ganz der Alte, möchte man sagen, dann wendet er sich, ohne sich weiter nach mir umzusehen, ab, verblüfft stehe ich auf, greife nach meinem Aktenköfferchen, nach drei Schritten habe ich ihn eingeholt, vor dem Blauen Salon bleibt er, der die ganze Zeit geschwiegen hat, stehen, öffnet die Tür.

Die Sonne bricht mit ihren Strahlen in den kleinen, mit Samtportieren unterteilten Raum ein, spielt mit dem zierlichen Mobiliar, bringt die zartblauen Satinbezüge der Sessel zum Leuchten. G. lässt sich in das schmale Sofa vor dem Fenster fallen, ich setze mich genau gegenüber, rücke mein Tonbandgerät auf dem niedrigen kleinen Tisch zurecht, freundliches, noch immer schweigendes Abwarten, er kreuzt die Beine, zieht das eine Bein so weit hoch, dass mich die Unterseite seines Schuhs, gute schwere Kreppsohle, anstarrt, sein Gesicht ist wegen der Sonne in seinem Rücken im schummrigen Dunkel verschwunden, mit einer Geste einer Hand sein wohlwollendes, aufforderndes: «Schiessen Sie los!»

Kapitel 40
Das war's!

Zwei Tage später nimmt Mathilde, die Füsse auf ihrem Schreibtisch, einen Anruf ihres Chefredakteurs entgegen: Regisseur R. P., unnötig, auf seinen Weltruhm hinzuweisen, weilt nach Abschluss der Dreharbeiten zu seinem neuen Film auf Promotionstour. Im «Dorchester», London.

Öffnet Professor L. die Tür seines Sprechzimmers einen Spaltbreit: «Der Nächste bitte!»

Verharrt Johnnys Blick auf dem lieblichen Antlitz der *Gabrielle* von Auguste Renoir.

Und G.? Ach, G.! Er stöhnt bei dem Gedanken leise auf, dass es bis zum Aufbruch zu seiner Lesetournee durch die neuen Bundesländer nur noch wenige Tage hin ist. Die ganzen Vorbereitungen hierfür haben, nebenbei bemerkt, Margarethe Pichelsteiner nicht wenig Mühe gekostet.

Zwanzig Jahre ist das nun her. Mathilde hat den berühmten Regisseur R. P. im «Dorchester» sitzen lassen. Sollten sich andere um ihn kümmern, die Herren vom *Stern*, die Damen von der *Brigitte*. Sie selbst wusste, was zu tun war: die Kindsmörderin Rose B. auf ihrem Hof aufsuchen und ihre Lebensgeschichte in Buchform aufarbeiten. Wie sie später ihrer Tochter – die ihrer AuMa übrigens verteufelt ähnlich sieht – erzählt hat, war München der Punkt gewesen, genau der, an dem sie die Kurve nochmals rechtzeitig genommen hat.

Mathilde hat weder G. noch Professor L. noch Johnny je wiedergesehen.

*

Ähnlichkeit mit lebenden oder verstorbenen Personen ist nicht zufällig, sondern gewollt. Und dennoch ist alles erfunden. Ich danke allen Vorbildern, männlichen und weiblichen, die meine Figuren bewusst oder unbewusst geprägt haben.

Evelyn Braun

Weitere Bücher aus unserem Programm:

Klara Obermüller

Spurensuche

Ein Lebensrückblick in zwölf Bildern

ISBN 978-3-905795-42-4

Es ist keine Autobiografie. Es sind keine Memoiren. Es sind Bruchstücke von Erinnerung, die Klara Obermüller hier vorlegt: kurze, schlaglichtartige Texte, in denen sie Rückschau hält und zu erkennen versucht, wie sie wurde, was sie heute ist. Gibt es am Ende vielleicht doch so etwas wie eine Gesetzmässigkeit, ein Muster oder einen unverwechselbaren Kern, der hinter allen Zufälligkeiten des Lebens steckt und der mich und nur mich ausmacht? Dies die Frage, die die heute 80-jährige Autorin beschäftigt und ihre Spurensuche in Gang gesetzt hat.

Jedem Text vorangestellt ist ein eindrückliches Foto, das allein schon eine ganze Geschichte erzählt.

Ihre Suche nach Herkunft und Identität beginnt dort, wo alles seinen Anfang nahm: bei den Eltern. Sie führt entlang von Kindheitserinnerungen, Aufzeichnungen des Vaters, Familienfotos und Tagebuchnotizen durch ein reiches Leben, das, geprägt von Neugier und innerer Unruhe, immer wieder neue Wendungen nimmt. Dabei geht es um Glück und existentielle Erschütterungen, um Versäumnisse und Vergehen, um Liebe und Freundschaft, um Zufall und Berufung, um Alter und Tod – und auch darum, was bleibt, wenn alles vergeht.

Klara Obermüller

Die Glocken von San Pantolon

Ein venezianisches Tagebuch

ISBN 978-3-905795-69-1

Für ihr 2016 erschienenes Buch «Spurensuche» hat Klara Obermüller eine Reihe von Auszeichnungen erhalten, darunter auch ein Writer-in-Residence-Stipendium der Forberg-Stiftung in Venedig. Vier Monate, von Dezember 2017 bis April 2018, hat sie, frei von jeglicher Verpflichtung, im Palazzo Castelforte verbracht und sich dabei vom Geläut der Glocken von San Pantalon durch den Tag begleiten lassen.

Von diesem Aufenthalt hat Klara Obermüller ein Tagebuch mitgebracht. Darin lädt die Autorin ihre Leserinnen und Leser ein, sie auf ihren Streifzügen durch die Lagunenstadt zu begleiten. Sie lässt sie teilhaben an ihren ganz persönlichen Betrachtungen zum Leben, zum Älterwerden, zu Vergänglichkeit und Tod. Und wie schon in ihrem Buch «Spurensuche» nimmt sie sie mit zu den Orten der Erinnerung, die in ihrem Leben eine besondere Rolle gespielt haben.

Zum Abschluss des Buches verrät Klara Obermüller ihre ganz persönlichen Lieblingsorte – Plätze, Museen, Kirchen, Geschäfte, Restaurants und Bars – und gibt Einblick in ein Venedig, wie es sich nicht in drei Tagen erkunden lässt.

Cornelia Kazis

Weiterleben, weitergehen, weiterlieben

Wegweisendes für Witwen

ISBN 978-3-905795-66-0

Frauen leben durchschnittlich fünf Jahre länger als Männer. Sie lieben meist ältere Partner und riskieren so, nach Jahren der Zweisamkeit zur Witwe zu werden. 80 Prozent aller verwitweten Menschen sind weiblich!

Das ist der Rede wert. Gemessen an der Vielzahl von Witwen in unserer Gesellschaft (320 000 allein in der Schweiz) ist es erstaunlich still um diese alleinstehenden Frauen. Sie leben im gesellschaftlichen Schatten. Das Klischee der sexuell entfesselten, lustigen Witwe ist ebenso unrealistisch wie das Bild der grauen Frau, die einsam und weltabgewandt ihr Restleben verwaltet.

Wie hat sich dieser Zivilstand in den letzten 100 Jahren gewandelt? Was weiss die Forschung über hilfreiche Bewältigungsmuster nach dem grossen Verlust?

Sechs Interviews mit ausgewiesenen Expertinnen bringen Licht ins Schattenthema. Sieben sehr unterschiedliche Liebes- und Trauer-geschichten geben Einblick in die Lebenskraft von Frauen, die den Weg vom Überleben, zurück ins Leben zum Aufleben und Nachleben gemeistert haben.

Franziska Schutzbach

Die Rhetorik der Rechten

Rechtspopulistische Diskursstrategien im Überblick

ISBN 978-3-905795-60-8

Rechtspopulistische Rhetorik ist darauf angelegt, extreme Positionen zu verschleiern. Pausenlos betonen RechtspopulistInnen die Vereinbarkeit ihrer Ideen mit jenen der liberalen Mitte und machen sich Werte wie die Meinungsvielfalt zunutze. Auch das Schüren von Ängsten und Kulturkonflikten sind zentrale Strategien ihrer Rhetorik. Nicht zuletzt werden demokratische Errungenschaften wie Antidiskriminierung, Gleichstellung oder sogar Menschenrechte gezielt abgewertet und als angeblicher Minderheitenterror verteufelt.

Franziska Schutzbach zeigt, wie RechtspopulistInnen rhetorisch vorgehen, welche stilistischen und inhaltlichen Mittel sie anwenden und dass rechtspopulistische Rhetorik nicht mehr nur von Rechten benutzt wird. Basierend auf aktueller Forschung gibt sie einen differenzierten und verständlichen Einblick in rechtspopulistische Diskursstrategien und liefert mögliche Gegenstrategien.

Anne-Sophie Keller/Yvonne-Denise Köchli

Iris von Roten

Eine Frau kommt zu früh – noch immer?

ISBN 978-3-905795-55-4

Dieses Buch ist eine Hommage an Iris von Roten (1917–1990) anlässlich des 100. Geburtstags und gleichzeitig ein Plädoyer für einen tatkräftigen Feminismus, der sich wieder vermehrt einmischt.

Anne-Sophie Keller (*1989) zeigt anhand zahlreicher Beispiele auf, wo Iris von Rotens Forderungen noch unerfüllt sind, und unterstreicht damit die grosse Aktualität, die die feministische Vordenkerin Iris von Roten auch für die jungen Frauen im 21. Jahrhundert hat.

Yvonne-Denise Köchli (*1954) hat ihre Biografie Eine Frau kommt zu früh von 1992 überarbeitet und mit einer Zeittafel versehen, die darlegt, wie weit die Rezeptionsgeschichte inzwischen gediehen ist.

Und noch etwas: Ab dem 5. Februar 2021 bringt die Schweizer Theatergruppe «Mass & Fieber» den Emanzipationsklassiker Frauen im Laufgitter in den Zürcher Strauhof (bis 2. Mai 2020).

Tatjana Kühne

Vergewaltigt

Meine Geschichte

ISBN 978-3-905795-59-2

Mit den Bildern in ihrem Kopf überfordert, flüchtet sich die 13-jährige Tatjana immer wieder in den Wald. Es ist der einzige Ort, an dem sie sich all den Gefühlen hingeben kann, die sie tagsüber versteckt hält. Seit ihrer Vergewaltigung ist nichts mehr so, wie es einmal war. Sie will wieder das unbekümmerte, fröhliche Mädchen sein, das sie zuvor war …

Erst nach zwei Jahren und einem Selbstmordversuch schafft sie es, mit Hilfe ihrer Freundin, den Eltern vom Übergriff zu erzählen. Dank einer Traumatherapie gelingt es ihr schliesslich, das Erlebnis aufzuarbeiten und als Erfahrung einzuordnen. Nach und nach tastet sich die junge Frau zurück ins Leben.

Heute studiert die inzwischen 23-jährige Tatjana Geschichte und Deutsche Literaturwissenschaft an der Universität Zürich. Ihre Geschichte macht sie öffentlich, um – im Idealfall – anderen jungen Frauen, welche dasselbe oder ein ähnliches Schicksal haben erleiden müssen, die vielen Irrwege, die sie beschritten hat, zu ersparen und Mut zu machen, ihr Schweigen ebenfalls zu brechen und Hilfe anzunehmen.

Yvonne-Denise Köchli

miis züri

Neun Streifzüge durch Zürich für Frauen

ISBN 978-3-905795-48-6

Vergessen Sie Zwingli, Brun, Escher, Pestalozzi ... Diese Stadtführerin zeigt Ihnen das andere Zürich: Das Zürich der erfolgreichen und kreativen Frauen in Geschichte, Literatur, Wissenschaft, Wirtschaft, Architektur, Kunst, Musik Theater, Film, Tanz, Mode und Design.

In neun Streifzügen durch die Limmatstadt verweist die Autorin auf alles, was Frauen in dieser Stadt hervorgebracht haben. Tauchen Sie ein in die Welten von Katharina von Zimmern und Emilie Lieberherr, Klara Obermüller und Lara Stoll, Emilie Kempin-Spyri und Blanche Merz, Alexandra Haas und Antoinette Hunziker, Annette Gigon und Mateja Vehovar, Rosina Kuhn und Andrea Muheim, Irène Schweizer und Anna Känzig, Sabine Gisiger und Barbara Frey, Ida Gut und Michéle Kägi...

Ausserdem verraten berühmte Zürcherinnen ihre Lieblingsorte, ihre Tipps fürs Einkaufen sowie fürs leibliche Wohl.

Anita Fetz

my baasel

Neun Streifzüge durch Basel für Frauen

ISBN 978-3-905795-58-5

Vergessen Sie Paracelsus, Wettstein, Platter ... Diese Stadtführerin zeigt Ihnen das andere Basel: das Basel der Kaiserinnen, der Nonnen, der grosszügigen Mäzeninnen, der erfolgreichen Geschäftsfrauen, der Wissenschaftlerinnen, der Arbeiterinnen, der Handwerksmeisterinnen, der Wirtinnen, der Künstlerinnen und Architektinnen, welche die Stadt am Rheinknie geprägt und verändert haben.

In neun Streifzügen durch Basel zeigt Ihnen die Autorin, was die Frauen in der Stadt am Rheinknie alles hervorgebracht haben. Tauchen Sie ein in die Welten von Anna von Habsburg und Margaretha Merian-Burckhardt, Iris von Roten und Georgine Gerhard, Anna Maria Preiswerk-Iselin und Viola Heinzelmann, Anita Treml, Trudl Bruckner, Cécile Ines Loos, Bettina Eichin, Christine Binswanger, Tanja Klein ...

Ausserdem verraten berühmte Baslerinnen ihre Lieblingsorte, ihre Tipps fürs Einkaufen sowie fürs leibliche Wohl.

Books for Future®
umweltfreundliche Buch- und Bindeprodukte
41/003/001/20
www.books-for-future.de